CORAZÓN

Hay una historia que desconocen la gran mayoría de las personas y es acerca de los lazos del corazón, habla sobre cómo a medida que nos vamos enamorando nuestro corazón va dejando pequeñas partes de nosotros con esas personas, a pesar de que haya una ruptura, lo que provoca que una parte de nosotros jamás regrese. Lo malo es que si no sabemos recuperar esas partes puede que nunca podamos amar o reconocer realmente a nuestra alma gemela y prepararnos para estar con ella, pero se puede remendar con la compañía de otra persona para prepararse para encontrar el alma gemela en otra vida o permanecer solos. El problema de hoy en día es que estamos tan desesperados de amor que perdemos varios fragmentos cada año, ¿Te imaginas encontrarte con tu alma gemela, pero no reconocerla y dejarla ir?

Lo más importante es aprender a sanar y liberarse para cuando se encuentren, dicen que son varias veces en una vida, solo que cada vez más difícil, lo malo es que en las escuelas no nos enseñan cómo sanarnos y liberarnos.

PERDÓN POR ADELANTADO

No soy un hombre perfecto y me he equivocado varias veces, por ello esta novela puede que contenga muchos errores o no contenga el final que deseas esperar, creo firmemente que siendo tan ávidos lectores los encontraran y yo estaré encantado de que me los hagan llegar para que en conjunto la mejoremos para las futuras generaciones, donde ustedes podrán decir que forman parte de ella. Dejo a su disposición mis redes sociales para sus hallazgos y consejos: julio_moreno121, donde de igual manera les resolveré dudas en caso de que algo no haya quedado claro. Sin más, sabiendo lo ocupado que puedan estar los dejo que avancen en su lectura, ¡Que la disfruten tanto como yo!

I
EL CHICO DIFERENTE

No entiendo muchas cosas que se supone debería comprender, veo a los chicos de mi edad sin aspiraciones, solo buscando sexo y llamar la atención, los típicos patanes así les suelen llamar, aunque es extraño como es que tiene más mujeres a su alrededor. Mi madre me ha pedido que haga lo posible por encajar, a veces me siento raro al explicar que querer ser social para mí es complicado y trato de dejar de lado eso.

La verdad no tengo muchos amigos y es algo a lo que no suelo darle importancia, ya que mi padre me ha dicho que debería de enfocarme más en ser un caballero sagrado, entonces, a medida que pasan los tiempos, nuestra población se ha reducido drásticamente, debido a la perdida de las gracias divinas y es comprensible pues, el mundo avanza cada vez más a su propia destrucción.

Tal vez ahonde en más detalles luego, la verdad sigo tratando de llevar mi vida normal, puesto que solo tengo veintitrés años y según mi padre, los poderes deberían estar latentes para despertar en cualquier momento.

—Ya me voy —Les dije a mis padres mientras tomaba mis cosas para ir a atletismo.

—Con cuidado Leví. —Dijo mi madre que se encontraba en su cuarto y no quise molestar.

Tomé un cuadro con la foto de la familia de mi padre, ahí estaban mis tíos Isaac y Josué, ambos habían sido caballeros sagrados habilidosos, incluso alcanzaron el nombramiento de teniente general, pero fueron asesinados en su juventud, así que eso significaba menos guerreros que posiblemente ahora estarían ayudando a crear un mundo mejor. Se esperaban grandes cosas de ellos debido a la forma en la que habían escalado en los niveles de poder, pero no se más, en la casa no se habla mucho de ellos, ni siquiera sé las circunstancias de sus muertes, mucho menos he visto sus tumbas.

Salí de la casa y todo normal, suelo caminar quince minutos de distancia a la pista de atletismo, yo diría que en cualquier momento se activarán mis poderes pues, ya logro percibir el hechizo de protección que rodea nuestra casa y el de algunas otras casas en el camino, tal vez los dueños no me conozcan, pero los he visto en algunas reuniones que suele tener mi abuelo con ellos.

Mi abuelo es el almirante general de los caballeros sagrados, él ha dedicado su cuerpo y alma a velar por el bien de la organización desde la muerte de mis tíos.

Caminé un poco más de prisa porque note que iba retrasado, por lo tanto, tal vez no alcanzaría a calentar para el entrenamiento, pero ya comenzaba a ser más fácil. Mi cuerpo comenzaba a tener la memoria muscular de las rutinas de resistencia y velocidad, mis pulmones tomaban el aire justo logrando que solo me agitara un poco con los entrenamientos, pensarás que es normal, pero mi padre me habló de la capacidad adaptativa y hereditaria que poseemos en nuestra sangre.

—Oye Leví, buen entrenamiento, estas mejorando demasiado bien. —Me dijo mi coach, un hombre de mediana edad con bigote, con una ligera panza, pero diría que bastante en forma.

—Gracias coach, creo que es parte de crecer.

La verdad yo no me distinguía mucho entre mis compañeros, mi estatura es de un metro con setenta y dos centímetros, dentro de la media diría yo.

—Tienes la vitalidad de un adolescente, si sigue así tal vez logres desarrollar mucho más, pero tienes que ser constante.

Me costaba hacerle caso, la verdad era que mis niveles de motivación se habían vuelto bastante volátiles últimamente.

—Lo haré coach. —Enfrié y me retiré a mi casa para poder comer y bañarme.

A diferencia de lo que se cree, el desarrollo de un caballero sagrado no se da igual que el de un humano promedio, ya que envejecemos más lentamente, parecemos humanos, pero hay diferencias muy marcadas como que nuestro cuerpo inicia un periodo de acumulación de nutrientes después de los trece años, para luego comenzar el desarrollo máximo después del veintiuno o veintidós o hasta veintitrés, esto para poder enfrentar a los demonios con cuerpos que logren asemejarse en condiciones físicas, por ello para nosotros es importante mantener una vida sana con deporte, meditación, oración y alimentación con el objetivo de que al cuerpo le resulte sencillo adaptarse en cuanto comience el entrenamiento para pelear.

Mi padre me ha dicho que nuestra regeneración es más rápida que la de un humano normal, así como también la densidad de nuestros músculos es de doce veces más, por eso mi padre tiene una complexión promedio, solo que si tuviera que compararse en fuerza con humanos diría que su escala es promedio la de seiscientos humanos en modo base o eso me ha dicho.

Antes de que tocara a la puerta Alfred me abrió, era un elfo y mayordomo desde hace varias generaciones en la familia, en sí le servía a mi abuelo actualmente.

—Adelante señor Leví. —Dijo haciéndome un ademán con la mano para entrar.

—Gracias Alfred. —Le respondí, apresurándome a entrar porque sentía que era demasiada cortesía.

—No es nada señor. —Decía cerrando la puerta y retomando su postura erguida, probablemente medía el metro ochenta, de complexión normal con pelo castaño peinado y cortado perfectamente, su traje estaba impecable y no se apreciaba arrugas o manchas, además su mirada de ojos cafés era serena y calmada siempre.

—Vale, solo no me digas así, Leví es suficiente, las formalidades son con mi abuelo.

—Lo sé señor, y haré el propósito, pero después de seiscientos años de servicio a su familia aún me cuesta trabajo tratarlo como me solicita.

Alfred envejecía aún más lento nuestra raza, parecía que estaba por cumplir ochocientos sesenta años.

—Lo entiendo Alfred, pero dime, ¿qué hay de cenar?

—Sígame señor preparé algo conocido como enchiladas verdes. —Me hizo un ademán con la mano para seguirlo.

—Que rico, vamos. —Lo seguí a la cocina, yo tomé lugar en el desayunador.

Me senté y Alfred chasqueo los dedos haciendo que se movieran todos los ingredientes, así como trastes a su alrededor para terminar sirviendo en mi plato cinco enchiladas verdes y de igual forma añadiendo los condimentos.

—Provecho señor. —Dijo colocando el plato frente a mí con los últimos gestos.

—Gracias Alfred. —Se veían demasiado apetecibles, no lo puedo negar.

En eso mi madre entró.

—Otra vez usando magia para cocinar, Alfred.

Sin duda sonaba molesta por notarlo, mi madre adora cocinar y no tolera el uso de la magia para ello.

—Disculpe madame, el joven Leví moría de hambre. —Decía justificándose y bajando la cabeza en señal de arrepentimiento, mientras dejaba el vaso de agua que me había servido.

—De acuerdo, pero recuerda Alfred que la magia no ayuda con la sazón. —comentó haciendo un gesto con el dedo índice.

Ella medía un metro cincuenta y cinco con una cabellera negra bastante larga con algunas canas, tenía ojos castaños que siempre tenían un brillo contagioso, a pesar de no hacer ejercicio más que el cuidado de la casa tenía muy buena forma, de igual manera tenía pecas y algunas arrugas en su rostro.

Mi madre tenía razón, no estaban tan ricas como cuando ella las cocina, pero no tardaron mucho en estar listas, y Alfred solo venía a la casa cuando el abuelo estaba en el sótano en sus reuniones, lo podíamos llamar si queríamos, pero mamá se molestaba porque no hacíamos nada cuando él estaba. Ella se sentó a charlar conmigo y en eso salió mi padre con mi abuelo. Me puse de pie para saludarlo.

—¿Alguna novedad hijo? —Me miró directamente.

Era un hombre más robusto que mi padre, con algunas arrugas y cicatrices en su rostro, le gustaba mantenerse bien rasurado, otra cosa que hacía era conservar su cabello canoso corto y bien peinado, así como le gustaba vestir camisas grandes para que se perdiera parte de su físico. No me gustaba del todo saludarlo por sus manos que parecías piedras por la inmensa cantidad de callos.

—Ninguna, abuelo, solo un ligero aumento en mi resistencia y percepción de barreras de protección.

—Cualquier cosa avísame, hoy logramos derrocar a ciento cincuenta demonios, pero a costo de perder cuatro caballeros. —Suspiró. —Alfred vámonos. —Dijo mirándolo, él tomó su chaqueta y le ayudó a mi abuelo a ponérsela, luego de ello fue a la cochera por el carro.

—Padre, ha sido una gran victoria, deberíamos estar contentos. —Decía mi papá, el hombre de compostura normal que tenía una mirada de ojos cafés menos penetrante que mi abuelo, casi nada de arrugas ni cicatrices en su rostro, además de que apenas tenía una que otra cana en su cabello y no peinado tan correctamente como mi abuelo.

—No, los demonios han comenzado a multiplicarse sin control, te aseguro que por esos ciento cincuenta caídos de seguro doscientos nuevos salieron, mientras nosotros tenemos que esperar a que un caballero supere los dieciocho años para que sea apto de comenzar el entrenamiento y después de ello pueda pelear, si es que bien nos va, pero las condiciones cambiantes del mundo cada vez hacen que la edad suba más.

—Abuelo ánimo, nuevos caballeros están por unírsenos y todo cambiará. —Le decía tratando de animar a mi abuelo.

—Dios te escuche Leví, bueno debo irme.

Nos saludó a todos de despedida y se retiró, yo iba detrás siguiéndolo hasta que subió al carro que Albert manejaba, era un *Rolls-Royce Phantom V*.

Regresamos y mi padre me toco el hombro antes de entrar a la casa.

—Serás un buen caballero sagrado en su momento, no te presiones por lo que diga tu abuelo, Leví.

Mi padre es un caballero también, en rango es el teniente coronel, un rango que se ha ganado a pulso, le llaman "El espada de los mil", porque según las leyendas de sus hazañas su fuerza vale por la de mil demonios, a pesar de tener ya más de cuarenta años da la apariencia de recién haber entrado a los treinta.

—Lo sé padre, buscaré la forma de superarte. — Me sonrió y caminamos al interior de la casa para cenar algo después de su día tan largo. Sentía que mi padre estaba abrumado, de seguro a él también le había tocado combatir, además que procuraba verse siempre con energía frente a todos.

II

UNA VIDA ORDINARIA

Aunque pareciera que ser un caballero sagrado provocaría que en mi vida ocurra algo simbólico, la verdad es que mi día dura veinticuatro horas como el de cualquiera, así que voy a la universidad de la ciudad como un chico normal. Hay casos de caballeros prodigios que logran despertar su poder a la edad de quince o diecisiete años logrando modificar su vida por completo, aunque muchos digan que es algo pesado y arriesgado tiene sus beneficios, pues a pesar de ser una organización no reconocida por el gobierno, remunera muy bien las tareas realizadas debido a las personas anónimas que se encargan de financiarla.

Mi padre fue parte de los prodigios que logró despertar su poder a la edad de los quince años, por lo tanto, se esperaba que conmigo sucediera lo mismo, pero véanme tengo veintitrés y aún no veo que resulte algo, creo que eso es algo que tiene frustrado a mi abuelo, a pesar de que no me lo diga porque su mirada parece de decepción cuando me ve.

Así que todo indica que seré otro caballero normal que pasará sin pena ni gloria entre lo demás, pero pienso que está bien. La verdad me cuesta trabajo verme en otra vida fuera de este mundo, he asistido unas cuantas veces al mundo mágico, pero me cuesta imaginarme tener que trabajar ahí.

—Buenos días. —Le decía al vigilante de la universidad mientras entraba. Solía tomar el camión porque mi papá decía que es entre tanta gente pueden salir amigos o aliados, uno nunca sabe.

—Buenos días. —Me respondió.

Era un hombre muy enérgico que sin importar tu estado de ánimo te contagiaba.

La universidad era un tanto común y comenzaba a mantener su prestigio, yo era un alumno promedio como cualquier otro que trataba de no sobresalir.

Lograba identificar perfectamente a los caballeros que había porque la gran mayoría parecía que hacían lo posible por hacer notar su presencia, tal vez ellos a mí no me notaban porque no emanaba nada de poder mágico aún. No me malinterpretes no cualquiera puede sentir el poder completamente, hay varias formas de percepción, la más común es presencial, hay quienes lo presienten como algún tipo de sonido, formas o contornos sobre las personas o algún olor característico.

—Bueno días chicos, continuemos con los ejercicios de la clase pasada. —Recordaba el profesor después de pasar lista.

Como todo alumno normal tengo clases con profesores normales, que me hablan de temas que son necesarios para ejercer la ingeniería y temas relacionados con el mundo, a algunos los entiendo rápido, otros me cuestan más trabajo como a la gran mayoría.

A veces tengo visiones a mitad clases de peleas mías o de alguien más peleando con una espada; me extraña porque esperaría que estando dormido tuviera ese tipo de visiones.

—¡Leví! —Era la voz de la profesora enojada.

—Mande. —Dije confundido, este tipo de visiones llegan de repente y me hace parecer que tengo sueño, pero es algo que no puedo controlar por más cosas que haga, como tomar café, alguna bebida energética o bastantes caramelos.

—¿Podrías responder a lo que dije? —Ella tenía su mirada en mi al igual que mis otros compañeros de la clase.

—Ohm. —La verdad era que no sabía que estaban haciendo, veía la cara de algunos compañeros riéndose, miré la lección del libro. —Claro. —Antes de poder hablar, contestó una compañera salvándome, es lo bueno de tener amigos que quieran responder siempre.

Aunque la maestra se enojó conmigo por estar distraído, ya no podía decirme nada, pues la respuesta había sido dicha por la impaciencia de mi compañera y así continuar la clase con normalidad.

—¿Qué te pasa amigo? —Me decía John, después de concluir la clase.

Él era más alto que yo, digamos que como un metro ochenta, tenía buen parecido con un cabello que le gustaba mantener bien cortado y una barba algo descuidada, era demasiado inteligente.

—¿De qué hablas John? —No entendía a que se refería con su pregunta.

—Te noto muy distraído hasta cuando hablamos.

La verdad es que era cierto, ni yo sabía dónde tenía mi cabeza desde hace tiempo.

—Te aseguro que todo está bien Jake. —Sonreí.

Honestamente no sabía cómo explicarle lo que me pasaba. De seguro ir con un psicólogo que solo me diría palabras bonitas, unos cuantos dibujos y me pondría a hacer tarea, que no haría para después volver a ir, fingiendo arrepentimiento y tratando de hacerle creer que me curé solo por un poco de atención.

—Yo me llamo John. Viejo, la verdad no sé si estas jugando o es enserio, ¿Realmente estas bien Leví?

No entendía porque razón se me había escapado ese nombre, si mal no recuerdo lo mencionaba en algunas visiones y el rostro de ese chico no tenía nada que ver con el de John.

—Sí, perdón estaba pensando en los personajes de una serie que miré, creo que me está haciendo daño desvelarme tanto. —En ese momento agradecí ser bueno improvisando.

—Sí, porque das miedo viejo. —Decía abriendo un recipiente con su desayuno y con la mirada de duda.

—Ya no pasará, provecho amigo. —Me respondió con un gesto de afirmación y ambos comenzamos a comer, no sabía porque rayos se me había escapado el nombre de Jake, solo que ver el rostro tan claro de ese joven y saber su nombre era extraño.

El resto del día dejé el asunto de lado y salí a entrenar, todo marchaba bien hasta que de pronto más visiones comenzaron a llegar, parecían ser de una batalla.

—Acábalo Leví. —Era una voz dulce y delicada de una chica que no había escuchado ni mirado antes.

—¡Más rápido Leví, te están dejando! —Gritaba el entrenador enojado, ya que todo el batallón me estaba comenzando a dejar por ir distraído con la visión, sin más comencé a apretar el paso para terminar por emparejarme y ganarles en la vuelta.

—Buen tiempo, pero no te vuelvas a confiar, necesitas entrenar a un ritmo constante. —Asentí ante la observación del entrenador. —Ve a estirar.

¿Qué rayos estaba pasando? Era lo único que podía preguntarme, antes tener ese tipo de visiones no me importaba, el problema era que ahora consumían mayor parte de mi tiempo y atención, de hecho, era como si se sintieran bastante reales, el único detalle es que jamás en la vida había visto a esas personas más que en las visiones.

Regresé a casa para tomar un baño para olvidarme de todo y desestresarme, quería pensar que las visiones eran una forma de anunciar que pronto despertarán mis poderes, pero seguía sin sentir nada porque solía mirarme mucho al espejo para notar algún cambio. Preferí no contarle nada a mis padres, tal vez papá ya tenía suficiente con las misiones que se le encomendaban, que me imaginaba no serían nada sencillas.

—Debes despertar esos poderes pronto o serás el bufón de tu familia. —Me decía a mí mismo viéndome al espejo. —Es imposible que no tengas poderes.

Posiblemente lo que más me aterraba era que realmente no tuviera ningún tipo de poder y terminará siendo un humano normal, pero tampoco me veía en el mundo mágico, así que estaba en un caso complicado donde no sabía realmente que quería.

Baje a cenar y mi abuelo se encontraba en el vestíbulo, todo parecía indicar que recién iba llegando.

Estaba hablando con mi padre e inmediatamente me volteo a ver.

—Toma algo rápido chico, nos vamos en cinco minutos. —Dijo con su tono imponente. Yo solo acate al ver a mi padre que con su semblante me dio a entender que debía obedecer.

Fui a cambiarme rápido colocándome un short y una playera para correr, de igual manera tomé una chamarra por las dudas para bajar de nuevo, noté que estaban unos emparedados envueltos que de seguro mi madre había preparado.

—Listo abuelo, ¿a dónde vamos?

—Vamos a mi casa a ver que haremos contigo, Alfred nos está esperando en el auto. —Se apresuró a abrir la puerta.

—No lo regreses tan tarde padre, Leví debe cumplir sus obligaciones de la escuela. —Decía mi padre.

—Las obligaciones de este mundo son tonterías, pero no te preocupes todo dependerá de él. —Abrió la puerta.

—En marcha muchacho, hay mucho por hacer.

Alfred estaba parado a lado del carro esperando, me caía bien porque mi papá dice que los elfos viven varios siglos y su memoria suele ser bastante buena. A veces me contaba historias de los caballeros de camino a casa de mis abuelos para las vacaciones de primaria.

—Andando Alfred. —Asintió y subió para arrancar el auto.

El camino fue algo tenso, mi abuelo no dijo ni una sola palabra, únicamente iba de brazos cruzados. Alfred me veía de reojo y de vez en cuando me preguntaba algo para tratar de hacer que fuera más placentero el camino, mi abuelo no me dejó poner música porque mis gustos no son de su agrado, solo me limite a comer mis emparedados.

—Llegamos.

Se abrieron las puertas de la gran casa de mi abuelo y entramos, la casa de mi abuelo es bastante grande y lujosa, pero ahora está un tanto vacía desde que mi abuela falleció, ella era muy quisquillosa con las decoraciones y arreglos, eso ahora es el recuerdo de ella en esa casa.

Alfred aparco el coche a lado de otros tres autos clásicos y bajamos. Seguí a mi abuelo al sótano de la casa, ese era un lugar prohibido para mí, pero parecía que la situación lo ameritaba. Al abrir la puerta noté que la habitación era enorme, había demasiadas cosas cubiertas con lonas. Sin detenernos en el camino mi abuelo tomó dos espadas de madera y nos paramos frente a lo que parecía un ascensor de minas bastante antiguo. Subimos, aunque lo dude un poco, Alfred jaló la palanca para bajar, fue demasiado rápido y se detuvo en un pasillo lujoso que daba a una gran puerta blanca.

—¿Quiere que le prepare algo determinado para cuando terminen, señor? —Dijo mientras se estaba abriendo la puerta del elevador.

—Sí, Alfred. —Respondió mi abuelo, él asintió.

En cuanto bajamos del elevador cerró la puerta y subió. —Escucha muchacho, necesito ver si algo ha despertado.

Caminamos hasta la puerta, al llegar mi abuelo colocó el anillo que llevaba en su dedo anular derecho en un orificio de la puerta y lo giró. Entramos a una habitación que parecía desértica, era como si hubiera un cielo adentro, pero el clima era bastante agradable, la tierra era muy fina.

—Toma. —Mi abuelo me entregó una espada de madera y luego procedió a caminar lejos de mí. —Tendremos un combate de entrenamiento.

III

EL PERDEDOR

Mi abuelo se posición frente a mí, comenzó a mover la espada alrededor de su cuerpo agitándola, pasándola entres sus brazos, se notaba su experiencia al ver sus movimientos. Me limite a sentir su peso y ondearla un poco, pensé en que se sentía ligeramente más pesada de lo que parecía, pero no era gran la cosa, solo que siendo realista no estas acostumbrado más que a tomar tu celular entre tus manos, pero a veces hasta olvidas su peso.

—Empecemos. —Tomó la espada. —Lanzaré esta piedra, cuando toque el suelo comenzará el combate, el combate termina al desarmar a tu oponente.

Sonaba sencillo, pensé que no sería tan complicado desarmar a un hombre de más de sesenta años, así que haría lo típico de las películas: chocar espadas y evitar que me golpeará.

Lanzó la piedra, empuñé mi espada y observé atento como la piedra caía en cámara lenta entre los dos. Todo fue tan rápido, creo que parpadeé solamente, mis manos temblaban, pero en ellas ya no se encontraba la espada de madera, giré la miraba y estaba clavada a mi lado izquierdo en la arena, aún estoy temblando.

—¿Eso fue todo? —Mi abuelo estaba frente a mí con su espada. —Solo use una postura y ya.

Realmente reflejaba terror, ni siquiera logré reaccionar ante tal ataque, algo me estaba haciendo entender porque estaba a cargo y que era lo que realmente debía despertar. El progreso de mis entrenamientos se sentía como nada en ese momento, realmente me sentía decepcionado de mí mismo.

—De nuevo abuelo, me confíe, pero no volverá a pasar. —Dije con decisión, tomé la espada y la piedra. —Yo marcaré el inicio, si estás de acuerdo.

El asintió y volvió a colocar sus manos en la empuñadura, decidí que ahora debía tomar con más fuerza la espada y agacharme antes de que cayera la piedra para esquivarlo, tal vez.

Estaba midiéndolo, aunque era consciente que si esa era su velocidad no tendría oportunidad, pero si hacía dos movimientos ya era un gran logro para mí.

—Relájate, puedes hacerlo. —Dije para mí y respiré profundamente. —Listo. —Lancé la piedra y la observé detenidamente, apreté mi espada, asimismo mi postura fue más inclinada procurando tener la empuñadura más cerca de mis piernas.

La piedra cayó y mi abuelo salió con la misma potencia que esperaba, sonó un crujido y lo siguiente que recuerdo es haber caído de rodillas al piso casi inconsciente, apoyando mis brazos en la arena.

Aún no había soltado la espada, sin embargo, al recibir el impacto se rompió así que termino por sofocarme. Lo bueno fue que logré moverme unos cuantos centímetros, así como también conseguí retroceder uno poco.

Estaba tratando de recuperar el aliento. —Vamos solo fue un golpe Leví. —Se colocó a lado de mi cabeza. —Pensé que me sorprenderías, por eso no me contuve.

Tarde en reponerme del impacto, pero me dolía demasiado. El golpe se había marcado en mi cuerpo, pude comprobarlo al levantar mi playera.

Creo que aún no estas listo para esto. —Suspiró. —No eres como tu padre.

Sin duda, palabras que me dieron en el ego.

—Procuro no serlo, yo seré mejor. —Estaba molesto por la comparación y también apenas con aliento, pero sabía que iba progresando pues había logrado ver un poco más sus movimientos.

—Si no lo haces pronto, serás un perdedor como el resto de esos humanos, porque demostrarás que no hay poderes en ti.

—No le veo lo malo, el mundo no es tan terrible como tú crees, también es posible hacer cosas ordinarias para salvarlo. —Me reincorporé con algo de molestia y respirando profundamente.

—Acaso no te das cuenta de lo importante que es preservar este linaje. —Mi abuelo estaba enojado. —No puedo aceptarlo y no cabe en mi cabeza esa idea, así que lo haremos de nuevo.

—Pero... —Mi cuerpo temblaba de miedo, sentía que la lección era por su mero orgullo. —Ya viste lo que necesitabas ver.

—Contaré hasta tres para que tomes tu arma. —Realmente no quería hacerlo, ni siquiera sabía que pasaría.

—Pero...

—No me importa si te rompo lo huesos o lo que digan tus padres, esta es mi casa y son mis reglas.

Alrededor de mi abuelo se estaban comenzando a formar pequeñas brizas de viento y mi cuerpo me indicaba peligro, incluso se me había erizado la piel ante la amenaza. No podía hacer nada, ¿a dónde corres cuando se te acorrala en el desierto?

Arrojó una nueva espada de madera.

—Uno. —Corrí a tomar la espada. —Dos. —Me giré para empuñarla y prepararme. —Tres.

Venía hacia mi con mayor velocidad, una ola de arena me cubrió, acto seguido se escuchó un fuerte crujido provocado por las espadas de madera. Al despejarse vi a mi primo Eliot quien había detenido el ataque de mi abuelo con otra espada de madera.

—Ya te hemos dicho que cuides tus arranques de ira anciano. —Estaba sonriendo y confiado como de costumbre.

Él también era atractivo, medía alrededor de un metro ochenta y uno, tenía más complexión que yo. La diferencia era que él había despertado sus poderes a los diecisiete años, ahora tenía veintitrés.

—No debiste meterte chico, casi lo forzaba a despertar sus poderes. —Se podía notar la rabia en su rostro.

—Más bien estabas a nada de mandarlo al hospital o matarlo. —Retiro su espada de la de él. —Leví, si quieres puedes irte yo entrenaré con el anciano si lo que quiere es desquitar ese coraje.

—Esta no es tu casa mocoso. —Mi abuelo sin duda estaba molesto. Eliot no temía a desafiarlo y lo creo, ya que estaba ascendiendo rápido en la escala de poderes.

—Te daré un duelo memorable, te lo aseguro. —Me indico que me fuera.

—No, quiero observar. —Dije firme en mi decisión para ver un duelo real de Iríns.

—De acuerdo. Te recomiendo que te mantengas a una distancia prudente.

Eliot tomo la piedra y la lanzó, al caer emergieron grandes olas de arena que fueron provocadas por el choque de sus espadas, después se comenzaron a mover demasiado rápido al grado en que no podía seguir su ritmo. La arena me indicaba donde estaban, pero sentía que se quedaba corta.

El duelo duro bastante y estuvo reñido, pero Eliot perdió frente a mi abuelo.

—Has mejorado bastante. —Se miró las muñecas. —Dentro de poco ya no tendré que usar estos limitadores contigo. —Se rio como si toda la ira de antes nunca hubiera existido.

—Así será y después de vencerte no quedará más que tomar tu lugar. —Decía Eliot aun con su sonrisa de satisfacción.

—Es bueno que seas decidido y tengas metas claras muchacho. —Decía el abuelo más tranquilo.

Me encontraba sorprendido por la pelea, estaba fuera de mi imaginación y eso que mi abuelo no había usado su máximo poder. Siempre me había preguntado que eran esas pulseras grises que no solía dejar de usar la mayor parte del tiempo, ahora sabía que era limitadores, pero la pregunta era que tanto estaban limitando su poder si ya parecía una bestia con ellas.

Albert apareció con bocadillos y todos comimos, mientras Eliot nos contaba la misión que había tenido por la tarde y los buenos resultados que tuvo.

IV

SIN SENTIDO

Alfred me llevo a mi casa como lo había ordenado mi abuelo, no se despidió ni nada, tal vez ahora si estaba completamente decepcionado de mí pues no había logrado su objetivo de revelar mis poderes.

—¿Como te fue Leví? —Era la voz de mi padre que sonaba con duda y un poco de preocupación, se encontraba sentado en la sala junto a mi madre, probablemente habían estado conversando, esperando mi regreso.

No dije nada, me limite a bajar la vista como cuando tienes malas noticias y no quieres decirlas, además me dolía el golpe que me dio mi abuelo. Mi padre pareció entenderlo y se levantó para ir a mi encuentro.

—Oye, tranquilo, no siempre saldrán las cosas como uno quiere, todo tiene su momento. —Colocó su mano en mi hombro. —Tu madre y yo tenemos fe en que lograrás cosas extraordinarias seas o no un caballero sagrado. —Me miró con una mirada tierna de comprensión que me hizo sentirme aún peor.

—Es que no sé qué siento, no siento nada relacionado a un poder, papá. —Apreté los puños ante mi impotencia. —No he podido despertar nada de mis poderes, lo lamento.

—Calma Leví, el despertar normal de un caballero es después de los veintidós o veintitrés, aún hay oportunidad, solo no fuerces tu cuerpo, pues eso sería aún peor. —Sonrió. —Ahora dime, ¿cómo te trato tu abuelo?

—Mal. —Suspiré y levanté mi playera, se podía ver marcada la silueta de la espada de madera de mi abuelo. —Creo que le serví para sacar su ira.

—Así es tu abuelo Leví, un monstruo en lo que a fuerza bruta se refiere, tu mamá ya había preparado el ungüento.

Volteé a ver a mi mamá que sostenía un frasco blanco entre sus manos.

—Ve con ella al cuarto de la mano como cuando eras pequeño, yo debo acomodar unas cosas, buenas noches. —Le di un beso en la mejilla y fui con mi mamá.

La verdad fue agradable subir las escaleras con ella, pues me dolía dar los pasos, mi mamá iba a mi ritmo como si supiera que no podía ir más rápido, así de buena es la intuición de las madres. Al llegar me recosté y mi mamá comenzó a aplicar el ungüento, tal vez hubiera podido hacerlo solo, pero se lo mucho que mamá disfruta pasar tiempo con papá y conmigo.

—Leví tu abuelo no es malo y tu papá no es un desconsiderado, solo que esperan grandes cosas de ti por el linaje que posees, es cierto que los caballeros sagrados han ido disminuyendo a medida que pasa el tiempo, pero la familia de tu padre lo ha conservado por más de dos milenios. —Las manos de mamá se sentían muy bien mientras me aplicaba el ungüento. —Si se perdiera el mayor afectado sería tu abuelo y pensaría que fue un castigo del cielo tal vez porque fallo en algo, aun así, no te presiones, si posees algún poder saldrá en cualquier momento.

—Mamá no siento nada, pero seré paciente y seguiré con mi vida haya o no poderes. —Me sonrió y siguió aplicado el ungüento.

Me contó también como terminaba mi papá después de los entrenamientos con el abuelo, ya que habían sido novios desde muy jóvenes viendo los comienzos de mi padre como caballero, luego se levantó y salió de mi habitación.

—Descansa Leví, mañana será otro día. —Apagó la luz antes de cerrar la puerta.

Era como si el ungüento fuera mágico pues sentía un calor reconfortante en mi vientre que recorría todo mi cuerpo, yo observaba el techo de mi habitación esperando el sueño cuando de pronto comencé a verme, estaba peleando contra él.

—Vamos Leví, es lo mejor que tienes. —Decía él.

Ya lo había visto antes un chico apuesto con un buen físico que sostenía una espada de doble filo bastante grande, ciertos mechones de su cabello negro caían sobre su rostro.

—Eres bastante engreído. —Seguía diciendo, yo por su parte colocaba una katana frente a mí de empuñadura morada.

—No quiero usar mi estilo de doble espada aún contigo. Dije pensativo. —Sí mejoras tal vez me obligues a hacerlo Jake.

No recuerdo más, pues me quede dormido en algún momento, solo recordaba un ojo azul del chico.

Al despertar noté que no había rastro del moretón por el golpe, sin duda la medicina de mi mamá fue muy útil, baje sin dolor a desayunar con mis padres.

—Guau, mamá esa medicina es asombrosa, deberías darme un poco para después de entrenar. —Decía tomando un lugar en la mesa.

—Claro Leví, si necesitas solo pídelo.

—Gracias mamá luego tomaré un poco.

—¿Tu abuelo entrenará contigo hoy? —Decía mi padre que se servía los alimentos en su plato.

—Creo que no papá, no me mencionó nada ayer. —Lo decía mientras esperaba para servirme.

—Tu abuelo es alguien al que le gusta improvisar, prepárate por cualquier cosa.

—Claro papá.

Desayuné con ellos hasta que me tuve que ir para llegar temprano a la universidad. Era curioso el efecto de la pomada de mi madre, me sentía con mucha energía.

—Debo irme. —Dije al terminar de arreglarme.

—¿Quieres que te lleve?

—No te preocupes papá, caminaré hoy para tomar el camión. —Le respondí antes de que se levantará.

—Bueno, no insistiré, entonces me iré cuanto antes al trabajo.

Tomé mis cosas, me despedí de mis padres con un beso en la mejilla y salí por la puerta caminando a toda velocidad, sentía que iba demasiado rápido, pero llenó de energía como para detenerme. Pensaba en la visión que tuve, pero tenía muchas dudas al respecto sobre ese chico, no era la primera vez que lo veía en mis visiones, recordaba también a una hermosa chica que nunca había visto en otras visiones, me preguntaba sí algún día los miraría en persona.

Un punto positivo de caminar era que si me ocurría alguna otra visión nadie más escucharía que diría, ya que cada vez eran más frecuentes y algunas más duraderas que otras.

MINI HISTORIA I

LA PLÁTICA DE LOS PADRES

Leví había salido y sus padres lo observaban marcharse a paso rápido, con demasiada energía como no lo habían notado un día normal.

—¿Por qué no le dijiste nada sobre el ungüento? —Preguntaba la madre.

—No lo sé, quiero que sea una sorpresa cariño, sé que usaste uno común y corriente solo con sensación de calor.

—Entonces eso quiere decir, ¿qué su regeneración está comenzando a activarse?

—Lo más seguro es que sí, ayer cuando llego logré percibir dos costillas fisuradas, mi padre se excedió. —Comentaba el hombre preocupado. —Claro que lo que menos quería era espantarlo.

—Deberías decirle algo. —El hombre hizo un gesto negativo a su mujer.

—No puedo, verás hay cosas en las que un hombre no debe interponerse cuando alguien busca ser un caballero, ¿dónde quedaría el orgullo de Leví si se rinde o lo hacemos quedar como un debilucho? Él mejor que nadie conoce el límite de su cuerpo y sabrá donde parar.

—Pero y si...

—No pienses demás cariño, tu hijo no quiere decepcionar a sus padres por eso no dice nada, se guarda las cosas con valor, eso es admirable, ayer llego fingiendo estar en buen estado. —El hombre miraba a su esposa con alegría y ella entendió las palabras de su esposo. —Leví busca ser un caballero a su manera.

El día transcurría normal no había nada extraño, el sol comenzaba a ocultarse y el viento comenzaba a soplar.

En la estación de autobuses de Fresnan las personas se apresuraban a tomar sus camiones o a esperar que llegarán por ellos, todos atareados y distraídos. La gente ocupada no suele tomar importancia por lo que sucede a su alrededor, debido a que van concentrados en otros asuntos, además buscan que no los alcance la oscuridad. Es raro todos piensan que el mal sale en la noche, puede que sea cierto o no.

Una extraña silueta de un ser encapuchado de cuclillas estaba examinando un camión de la ruta común a la universidad de la ciudad.

—Estuvo aquí. —Decía para sí mismo. —Tiene una presencia muy peculiar. —Mientras frotaba las yemas de sus dedos entre sí.

De pronto una luz lo alumbró por la espalda.

—Señor no puede estar aquí es área restringida. —Era el guardia de seguridad con la linterna. —Retírese por favor.

—Ustedes son tan molestos.

—Perdone no lo escuche señor, pero no lo repetiré de nuevo, si no se va tendré que usar la fuerza. —Decía el hombre que se preparaba tomando su paralizador temiendo que fuera algún bandido.

El ser se incorporó y el guardia se asombró, era demasiado alto, tan alto como el autobús, media más de dos metros, ya de cuclillas era bastante alto.

El guardia dejó el paralizador y se alistó para sacar su arma viendo la situación, pero un terror había comenzado a recorrer su cuerpo y comenzaba a paralizarlo.

—Yo no haría eso si fuera tú.

La criatura se dio la vuelta y el guardia lo pudo contemplar, quedo aterrado y comenzó a temblar.

—Santo Dios, ¿qué eres? —Decía el hombre al soltar su linterna al suelo.

—Lamento que no podrás escuchar la respuesta. —El tomo al hombre del rostro con su mano y lo levantó del suelo, para luego llevarlo con él a la oscuridad, su radio cayó y varios disparos se escucharon.

—¡Repórtate, Adrián! —El locutor esperaba. —!¡Adrián sigo aquí! —La voz se escuchaba más molesta. —¿A qué se debieron esos disparos? Adrián esto no es gracioso...

V

EL RASTRO

Me encontraba esperando el bus mientras de vez en cuando miraba el cielo, cuando de pronto la vi pasar, no estaba seguro de ello, pero era la chica que recordaba de mis visiones, no me había percatado de que el camión ya había llegado, comencé a acercarme inconscientemente hacia ella.

—Rachel.

El nombre salió sin pensar de mis labios y ella volteó, iba acompañada de una amiga, se me quedó mirando y sonrió.

—Ese es mi nombre, uhm... ¿te conozco? —Dijo sonriendo. Fue una sonrisa que me cautivo al momento por sus brackets, era tan bella como en las visiones con esos ojos cafés, una figura esbelta como modelo, con una cabellera castaña larga que tenía fleco y una mirada llena de luz, parecía como si tuviera los ojos cerrados por su sonrisa.

—No, solo escuche que alguien lo dijo y me gusto el nombre. —Dije para desviar su atención.

—Bueno yo no escuche nada. —Volteó a ver a su amiga como con cara de duda.

—Yo tampoco. —Dijo asegurando su amiga y mirándome fijamente.

—Debo tomar mi camión. —Fue lo que se me ocurrió decir y camine hacia el camión ignorándolas.

—Oye... —Supe que era su voz, pero no quise mirar. Seguí caminando, no sé porque me la había encontrado justo ahora.

Me senté en los asientos del fondo junto a la ventana, todo marchaba bien. Me dispuse a ver a donde se encontraba Rachel, noté que no estaba en ningún lado de los andenes, así que al voltear vi que ya había abordado el camión con su amiga.

—Maldición. —Dije como si esto no pudiera ser peor.

Para mi fortuna el asiento a mi lado ya estaba ocupado, así que se sentaron unos asientos adelante del lado contrario, me vieron de reojo, pero hice como que no las vi.

Por un momento quería que el traslado a la universidad fuera eterno porque algo me decía que en cuanto bajara del camión me encararían para saber la verdad o una explicación convincente.

El viaje comenzó y trate de no poner atención a lo que decían, pero si me percate de que algunas veces me volteaba a ver de reojo Rachel. Rayos, me sentía como un acosador.

Fingí que estaba dormido, ya que aún faltaba bastante del trayecto, mientras dormitaba todo seguía normal hasta que de pronto comenzamos a avanzar más lento, me di cuenta de que era debido al cruce del tren que había a unos 50 metros, a lo lejos se escuchaba que ya no demoraba en pasar el tren.

La gente es tan desesperada que siempre que colocan plumas para indicar a los carros que no deben pasar sobre las vías, estos las rompen y ese era el caso, no había plumas y los autos seguían avanzando; esto porque a veces el paso del tren es tan prolongado que provoca demasiado tráfico. Llegaríamos tarde a la universidad.

A pesar de que el sonido comenzaba a ser más cercano, nuestro camión seguía avanzando.

El chófer arrancó para por fin cruzar las vías cuando de pronto el camión se detuvo. Todos comenzaron a entrar en pánico, el tren estaba a unos metros de impactar de mi lado.

—¡Vamos chófer, abra la puerta! —Decían voces alteradas, pero realmente no lograron mucho.

Viendo esto, comenzaron a forzar la puerta para poder salir.

—¿Creen que se detenga? —Preguntaban todos preocupados, pero a la vez resignados porque por el tiempo ya no había manera de escapar y salir librado.

Eran algunas de las cosas que decían. Sabía que, aunque lo tratará no podía hacer nada, ni siquiera percibía algún caballero sagrado en el camión, confié en que mi padre o algún caballero cercano llegaría en algún momento.

El chófer seguía tratando de arrancar el camión y unos cuantos estaban gritando. Sentí un calor extraño en mi ojo izquierdo, todo fue tan rápido y confuso.

Cuando abrí los ojos ya estábamos frente la universidad, dejando perderse en el vació el ruido del tren avisando del impacto.

Todos estaban extrañados, no lo podían creer. Algunos de los que estaban abrazándose y llorando comenzaron a alegrarse. El camión funcionó y el chófer abrió la puerta, él también estaba extrañado, nos habíamos ahorrado quince minutos de camino.

De hecho, el autobús que salió antes que nosotros, se había estacionado detrás. Asombrado por la aparición del camión frente a él tan repentina, algunos transeúntes y vigilantes no lo podían creer.

Los primeros chicos en bajar comenzaron a robarse la atención narrando el hecho y mostrando a los que llegaban el vídeo de cómo se acercaba el tren mientras mandaban un mensaje de despedida, después de eso los demás siguieron bajando, yo me apresure porque me dolía el ojo izquierdo y estaba bastante agitado.

—¿Qué? —Un chico que les estaba mostrando el vídeo a otros que habían visto la aparición, recriminaba que el clip se cortaba y de repente aparecía la universidad.

—De seguro en ese momento llegó un superhéroe oculto. —Los otros chicos solo miraban asombrados.

Ya había logrado pasar sin problemas y todo iba bien.

—Oye, ¿a dónde vas? —Era la voz de Rachel. —Necesitamos hablar. —Sentí que su brazo me tomó y di la vuelta para verla de frente. —¿Qué le paso a tu ojo izquierdo?

—¿De qué hablas? —Decía tratando de tapar mi ojo izquierdo con mi mano, como si me estuviera cubriendo del sol.

—No recuerdo que tuvieras heterocromía, según yo tus dos ojos eran cafés hace rato, ¿no Karen?

—Creo que sí. —Decía su amiga, ambas se miraban extrañadas.

—Es que me aun no me puse mi otro lente de contacto, disculpa debo acomodarlo. —Salí corriendo de la escena directo al baño sin mirar atrás antes de que quisiera preguntar algo más.

Al llegar me mojé un poco la cara y me miré al espejo, mi ojo izquierdo había cambiado casi por completo a un crefacio perfecto, una parte de mi se alegró porque eso quería decir que esta situación había hecho despertar mis poderes, pero la otra se sentía extraña porque si Rachel era real, eso quería decir que algo de mis visiones tenía que serlo también y no todas habían sido precisamente agradables.

VI

REGRESO A LA NORMALIDAD

Después de un rato mis ojos regresaron a la normalidad, durante todo ese tiempo no se me hizo difícil pasar por alto mi condición, no podía tomar todas las clases con John, imagínate que diría tu amigo al ver que uno de tus ojos se vuelve azul y luego regresa a la normalidad. Lo bueno fue que el día de hoy nos vimos casi en la última clase, lo que me dio tiempo suficiente para que no notara mis ojos.

Sabía que posiblemente ya se estaban movilizando para saber que Irín (en lenguaje antiguo así se dice caballero sagrado), me gustaba nombrarlo de ese modo porque así les decían en mi familia.

Había hecho tal hazaña, tal vez debido a la exposición masiva de todos los pasajeros, estos terminaron impregnados del poder, por eso fue difícil rastrear quien lo había provocado. Si nadie se hubiese bajado del camión y hubieran llegado a tiempo, habrían subido disfrazados de guardias para ver al causante del incidente.

—Fuiste tú, ¿verdad? —Conocí la voz de mi primo Eliot, que se acercó para fingir que también quería algo de la máquina expendedora, venía con las manos en los bolsillos de sus jeans.

—No lo sé, todo fue muy rápido y extraño. —Dije apretando lo botones que necesitaba para que me diera unas galletas.

—Lo hayas hecho o no, fue lo correcto, no había ningún Irín cerca que los pudiera auxiliar. —Suspiro. —Yo me di cuenta casi al momento, la perturbación provocó una gran alteración. ¿Cuál de tus ojos fue? Si no es indiscreción.

—El izquierdo. —Dije mientras tomaba mis galletas.

—Un caso curioso entonces, porque lo normal es la activación de los ojos derechos. —Me hice a un lado y comenzó a pedir en la maquina unos cacahuates. —Creo que no hay registros de crefacios en ojos izquierdos desde hace siglos.

—Lo sé, ni siquiera mi padre o nuestro abuelo lo tienen. —Dije mientras abría las galletas.

—Pero bueno, dejando de lado eso Leví, ¿hiciste algo diferente hoy? —Se notaba la curiosidad en su pregunta, y es que él conoce mejor que yo la historia de los Irín, de seguro sabía algo que yo ignoraba.

—No que yo recuerde, el día ha sido tan normal como siempre. —Noté que esperaba mi respuesta mientras comenzaba a comer sus cacahuates.

—¿Gustas? —Me ofreció algunos.

—Gracias, pero estoy bien con mis galletas.

—Mira te comento esto porque posiblemente tus poderes estaban dormidos muy dentro de ti esperando el activador, algo así como un catalizador si estuviéramos hablando de química, ahora, si ellos descubren que fue el activador de ese poder y quién lo activo, porque déjame decirte que fue de grado cuatro o posiblemente mayor, ocasionará que lo intenten usar en tu contra. —Él lo dijo muy tranquilo mientras seguía comiendo.

No lo había visto de esa forma, solo que según yo todo había transcurrido normal, con la excepción de que me había topado con Rachel, pero no estaba seguro, necesitaba meditar todo mejor.

—Está bien si no sabes que fue, solo ten cuidado, ya que si utilizas ese poder de nuevo sin medirte podrías caer inconsciente y ser un blanco vulnerable. —Se guardo la bolsa de cacahuates en su bolsa y se sacudió sus manos para eliminar sobras. —Bueno, debo irme Leví, para ponerme al corriente con mis misiones.

Eliot siguió caminando, de seguro saldría volando o abriría una zona cero, ya que al no ser un estudiante de la universidad tenía que escabullirse para tener esa conversación conmigo.

MINI HISTORIA II
PERTURBACIÓN NIVEL 4

En alguna zona remota, se encontraba Eliot viajando en su *camaro* con el papá de Leví, con rumbo a una misión.

—¿Lo sentiste? —Decía el padre de Leví deteniendo en seco el automóvil y volteando la cabeza.

—Sí, una perturbación como esa no podría pasar desapercibida. —Decía Eliot repitiendo el mismo comportamiento.

—¿Cuántas personas? —Era como si estuvieran en el lugar o tuviera un sensor muy exacto.

—Mas de cincuenta parece, todos civiles y uno o dos Iríns, al parecer.

—Si no me equivoco... —Salió de auto para adivinar la dirección exacta. —Viene de la dirección de la universidad de Leví, deberías ir a ver que sucede Eliot. —Decía con una mirada seria al joven.

—¿Tienes fe en qué sea el tío o estás preocupado? —Decía el joven tratando de descifrar la mirada del hombre.

—Espero grandes cosas de tu primo, como sé que tu padre las espera de ti. —El hombre subió de nuevo al vehículo. —Yo te cubriré hasta tu regreso.

—Nos vemos en un momento tío. —El ojo derecho del chico se puso azul, se le formo un kendo ajustado de color blanco y salió volando hacia la universidad perdiéndose al instante.

Ese día no fui a entrenar, al llegar a casa me sentía súper cansado, mi madre me recibió preocupada en la casa.

—¿Estas bien? —Tal vez se preocupó porque mi rostro no es bueno para disimular si estoy cansado, pues no era habitual en mí.

—Si mamá, solo algo cansado, creo que iré a dormir.

—Ya está la comida por si quieres comer algo, yo ya comí, pero la comida aún está caliente.

—Esperaré a que llegué papá. —Dejé mis cosas en la sala, le di un beso en la mejilla y subí a mi cuarto. El cansancio no tardó en hacerme caer dormido, por mi cuerpo recorría un calor abrazador, se sentía bien. Me levanté de repente y bajé porque mi mamá me dijo que había llegado papá.

Ahí estaba mi padre, mi abuelo y Eliot.

Mi abuelo me miró.

—Necesito que me cuentes todo muchacho.

Los demás solo observaban en silencio, pero muy pensativos. Mi padre se notaba que trataba de ocultar su emoción, quien lo sabría mejor que su hijo.

Así que les comencé a narrar los hechos tal cual habían sucedido, desde que me desperté hasta lo que ocurrió con el tren, traté de no omitir nada y ser lo más claro.

—Así que un crefacio izquierdo imperfecto nivel 4. —Mi abuelo se quedó meditando un momento con la mirada clavada en el techo. —También despertaste tu habilidad divina, si esto es cierto estamos frente a uno de los crefacios más fuertes, pero eso hasta que logres perfeccionarlo, de igual forma necesitamos ver el alcance de tu habilidad.

—Sera interesante ver la diferencia entre un crefacio izquierdo contra uno derecho. —Decía Eliot mirándome emocionado. —Según leyendas en los libros de historia Irín solo han existido a lo largo de la historia otros pocos poseedores de un crefacio en el ojo izquierdo, pero sus hazañas van acompañadas de relatos sorprendentes que nadie pudo comprobar, aunque son menos increíbles que los poseedores de crefacios completos en ambos ojos, se dice que fueron los enviados de Dios para librar la primera guerra santa y mantener el equilibrio en la tierra.

—¿Crefacios completos? —No había escuchado nunca ese término ni por papá.

—Sí Leví, se dice que eran asombrosos en cualquier aspecto como la inteligencia, fuerza, velocidad, poder celestial; lo más parecido a un ángel o más fuerte en el cuerpo de un humano, pero al ellos conservar el equilibrio y cesar la guerra, hicieron que Dios cambiará de parecer y solo mandará humanos con un crefacio para conservar el orden. Claro ninguno de ellos jamás estuvo a la altura de Jesús, los Irín sabemos que nuestro objetivo es el servicio y orden, solo que nos gusta compararnos entre nosotros para siempre dar lo mejor.

—La verdad es que aún se desconoce bastante de los crefacios completos, no hay muchos escritos que hayan sobrevivido de la guerra santa. —Decía mi padre. —Aún nos encontramos en búsqueda de más de esa época que nos revelen secretos que nos hagan entender más.

—Claro, Leví podría ser de ayuda en las búsquedas, pero será necesario que demuestre cual será su legión.

—Seguirás entrenando conmigo, hasta que empiece el periodo de reclutamiento. Donde deberás decidir si defenderás un puesto en tu legión o serás un humano normal, aunque viendo esta hazaña ahora lo dudo. Algo me hace pensar que estamos delante de uno de los famosos ojos de Dios.

No dijeron nada, pero sus rostros demostraban una sorpresa que no terminaban de asimilar del todo.

VII

SELLADO

La verdad creí que todo cambiaría con el incidente que ocurrió, pero todo siguió un curso normal. Mi abuelo informó del hecho a los demás Iríns omitiendo el dato de ser un crefacio izquierdo y que él causante había sido yo. Informó que yo solo había visto a un Irín desconocido entrar en escena y realizar la transportación, aunque dudaron bastante, lo comprobaron con un rastreador de poder que al acercarlo a mí indicaba que había una esencia muy débil derivada del poder, haciendo imposible que fuera yo.

Eliot me dijo que era mejor así porque los cazadores de ojos se verían atraídos si lo sabían o algo se confirmaba. Muchos se sorprendieron y cuestionaron la veracidad de la acción, no pudiendo creer que el Irín salvador haya simplemente desaparecido sin buscar alguna recompensa por la hazaña.

Mis familiares me hablaron de la oportunidad de solicitar una misión, mientras más alto fuera el riesgo de la misión más alta sería la posición inicial. Mi padre sin embargo no quería presionarme con ello, ahora lo veía más pensativo y perspicaz en relación conmigo.

Aunque parezca simple, a medida que vas avanzando cada vez es más complicando subir de rango. Mi abuelo es el teniente general y hasta el momento era el Irín con mayor rango vivo, Eliot a pesar del poco tiempo que tiene es un mayor general, pero los más fuertes de los que se tiene registro son Generales supremos y generales definitivos.

—Mantén firme la espada. —Me decía mi abuelo. —Debes aprender bien el combate cuerpo a cuerpo, cuando llegue el momento tu arma sagrada será entregada, lo más común es que sea una espada, aunque puede haber sus excepciones. Solo recuerda que esta es la base de toda arma.

—De acuerdo. —A través de mi sombra notaba la representación de mis posturas y trataba de mejorarlas con los consejos de papá.

Así pues, los entrenamientos se habían vuelto más intensos y arduos desde que despertó mi crefacio, ya que no lograba realizar de nuevo la activación. Es cierto que podía seguir los movimientos de mi abuelo y mi velocidad había aumentado, pero mi magia y crefacio seguían sin despertar completamente. Eliot me ayudaba en ocasiones a practicar, a pesar de haber sido entrenado por mi abuelo, había logrado adaptar su propio estilo de pelea.

—Necesitas tener bien apoyados tus pies al sostener tu espada si no resultarás un blanco fácil. —Decía corrigiendo mi postura y mostrándome como debía ser. —Sabes, de seguro ya no te falta mucho para conocer que elemento tendrás y la habilidad única de tu crefacio, esto, aunque no lo parezca, me resulta emocionante porque podremos entrenar a un nivel mayor. —Escuchar esas palabras por dentro me preocupaba, se supone que ya estábamos entrenando a un nivel mayor.

Pese a que mi primo me decía esto, a mí me avergonzaba ver como mi avance era bastante lento, aunque me sentía bien al convivir más con él y nuestro abuelo. Afortunadamente, gracias a la habitación un entrenamiento de cuatro horas se podía realizar en quince minutos, lo que me daba tiempo para ir a atletismo.

Mi abuelo me comentó que al inicio no podría usar la aceleración de tiempo, ya que el cuerpo se va adaptando gradualmente a los cambios de tiempo, esto significó que ya no tendría que sacrificar tanto mi vida ordinaria y la de ser Irín.

Cierto día llegué a atletismo para entrenar, así como continuar con mi rutina y la vi, tan radiante como la primera vez, le daba el sol, pero no completamente, mantenía la misma sonrisa encantadora. Estaba con su amiga y fingí no haberlas visto, sin embargo, Rachel por alguna extraña razón no me volvía a reconocer desde el incidente del autobús.

Estaba haciendo lo posible para no verla, sentía una presión en el pecho, pero no sabía si era mi imaginación. Si algo es cierto, es que las mujeres no olvidan las cosas tan fácilmente y yo quería que nuestras miradas se cruzaran para tener un pretexto por el cual hablar.

—Hola. —Pensé para mí y pasé de largo, pero viéndola a la distancia.

Seguí corriendo, pero una parte de mi sentía una gran felicidad al verla, algo en ella robaba mi atención.

—Es bonita. —Me decía Eliot, no noté en qué momento llegó y eso a veces me asustaba un poco. —Tal vez si le hablas puede que tengas una oportunidad.

—Esta fuera de mi alcance. —Dije suspirando y casi sin pensar.

—Tú eres quien la está poniendo fuera de tu alcance, ya sabe de ti, eso es una ventaja, puede que no conozca tu nombre, pero depende de ti.

—Puede que tengas razón, pero dime, ¿qué haces aquí? —Hasta tenía ropa deportiva para la ocasión.

—Quise distraerme como lo haces tú, aunque no lo parezca aún soy un joven, con dinero, pero sin tiempo. —Noté que Eliot lo decía de forma melancólica, pero era cierto, por el grado que ostentaba dentro de los Irín sus responsabilidades eran demasiadas. —El abuelo quiere que me acompañes a una misión de rango D, algo simple, un demonio común.

Me tomó de sorpresa oír que el abuelo quería que me aventurará a una misión sin ser un caballero oficial y aún más por no tener mis poderes mágicos despiertos.

—Pasaré por ti a las siete. —Suspiró. —Puede que estés nervioso, pero tranquilo, el abuelo cree que si forzamos tus emociones será posible que el cielo te entregue tu arma sagrada para pelear cuanto antes, al igual que yo, eres consciente de que sin tu arma la liberación del poder no es controlada y yo creo que por esto no han sido liberados tus verdaderos poderes, ni tu crefacio...

Puede que tenga razón, nunca lo había pensado de esa forma, tal vez no estaba canalizando mi poder lo suficiente. No hablamos más y corrimos un poco.

Eliot notó que me quede pensando.

—Debo irme Leví, nos vemos al rato.

—Ah, nos vemos Eliot.

Se marcho de la pista y el entrenamiento continuo de manera ordinaria, realmente no me pude concentrar, pues estuve pensando en lo que Eliot me había dicho, incluso me olvidé de Rachel.

—Ya llegué mamá. —Decía al cerrar la puerta detrás de mí.

—¿Cómo te fue Leví? —Preguntaba mamá sentada en la sala.

—Bien mamá, solo vengo algo cansado, ¿podemos comer? —Me encontraba bastante ansioso y se apreciaba en mi voz.

—Claro, ya está la comida, pero aún son las cinco.

—Lo sé, pero hoy tendré mi primera misión.

Mi mamá se sorprendió, se puso de pie y no dijo nada, tomo su celular y le marcó a mi padre, noté como esperaba a que entrará la llamada algo impaciente.

—Cariño, ya sé que vas a decir. —Se escucho al otro lado de la línea. —Pero te aseguro que a mí también me acaban de avisar, traté de hablar con mi padre, pero dice que ya es tiempo y no me lo está diciendo como un padre, sino que es una orden, ya sabíamos que pasaría algún día. Te aseguro que no te debes preocupar, ya que Eliot lo acompañará y la misión es de rango bajo. —Mi madre se había mordido los labios. A pesar de todo, su amor de madre le hacía preocuparse.

—De acuerdo, estoy seguro de que estará bien. —No sonaba tan convincente.

—Si cariño y perdona, que bueno que Leví te lo contó, ya debe asumir responsabilidades de adulto. —Mi mamá sonrió y parecía nostálgica.

—Que rápido, no me está gustando, te espero para comer, así que no tardes. —Solo escuche la respuesta afirmativa de mi papá y un te quiero.

Comí con mamá mientras me platicaba como mi padre la había conquistado cuando era joven y que debido a su trabajo como Irín salían muy poco, por ello mi padre había decidido tomar ya solo misiones de rango A, esto para estar más tiempo con mamá y conmigo porque decía que ya había perdido mucho tiempo sin estar con su familia.

VIII

LO QUE NO SE VE

No sabía cómo vestirme o que debía llevar, pero terminando de comer con mi mamá llego mi papá a la casa, venía cansado, pero emocionado y bastante alegre.

—¿Preparado Leví? —Decía acercándose a la mesa con una caja de cartón.

—Que te puedo decir papá, ni si quiera sé que ponerme.

—Relájate y toma. —Me extendió la caja medianamente grande.

—¿Qué es esto? —Dije tomando la caja y pensando que podría tener.

—Ábrelo y te responderé. —Procedí a hacerlo y observé un rosario de pulsera color plata y un reloj de bolsillo, se veían de muy buena calidad. —No necesitas nada más para tu misión que esto Leví, lo que te acabo de entregar es un rosario de protección, aunque no lo parezca sus funciones son demasiadas como ampliar tu zona cero, en caso de emergencia puede activar un escudo que detendría a un demonio de grado inferior y puede activar una armadura divina temporal si es que del cielo no se te ha forjado una, normalmente las armaduras suelen ser forjadas al activar tu arma divina, ya que es como si fueran una sola la arma y la armadura. —Me quedé mirando el rosario y miré la muñeca de mi papá.

—¿Por qué el tuyo solo tiene cinco perlas y es dorado? —Dije intrigado.

—Regresa de tu misión y te lo diré, ¿de acuerdo?

—Claro papá, estoy muy emocionado. —Me sonrió.

—Bien el reloj que te entrego se le debe dar a todos los Irín que comenzarán el proceso de reclutamiento, aquí quien decide si serán o no es la corte celestial de los cielos compuesta por los siete arcángeles. Aunque parezca un reloj de oro es algo particular pues una parte del otro es de este mundo, mientras que otra pertenece al Trono de Dios, es necesario que un querubín reciba el permiso de Dios para tomarlo y otro ángel de rango superior lo forje, Dios designa que ángel forjara el reloj para cada Irín porque él conoce el verdadero poder interior de todos, ese mismo ángel es el encargado de forjar la armadura y el arma divina. Es raro que se revele que ángel forja el arma.

Viéndolo bien parecía un simple reloj, pero ya por sí solo desprendía una presencia algo particular.

—Este es el mío. —Mi padre sacó de su bolsillo un reloj dorado parecido al mío, apenas iba a decirlo. —Parecen iguales ¿no?, espera la magia apenas va a empezar.

Mi padre activo su crefacio cambiando su ojo derecho a color azul y sobre el reloj se comenzaron a formar símbolos de color morado, lo abrió y se notaba el nombre de mi padre tallado en la tapa. —Esto se debe a que se me reconoció como un caballero sagrado y mi elemento es el rayo. —Lo cerró. —Si todo sale bien, hoy conocerás tu elemento.

—Así será papá. —Tomé mi reloj y lo metí en mi chamarra, me puse el rosario y me senté en la mesa mientras papá comía.

El timbre sonó poco minutos a la hora esperada, pero ya sabiendo por qué y me apresuré a abrir.

—¿Preparado? —Era mi primo vestido de manera casual, nada especial, unos jeans, una playera negra lisa y tenis casuales.

—Claro, que bueno que llegaste. —Entro Eliot conmigo.

—Tío y tía buenas tardes, creo que ya saben el motivo de mi visita, que por lo visto era esperada. —Decía algo nervioso, pudiendo ser por mis padres tal vez.

—Lo sé Eliot, en cierta parte yo también estoy emocionado, como si fuera mi primera misión, sin embargo, confió en que regresarán con bien, no quiero que nos digan detalles de la misión porque no quiero ver a mi esposa preocupada. —Decía indicando con la mirada a mamá y Eliot asintió. —Así que partan cuanto antes y que Dios los acompañe.

Mi madre y mi padre me dieron la bendición y salimos de casa.

—¿Dónde será la misión? —Dijo mi padre antes de que comenzáramos a partir.

—En África, creo que es lo único que le puedo decir por lo que me mencionó anteriormente. —Fue lo ultimó que dijo antes de seguir nuestro recorrido hacia la calle.

—Bromeas, ¿cómo llegaremos allá? —Dije yo sorprendido, ya estaba oscureciendo y las horas de camino no eran pocas, era atravesar medio mundo o más a saber cuánto.

—Buena pregunta. —Mi tono de voz no pareció inmutar ni un poco su tan extraña calma. —Pero tranquilo vamos a irnos volando y pues nuestro transporte ya está aquí. Zona cero.

De pronto note dos águilas gigantes en medio de la calle.

—Sube ellas serán nuestro medio de transporte.

Las águilas contaban con una silla de montar acondicionadas que las hacían lucir demasiado imponentes, pero a la hora que nos acercamos para montarlas resultaron ser bastantes dóciles.

Salimos inmediatamente para aprovechar la juventud de la noche, nunca había montado un águila, pero Eliot me dijo que había sido domesticadas para ser compañeras de los Irín, por lo tanto, no había que temer. Una razón para usarlas era que Eliot no gastará fuerzas para la misión volando, además porque yo no sabía volar, ni siquiera tenía alas.

Lo mejor de todo es que era la primera vez que iba a volar por el mundo yo solo montado en un águila, sabría lo que se siente ver el mundo de noche, pero sin que ellos se dieran cuenta de mi existencia en algún lugar desconocido donde la noche se encontraba avanzada y no desierta de otros transeúntes.

MINI HISTORIA III
EL TRATO

—¿El trato entonces es solo si lo entrego vivo? —Decía el individuo ocultándose en la oscuridad para no mostrar su rostro ni atuendo.

—Sí, de nada me sirve muerto, es un buen precio el que te estoy ofreciendo. —Sonaba una voz femenina con bastante edad encima, pero demasiada seguridad.

—De acuerdo, es un trato. —Simplemente se dejó de escuchar la voz.

—Sé que así será, hasta hoy no ha habido trabajo que no hayas podido realizar. —La mujer sonrió. —Espero que pueda perdonarme. —Probablemente ese perdón era para la persona que sería cazada.

No se escucharon pasos o algo que indicara que la criatura se había marchado, solo silencio y eso fue suficiente.

Esa era su carta de presentación.

IX

EL SEÑUELO

El mundo visto desde la altura de las águilas era magnifico, en cambio mi primo a juzgar por su rostro no estaba tan emocionado como yo, pero paso por mi mente que de seguro ya había recorrido el mundo cientos de veces debido a sus misiones.

Si había duda sobre como la presión del aire no chocaba con mi rostro, era debido a que la silla de montar creaba una pequeña cúpula que me protegía.

Pensé por un momento en los millones de personas que no podían apreciarnos en la inmensidad del cielo, éramos eso, invisible que no se ve pero que está ahí. El vuelo fue rápido, quería por un segundo que no terminará y parecía que las águilas se encontraban en la misma sintonía, ya que de vez en cuando se coordinaban para hacer maniobras que hacían más interesante el trayecto.

De pronto las águilas descendieron como ya indicando el fin del viaje, estas esperaron hasta que descendimos, las acariciamos y Eliot les dio unas pequeñas galletas a cada una.

—Esperaran hasta que terminemos la misión Leví, así que debemos apurarnos. —Se alejo e hice lo mismo y vi como alzaron el vuelo. —Ahora van a descansar un poco.

Aprecie el lugar al que habíamos llegado, el cual estaba en medio de la sabana, no se podía apreciar nada alrededor, era como un pueblo o algo más grande, solo árboles y pastizales.

—¿Es aquí Eliot? —Dije asombrado.

—Las águilas no se pueden equivocar Leví, han sido entrenadas especialmente para rastrear demonios. —Noté que su uniforme blanco seguía impecable como si la suciedad no pudiera adherirse a él. —Verás, ahora es necesario encontrar el rastro de sangre o algo que nos acerque a ellos y ahí es donde entro yo.

Extendió su mano izquierda a un costado y abrió su palma, de pronto y de forma muy rápida como si el suelo hubiera cobrado vida, arrojo una espada envainada a mano, la cual cerro para tomar la empuñadura, la coloco a un costado de su cinto y me miró de nuevo, solo que ahora ya no era el mismo, su ojo derecho había cambiado a un color azul con partes naranjas, algo difícil de explicar.

—Te presento a mi arma sagrada "cremare". —Desenvaino la espada y pude apreciar una espada de dos filos que relucía a pesar de lo densa que era la noche, como si produjera una luz propia.

—¿Creí que solo había crefacios azules?

—Bueno creíste mal y no te culpo, puede que debido a que nuestro abuelo y tu padre tiene uno azul no hayas notado otro diferente hasta hoy, pero la jerarquía de los ángeles que prestan el poder, la gracia divina y elemento terminan por definirlo. En mi caso por el nombre puedes definir que es el fuego. —De pronto toda la hoja se encontraba bajo este elemento.

—Vaya es impresionante.

—Así que relájate, si algún demonio aparece lo incinerare, de momento solo aprecia. —El fuego desapareció y envaino la espada. —Vamos a rastrearlo con algo de sangre.

Comencé a caminar detrás de él viendo como recorría todo el alrededor observando minuciosamente el suelo como si pudiera penetrar en la oscuridad con su mirada.

—No hay sangre visible, así que el rastro lo tenemos que hacer nosotros por lo que veo.

—¿Que significa eso? —No logré entender bien el motivo.

—Nada importante. —Saco un pequeño cuchillo y produjo un corte en la palma de su mano, la cual apretó para dejar caer varias gotas al suelo. —Un demonio nunca puede ignorar el olor de la sangre joven y menos de un Irín.

Como si por arte de magia se tratara, se escuchó como las aves salieron volando del lugar, pues los árboles comenzaron a moverse a nuestro alrededor de una forma violenta como si varios animales caminaran por sus ramas.

—Tal vez nos acechaba desde el principio. — Dijo Eliot preparado con la mano derecha en la empuñadura de su espada mientras con la mirada seguía el movimiento de las ramas de los árboles.

Era extraño Eliot no parecía inmutarse ni un poco.

—Cometieron un error al venir a ser mi comida. —Provenía de entre los árboles como un susurró. — Aunque parece que ustedes sin duda serán más sabrosos porque no son simples humanos.

Soltó lo que a primera vista parecía ser un tronco, pero al apreciarlo mejor se trataba de un brazo humano que parecía momificado.

—Tardas en presentarte demonio, acaso tienes miedo o estas satisfecho por lo que veo. —Decía Eliot mirando a los árboles.

—He devorado humanos desde hace siglos, comerlos a ustedes no me será problema, solo estoy definiendo a cuál primero, hace mucho no enfrento a un Caballero Sagrado, creí que había hecho bien mi tarea de esconderme.

—Bueno sal entonces a saludar y veamos que tanto ha hecho el tiempo.

No se escuchó nada en respuesta a lo que Eliot dijo, yo me encontraba detrás de él.

—Veamos de donde saldrás. —Dijo para sí mismo sin soltar la empuñadura, pero nada ocurrió. —Bueno si no saldrás yo te haré hacerlo. —Desenvaino la espada que salió ya en llamas. —Jaula.

Eliot alzo su espada para que la punta diera al cielo y salió de ella fuego alrededor de nosotros, formando así una jaula con barrotes en forma de cúpula, comenzó a quemar los árboles que había atrapado.

—Parece que realmente no me quieres dejar escapar.

Del árbol cayó un bulto que se incorporó mostrándose ante nosotros, era un humanoide como de dos metros que poseía cuatro brazos y dos cabezas, así como piernas que parecían las de una cabra, su piel era de color gris y su cuerpo tenía varios cortes. Sus ojos no tenían brillo y tenía un cuerno en medio de las dos cabezas.

—Quería que te presentarás por tu cuenta, pero al ver que no tomabas la iniciativa tuve que darte una ayuda. —Decía Eliot bastante confiado.

—En parte es ayuda para que no puedan escapar y los mate. —La criatura se abalanzo sobre nosotros.

—Esto termina aquí. —Eliot dijo y acto seguido desenvaino su espada y avanzó para de un corte rápido partir al demonio por la mitad.

Este se quedó inmóvil, la sangre salía de las partes cortadas con olor a podredumbre.

—Eso fue rápido Eliot... —Le decía pensando que ya todo se había terminado.

—Ya deja de fingir, nada puede ser tan sencillo. —Decía Eliot agitando su espada para limpiarla.

—Con que la técnica que probaste fue de división.

De pronto ambas mitades completaron las extremidades sobrantes y el demonio miró a Eliot.

—Es la primera vez que veo a un demonio que ha tomado el cuerpo de un Irín.

—Bueno es la primera vez que viene un mocoso tan joven a querer enfrentarme. —Decía la parte del demonio que se había quedado con el cuerno. —Veo que eres hábil con tu arma, pero tu amigo no. —Respondía la otra parte.

—No es necesario que el pelee, yo soy suficiente para los dos. —Eliot saco de nuevo su espada. —La próxima vez el corte acabará con ambos.

X
LOS MIL CORTES

Eliot tomó impulso y de nuevo con habilidad singular cogió su espada, primero corto al demonio del cuerno en diagonal y después a su gemelo por la mitad del torso, ambas partes no dijeron nada y cayeron al suelo, pero los cuerpos no comenzaban a purificarse ni desintegrarse, solo salía sangre como en la primera ocasión.

—¿Qué eres? —Decía Eliot limpiando su espada y empuñando de nuevo, todas las partes había comenzado a regenerarse hasta formar de nuevo cuerpos completos, ahora ya había cuatro demonios que estaban sonriendo maliciosamente.

—No recuerdo la última vez que me encontré con chicos tan guapos. —Decían todos de forma burlona mirando a Eliot. —¿Estás seguro de que no le falta filo a esa cosa?

—No te burles de mí. —Eliot estaba serio. —Tal vez solo necesito cortar más profundo y unas cuantas veces más para dar con tus corazones. —Mientras decías las palabras miraba su espada y al terminar con elegancia y sigilo se movió de nuevo, solo que aun más rápido y corto las cabezas y los cuerpos en cuatro partes, la pelea ahora si parecía decidida, pues todos los cuerpos cayeron provocando un sonido hueco.

El problema era que yo veía a Eliot demasiado serio mientras observaba todos los cuerpos, los cuales de nuevo se regeneraron, ahora estábamos rodeados y todos tenían una sonrisa en su rostro.

—Esto no tiene fin Eliot. —Le dije tratando de descifrar su expresión pensativa.

—No puedo hacer más cortes ya, pero necesito que escuches bien. —Señaló al demonio que tenía aún el cuerno. —Necesito que te encargues de ese y yo iré por los demás.

—Pero...

—Tranquilo Leví solo necesito que lo distraigas. —Me sonrió. —Si no puedes pelear, solo huye de él, recuerda que aceptaste esta misión y mientras más rápido regresemos mejor para todos.

—De acuerdo dime, ¿qué debo hacer? —Dije decidido.

—Es sencillo, verás abriré una abertura en la jaula y te sacaré junto con el demonio del cuerno de aquí, después yo me quedaré a enfrentar a los demás.

Por alguna extraña razón los demonios solo nos estaban rodeando, pero ninguno daba señales de querer atacar y eso era incomodo, sus miradas penetrantes emanaban malicia sin cesar.

—¿No piensas dar algún golpe? —Decía Eliot tratando de incitar el combate.

—Podría dar si quisiera más de dieciséis al mismo tiempo, pero me gusta contemplar mi comida antes de comenzar el festín, ver la desesperación en sus rostros es satisfactorio.

—¿Desesperación? —Me pregunté.

No había mentira en sus palabras, realmente se podía apreciar como disfrutaba observarnos.

—Lo complicado ahora es decidir quién de todos los probará primero. —Se escapaban risas de alegría de todos los cuerpos. —Pero es cierto, para comer carne se necesita cortar y desgarrar.

De pronto comenzaron a acercarse un poco más achicando el espacio de maniobras que teníamos, sobre sus vientres comenzaban a apreciarse a simple vista movimientos violentos y después cada uno arrojo un arma al suelo, todas recubiertas por una sustancia babosa que intensifico el olor hediondo que ya se percibía, claro que no solo era eso, algunas de las armas estaban fracturadas, otras incluso aún tenían en su empuñadura la mano del dueño anterior, ya fuera completa o apenas con tejido que dejaba apreciar que había sido una.

—Observa bien Leví. —Me dijo Eliot empuñando su espada y con la mirada señalando las armas. —Todas esas en su momento fueron armas sagradas de los Irín que el devoró, debido a que estaban vivos en el momento estas no desaparecieron.

Mire a mi alrededor y ahora tenía sentido que a pesar de haber estado en el cuerpo del demonio por quien sabe cuántos años el estado de conservación era demasiado bueno. Los demonios comenzaron a tomar las espadas, lanzas y hachas, en los casos donde aún estaban los brazos los quitaron y volvieron a consumirlos. Hasta cierto punto era asqueroso ver como devoraban sin ningún problema.

—Tu asocias desgarrar con pelear y las armas como tus cubiertos, sin duda eres un glotón, pero visto todo de esta forma, ahora será más interesante, tal vez al menos así puedas darme pelea.

—Todos los que han venido a intentar cazarme han caído víctimas de sus palabras al final. —Los demonios se saboreaban y nos recorrían con la mirada. —He perdido la cuenta de a cuantos caballeros sagrados he devorado durante mi travesía por el mundo... creo que tengo aún más armas por si deseas hacer más clones para averiguarlo. —Decía burlonamente.

—Toma Leví.

Sin despegar la mirada de los adversarios, me entrego un cuchillo envainado que llevaba en la parte trasera de su uniforme.

—No tendremos tiempo para tratar que invoques tu arma sagrada, así que usa esto para pelear y defenderte, ante la incertidumbre de que tan ágiles y fuertes son necesito que al menos no estés desarmado.

Desenvaine el cuchillo, el cual era bastante elegante con un mango que ajustaba excesivamente bien con una hoja terminada en negro mate de alrededor de veinte centímetros y en ella estaba labrada la palabra *"ignición"*, conserve la vaina en mi mano izquierda y el cuchillo en la derecha, tome una posición defensiva para esperar el ataque ante la señal de Eliot.

—El plan es el mismo Leví, así que prepárate para salir de aquí en cuanto se presente la abertura. —Asentí a Eliot que se miraba bastante determinado.

Sonaron las primeras estocadas, un demonio con la lanza y una espada habían venido de frente hacia Eliot, el cual hábilmente los había bloqueado y alejado para prepararse a próximos ataques.

Me tocó esquivar una hacha, parecía tan pesada que el demonio no pudo evitar que impactará el suelo y aunque creí captar victoria, ya que estaba esquivando sin problemas los ataques y mirando como Eliot también, en una vuelta para intentar cubrirme de lo que parecía ser un bastón que bloquee con la vaina y el cuchillo salí disparado hacía un árbol cerca de la orilla de la jaula, a comparación de lo demás golpes este había salido de la nada e incluso había logrado entumecer mis manos, al apreciar mejor noté que se trataba del cuerno, la criatura lo estaba empleando como arma, probablemente se lo arranco, pero a diferencia de los golpes anteriores se podía apreciar la diferencia de fuerzas entre sus clones.

—¡Resiste Leví y sigue así!

Eliot estaba rodeado por más de la mitad de los demonios, trataban de encontrar la oportunidad de acertar un golpe que terminará con su ventaja.

No tuve tiempo de reponerme completamente, solo me levante instintivamente y seguí peleando contra los demonios que venían hacia mí, los bloquee y atacaba provocando pequeños cortes, mi intención era que no fueran lo suficientemente grandes para evitar que pudieran seguirse clonando. De pronto me di cuenta de que algo andaba mal, los cuatro demonios qué estaban peleando conmigo me estaban reteniendo en el mismo espacio mientras se acercaba decididamente el del cuerno.

—No es momento para dudar. —Me dije para armarme de valor, una parte de mi me decía que era una buena idea y la otra me decía que buscará refugio.

—¡Te estoy esperando! —Logré apreciar su rostro de satisfacción.

Mientras atacaba y bloqueaba, sus clones retrocedían poco a poco hacia los límites de la jaula.

—Parece que no sabes que se acerca tu final pobre ignorante. —Su mirada estaba llena de maldad pura, lo estada disfrutando.

XI

CORAJE

—Averigüémoslo, nada está decidido aún. —Decía retándolo, pues no planeaba morir en ese momento.

—Acabar con esa determinación será un gran placer. —En su rostro la expresión aumentaba y continuaba avanzando hacia mí. —¿Además que harás cuando se te acabe el espacio para correr?, sería un problema para ustedes dejarnos ir con una multiplicación ilimitada.

Comencé a sentir a mis espaldas como la temperatura comenzaba a elevarse dándome cuenta de que no faltaba demasiado para el límite de la jaula, quien sabe cuántos metros, pero ahora los demonios comenzaban a atacar con más fuerza como queriéndome empujar hacia los barrotes de la jaula, solo podía observar cómo Eliot se encontraba rodeado.

Para cuando llegó el demonio del cuerno, apenas y lograba defenderme, estaba consiguiendo hacer heridas en mis piernas y brazos, de pronto en un ataque conjunto logré esquivar a los demonios que intentaban atacar por mi flanco derecho e izquierdo y muy apenas al del cuerno que estaba enfrente, pero del cual su verdadera intención era conectar una patada a la altura de mi pecho que me arrojará para ser quemado.

Solo sentí la potente patada en mi pecho que me empujó, pero no di con la jaula, sino que caí al suelo fuera de ella, al observar bien, vi que en esa sección se habían eliminado los barrotes como si Eliot lo hubiera sabido y preparado mi huida, así que tomé mis cosas y comencé a correr sin perder tiempo.

—Así que huyes como una presa. —Dijo el demonio del bastón.

Observe de reojo que en cuanto salió él se cerró la jaula de nuevo.

—No te servirá de nada separarnos chico listo. —Vio a los demonios que no pudieron salir. —Pueden comerse a este. —Asintieron y fueron tras Eliot.

Me encontraba huyendo entre la vegetación y los árboles de la sabana, la parte por la cual había salido se encontraba cubierta de ellos.

—Ya jugué mucho con mi comida. ¡A devorar!

El demonio se impulsó y subió al árbol de un salto, ahí comenzó a moverse rápidamente entre los árboles siguiendo el sonido mis pasos, volteaba de vez en cuando para ver si lo había perdido.

—No debo detenerme, debo llegar lo más rápido posible para darle tiempo a Eliot. —Decía para mí. —Sí sigo así no podrá alcanzarme en un buen rato.

De pronto solo sentí el golpe en mi pecho, similar al que experimenté al ser expulsado de la jaula de fuego, traté de incorporarme lo más rápido posible tomando el cuchillo para encarar al demonio y mi sorpresa fue que ya no estaba ahí.

—Me estas causando bastante molestias. —Decía la voz y con ella se agitaban los árboles a mi alrededor. —La comida no debe de caerse del plato una vez que ha sido servida.

—Maldición a donde puedo ir. —Divise los cincos caminos que podía tomar. —Tal vez si tomo alguno al azar y le lanzó una trampa podría escapar. —Vi unas cuantas piedras en el suelo, luego ate la vaina del cuchillo a mi cintura y rápidamente tome un puño de piedras que arroje hacia las ramas, apenas iba a comenzar a correr cuando salieron cinco demonios, uno de ellos era el del bastón.

—Estás haciendo que esto se vuelva demasiado complicado y tedioso, lo cual me fastidia mucho. — Ya cada clon tenía un arma y su voz comenzaba a sonar molesta. —Acabaré contigo y seguiré con el chico de la jaula si es que aún mis copias no lo han terminado, al no ser tan fuerte tú pudiste mandar sin problema gran cantidad de fuerzas a ellas.

—Tal vez deberíamos ablandarlo un poco primero para dar inicio con los preparativos. — Comentaba uno de los clones que parecía ya querer comerme.

—Buena idea, chicos, pensar entre varios es fabuloso.

No entendía que quería decir hasta que el demonio del bastón desapareció frente a mí.

—Hahn.

Sentí de lleno en mi brazo izquierdo el impacto del bastón, escuché un crujido al caer al suelo, había soltado el cuchillo. No me importó el dolor y me mantuve recostado sobre mi lado derecho.

—Esto será rápido muchachos. —Les decía el demonio del cuerno que se escuchaba a pocos pasos de mí. —Cuando acabemos con cada una de sus extremidades se romperá y nos deleitaremos con sus gritos.

A pesar de que quería quejarme y el dolor era insoportable, me esforcé en localizar el cuchillo de Eliot, desarmado solo era un trozo de carne listo para dar a los leones, con el cuchillo lograría al menos tratar de alargar un poco las cosas mientras esperaba la llegada de Eliot.

Entonces lo vi, estaba a unos cuantos centímetros a mi lado izquierdo, así que mentalizándome de lo doloroso que sería giré hacia él, lo tomé y lo coloqué en mi boca mientras torpemente me ponía de pie solo con mi brazo derecho.

—Parece que realmente no quieres morir aún. —Decía burlonamente el demonio.

Quité el cuchillo de mi boca tomándolo con mi mano derecha.

—¡Debo resistir mientras llega mi primo! —Dije con coraje en mi voz. —No puedo titubear ante mi deber.

—Tu deber ahora es morir mocoso. —El demonio del bastón sonrió. —Tu primo tendrá un límite mientras mis demonios podrán seguir multiplicándose, además en lo que llevamos ninguno de mis clones ha desaparecido, sino ya me hubiera dado cuenta.

Sus palabras me preocuparon un poco debido a que Eliot ya tenía algo de tiempo peleando, pero aún a la distancia se veía la jaula.

—No importa resistiré mientras llega hasta aquí.

Tomé la posición de ataque plantando mis pies en suelo y colocando mi mano derecha frente a mí con el cuchillo para esperar cualquier ataque, en estas circunstancias huir ya no era una opción.

Los observé, sin duda con mi brazo lastimado cinco contra mí ya eran demasiado, en la jaula apenas les hacía frente completamente sano.

—¿Qué? —Un látigo había tomado mi pie derecho, no me había percatado que uno de ellos tenía esa arma.

—Ya has escapado lo suficiente, ¿no crees? —Decía el clon esperando la aprobación de los demás y no le resulto difícil, pues lo elogiaron por su forma de pensar.

Mi situación ahora era más complicada, inmovilizado y sin un brazo mis movimientos eran limitados.

—Sabes siento pena por ti chico, pero ya no podemos alargar más esto, veras no tienes un crefacio con alguna habilidad que pueda tomar como premio que valga la pena. —Su lastima casi era sincera. —Confórmate con ser mi comida y en la siguiente vida encontrarme preparado.

El miedo quería comenzar a invadirme, estaba temblando un poco mientras veía como se acercaban con pasos lentos, el de bastón, dos con lanza y el último con un hacha.

—No moriré aquí, se lo prometí a mis padres.

Había tomado el cuchillo para cortar el látigo y emprender otra huida, pero como si pudieran leer mi mente el demonio lanzó otro látigo a mi mano izquierda. Un sudor frío recorrió mi cuerpo, lo vi y pareció entender el mensaje en mi rostro.

—Quiero que sepas que eres tú el que me orilla a esto. —Decía sarcásticamente y dio un fuerte jalón que me hizo caer de rodillas, debido al dolor solté el cuchillo y cayó a unos centímetros de mí.

—Corten el otro brazo, su cuchillo será un premio de consolación. —Decía el demonio buscando mi desesperación.

—Maldición creo que así termina todo. —Dije para mí mismo, miré de reojo el cuchillo a unos cuantos centímetros de mi brazo explotó en fragmentos.

XII

ÚLTIMO SEGUNDO

El demonio del hacha colisionó con tal fuerza el cuchillo que solo lo vi explotar y por instinto me cubrí, estoy seguro de que notaron la expresión de terror en mi rostro al encontrarme desarmado y acorralado.

—Rayos, yo quería cortarle el brazo. —Noté como el hacha estaba destruida también. —Sin duda era un arma bastante poderosa.

—Dije que lo quería para premio maldita sea. —Decía el demonio del bastón bastante enojado. —Lo más cuerdo ahora es que no pruebes ningún bocado.

—Pero... —Dijo arrepentido y soltando el mango de lo que había sido el hacha que aún sacaba algo de humo.

—Regresa a tu lugar y observa, si me conmuevo lo sabrás. —No dijo nada y regreso a su posición, yo no entendía porque se molestaban en probarme si al final regresarían al cuerpo original.

—Dime ¿qué vas a hacer ahora mocoso? —Lo vi y sabía que se contenía para dar el golpe final. —Puedes ser mi cena o te puedo ofrecer poder.

—No me interesa tu poder si lo que planeas es cenar acábame, no tiene sentido que le des esperanzas a un desarmado como yo.

—Ya estas comenzado a romperte, bien que así sea. —Tomo el bastón con ambos brazos. —Tranquilo la arrancare limpiamente de un solo golpe.

Asumió la posición de ataque, tomo impulso, vi como venía hacia mi decidido, ya no podía hacer nada, el dolor de mi brazo había cesado un poco, pero punzaba esa parte de mi cuerpo. Solo sentí un ligero toque del bastón en mi lado izquierdo y cerré lo ojos.

El demonio casi cayó al suelo al perder el control sobre su equilibrio por la fuerza, los demás observaban el lugar donde hace unos instantes me encontraba.

—Creí haber oído que dijiste que no tenía crefacio. —Decía uno de los clones observando el lugar.

—Cállate, tal parece que el que estaba jugando era ese chico. —El demonio sentía como le habían tomado el pelo. —Su compañero aún sigue peleando, búsquenlo y tráiganlo le sacaremos los ojos, mientras nos revela como funciona su habilidad.

—Imagínate que sea unos de los ojos de Dios. —Expreso un clon pensativo, debido a la naturalidad de la desaparición.

—Dudo que sean tan tontos para mandar una habilidad así a enfrentarnos, pero lo averiguaremos en unos momentos. Prepárense para cazar, recuerden que deben de traerlo vivo, además esta desarmado y tiene un brazo inhabilitado para combate.

—De acuerdo. —Dijeron al unísono y comenzaron a avanzar trepando entre los árboles, desesperados porque su presa no hubiera escapado.

Estaba desubicado pues me encontraba solo, observe a mi alrededor y me percate que continuaba en la misión, pues viendo el cielo noté la jaula de Eliot.

Tomé aliento, sujetando mi brazo roto lo mejor que pude y comencé a caminar hacía mi primo, no con la finalidad de pedirle ayuda sino para ver si contaba con alguna otra arma que me permita defenderme. Era consciente de mi situación, sin embargo, estaba dispuesto a seguir luchando hasta que Eliot pudiera terminar con los demonios de la jaula.

—Maldición, con mi brazo roto soy muy torpe al avanzar. —Enuncie a unos cuantos metros y recargándome de espaldas en un árbol para tomar aliento.

—¡Lo encontré! —Iba a darme la vuelta cuando sentí que una cuerda me había amarrado al árbol.

—Buen intento chico listo, pero no puedes escapar de nosotros. —Decía el demonio del látigo. —Puedes relajarte, te aseguro que el amarre es bastante sólido, tu brazo ya no se moverá.

Realmente no podía hacer nada para cortar el látigo, mis fuerzas humanas tenían un límite.

—Vamos al grano chico. —Dijo el demonio del bastón que había estado oculto en un árbol cerca de mí. —Hablemos de tu poder, me ha dejado varias dudas. —Comenzó a caminar hacia a mí y me clavo la mirada. —Tienes un crefacio en el ojo izquierdo, seré honesto es la primera vez que veo uno y sería un gran regalo.

—Bueno tal vez te lo pueda regalar cuando sepa cómo funciona, primeramente, es que soy nuevo en esto. —Recibí una bofetada del demonio y luego me tomó de los cabellos para ver bien mis ojos.

—Ya me engañaste una vez, no permitiré que vuelva a ocurrir de nuevo.

—Te aseguro que no fue mi intención, simplemente paso.

La situación comenzaba a preocuparme y sentía como el látigo cada vez comenzaba a apretarse más.

—Relájate mocoso, solo me estoy cerciorando de que este bien ajustado. —Expresó el demonio que parecía darse cuenta de mi incomodidad. No lo podía ver, pero me imagino que lo disfrutaba.

—Bien te daré dos opciones: la primera es sacarte los ojos rápidamente con un poco de dolor y la segunda es hacerlo lentamente mientras te rompemos los huesos para que no sufras demasiado. —Vi cómo se encontraba preparando sus dedos con sus garras puntiagudas y acercándolas a mi ojo izquierdo.

De pronto una ligera onda de aire caliente salió de entre los árboles y el demonio permaneció estático.

—No lo creo posible. —Volteó a su lado derecho al igual que yo, se podía apreciar como comenzaba a desaparecer la jaula. —Acabo con todos en un instante.

—Bueno no eran tan fuertes que digamos después de cierto punto, aunque me sirvieron mucho para practicar.

El demonio volteó y Eliot estaba sentado en un árbol frente a nosotros.

—¿Acaso tu eres el dueño de la teletransportación? Llegaste demasiado rápido.

—Oh nada de eso, ves este ojo. —Eliot señaló su ojo derecho. —No poseo una habilidad única o de los ojos de Dios, pero si insistes te puedo mostrar cual es. —Se puso de pie y saco su espada con la hoja apuntando al suelo.

El demonio se volteó y los otros cuatro que estaban a su lado no le quitaban la vista de encima a Eliot.

—Me imagino que al igual que los clones que dejaste en la jaula solo debo acabar con los fragmentos de corazones que puedan tener en su interior.

Un escalofrió pareció recorrer al demonio del bastón que apretó con más fuerza su arma, no lo podía ver, pero de seguro estaba algo preocupado.

—Averígualo, puede que te lleves una sorpresa. —Trato de mantener su actitud, pero se había notado cierta seriedad en su voz.

—De acuerdo. —Dio un salto y cayó al suelo sin problema con la espada en la misma posición apuntando al piso. —Yo poseo el ojo de las sombras, así que observa *"Danza de sombras"*.

Eliot soltó su espada, parecía que se iba a impactar contra el suelo, sin embargo, lo atravesó, quedando así solo el círculo de su sombra misma que comenzó a moverse a una velocidad sorprendente hasta llegar al demonio que sostenía lo que quedaba del hacha destruida por el cuchillo y se fusiono con su sombra.

—Muevet... —Trato de decirle el demonio del bastón volteando, solo que ya era tarde, la sombra se ilumino como si fuera una hoja de metal al rojo vivo.

—Lluvia de meteoros. —Escuche decir a Eliot.

Como si fueran balas, miles de fragmentos a gran velocidad salieron disparados de la sombra perforando al demonio en cuestión de segundos, todos los demás incluyéndome solo observamos y vimos caer el cuerpo inerte al suelo que comenzó a desintegrarse. Los demonios voltearon a ver a Eliot, pero ya no estaba ahí.

—¿A dónde...

—Por aquí.

Se encontraba en el aire justo por donde habían llegado los fragmentos del cuchillo, también sostenía en sus manos ahora su espada envuelta en llamas descendió rápidamente y antes de que el demonio más próximo pudiera atacarlo su lanza fue segada, acto seguido procedió a cortarlo en demasiadas partes.

—*Ignición.* —Fue como si el fuego hubiera esperado la palabra pues todos los trozos comenzaron a arder. Eliot en otro movimiento hizo una estocada y saco la espada.

—Los fragmentos de corazón de estos demonios sin duda son más grandes, los de la jaula eran bastantes pequeños, pero eso ya no importa.

La punta de la espada comenzó a arder hasta volver cenizas el trozo de corazón que estaba clavado en la punta mientras Eliot se habría paso hacia los tres demonios que aún quedaban.

—Creo que es su turno de que sientan miedo. —Decía sonriendo. —Ya que no creo que tengas algún otro truco con el que me puedas entretener ahora.

Los demonios estaban ahora en una situación complicada se podía ver la tensión en sus rostros, creían tener el control, pero parecía que Eliot había sido el que estuvo jugando con ellos todo el tiempo.

XIII

FIN DEL JUEGO

Los demonios comenzaban a temblar, Eliot seguía avanzando tranquilamente hacia ellos, parecía que estaba alargando su final, ellos solo lo miraban impotentes y molestos.

—Espero que ya no te dividas. —Mencionó para romper el hielo. —Tratando de averiguar qué tan fuerte era tu división me di cuenta de que solo tienes cinco corazones a lo mucho, así que probablemente si lo haces de nuevo para tratar de ganar tiempo solo te debilitaras haciendo que te mate más rápido. —El demonio rechinaba sus dientes. —Es cierto que los clones conservan su fuerza base como si nada hubiera pasado en dos minutos, pero luego caen drásticamente sirviendo solo de carbón para mi gusto.

Noté por su posición que probablemente buscarían la forma de atacar a Eliot o huir.

—Y ahora que lo recuerdo también rompieron mi cuchillo, el cual era un bello cuchillo que me gustaba demasiado.

—Planeas cobrar venganza por un simple cuchillo inútil, ¿cómo es posible que usarás un arma tan débil? —El demonio del bastón trataba de sonar arrogante, pero se podía notar como trataba de ocultar su desesperación. —Puedo ofrecerte un arma mucho mejor, tengo demasiadas aún.

—No gracias, esas armas no te pertenecen, tenían dueños. —Eliot tomo un tono más lúgubre. —Es necesario liberar esas armas de inocentes que engañaste. —Hizo una pequeña pausa y continuo.

—Ahora entiendo, supiste esconderte muy bien todo este tiempo para tener todo planeado, vivir como un demonio errante para no ser descubierto y así atraer a Iríns con señuelos de clones con trozos de corazón tan pequeños y débiles que parecía un demonio de rango inferior, por ende, enviarían a cazadores a misiones que los conducirían a la muerte. —Suspiró. —He logrado vengarlos a todos, pues dentro de la jaula dividí a tus clones al máximo y me encargué de eliminarlos a todos.

El demonio se estaba quedando atónito ante las palabras de Eliot, como si hubiera logrado descifrar su plan de años.

—Por cierto, ustedes convirtieron mi cuchillo el algo mejor. —Sonrió.

Los demonios no entendieron al momento sus palabras, pero después un destello se iluminó a mi lado, venía de la sombra del demonio del látigo.

Cuando este volteo a ver, los fragmentos salieron disparados a toda velocidad y cayó inerte ante el ataque, su cuerpo comenzó a volverse cenizas. Ahora solo quedaban dos demonios, mismos que observaban el fin del mencionado.

Observé como se aflojo el látigo y pude soltarme de mi enredo, el demonio de la lanza se percató y cuando planeaba atacarme a quemarropa noté como su brazo fue cortado. De una sombra en el árbol salió Eliot.

—Por cierto, dejen a mi primo, el solo viene de espectador. —Los demonios observaban lo fácil que Eliot había penetrado sus defensas sin poder hacer nada, el demonio del bastón se acercó al de la lanza y lo absorbió de nuevo. —Por la pérdida de corazones y fuerzas me imagino que si logras huir necesitarías consumir más de veinte mil humanos.

—Te equivocas, contigo y tu primo bastará.

—Averigüémoslo entonces. —Eliot se preparó empuñando su espada con ambas manos y posicionó sus rodillas para impulsarse al siguiente ataque.

El demonio sacó de su cuerpo otros pares de brazos, cuatro brazos al frente y un par más para cuidar su espalda, todos ellos sostenían armas.

—Ahora no tendrás oportunidad para atacar, sino logras cortarme todo será en vano. —Se notaba que el demonio comenzaba a ser absorbido por su propia locura.

—Adelante, no me contendré. —La hoja de la espada de Eliot ardió como las veces anteriores, se notaba por la presión que estaba generando a su alrededor. —*Cremare*.

Este se preparó un ataque con todas sus armas al mismo tiempo y salió disparado hacía Eliot, él en contra ataque surgió como un destello, el demonio cayó torpemente al suelo, sus pies habían sido cortados.

Con un par de sus brazos giró para no perderlo de vista, sin embargo, la expresión en su rostro se volvió de terror cuando se percató que ya no contaba con sus espadas y en un sonido cortante aquellos brazos que le servían de apoyo fueron deshechos por la espada que era como un tiburón dando mordidas precias.

La sombra del demonio había escupido la espada en ángulo en dirección a un árbol que fue hundiéndose en su sombra, sin embargo, en su trayecto destrozó uno de sus brazos y desde otro árbol la espada salió disparada acabando así con su otro brazo.

A pesar de su dolor, contrajo otros dos pares de brazos y los uso para regenerar un par de piernas, era evidente su agotamiento y su sufrimiento pues se encontraba apoyado en el bastón y jadeaba.

—Creí que nos habías presumido que poseías una clonación ilimitada al inicio. Regenerarte no debería ser problema. —La espada regreso a la mano de Eliot y lo miró.

—¡Cállate! No puedo dejar que me sigas humillando, no más. —Se introdujo el bastón en el brazo derecho dejando la punta hacia Eliot, los músculos de todo el demonio sufrieron contracciones.

—Con que ahí se ocultaba un corazón completo, por lo que veo. —Eliot asumió la posición de ataque de nuevo. —Y puede que también se encuentre el crefacio, por ello tanto empeño en cuidar ese bastón, casualmente fue lo único que no pudiste dividir inicialmente a pesar de ser tu cuerno.

—¡Ya cállate! —El demonio salió disparado hacia Eliot que bloqueo sin problema su ataque, enojado por ello siguió atacando sin control y violentamente, estaba haciendo retroceder a Eliot con sus ataques. —Eres solo un presumido, ni siquiera puedes atacarme. —Decía arrogante el demonio por cómo había acorralado a Eliot que ahora solo bloqueaba y retrocedía

El ataque continuó así hasta que Eliot topo con un árbol cercano de espaldas, en un arrebato el demonio intento hacer una estocada mortal, pero Eliot lo esquivó quedando así el cuerno introducido el en árbol, aunque le provoco un ligero corte en su mejilla derecha y suspiró desanimado.

—Quise darte una oportunidad para sorprenderme, pero ahora si ya no puedo perder más tiempo.

El demonio cambio su expresión de orgullo a confusión, parecía que no entendía como Eliot seguía tan calmado a pesar de estar acorralado.

—Verás no solo soy bueno con mi arma. —Eliot sonrió, soltó su espada y mientras iba cayendo tomó impulso para acertar un golpe derecho tan fuerte que alejó varios metros al demonio y lo dejó jadeando. Ahora mientras el demonio trataba de recuperar el aliento comprendía que él que realmente estaba enfrentando un monstruo era él, al ver su abdomen logró ver la marca del puñetazo que de seguro había roto varias costillas o lo que fuera que tuviera, luego miró a Eliot que recargaba sus puños como preparándose para más rondas.

—Sin duda tienes un cuerpo bastante resistente, ya que has arruinado mis guantes. —Al ver a detalle el guante derecho había perdido la protección de los dedos hasta un poco más arriba de los nudillos.

—¿Quién eres? —Deja el demonio aún con algo de complicación mientras su abdomen comenzaba a recuperar su forma original.

—Tu emisario de muerte amigo. —Decía Eliot que había decidido quitarse ambos guantes.

—No hablo de eso, ¿cuál es tu apellido?

—¿Eso importa? —Eliot lo miró confundido. —Bueno mi apellido es Morlan. —Decía tranquilamente.

El demonio al escucharlo palideció inundado por el terror.

—El mismo que el de su comandante general. —Decía lentamente.

—El mismo que es mi abuelo. —Eliot se tronó las muñecas. —Yo soy un teniente coronel.

En un acto desesperado y sin avisar el demonio intento salir huyendo, pero no lo logró debido a que su cuerpo quedo petrificado.

—Ten la decencia de morir con honor. —Al mirar el suelo se notaba como la sombra de Eliot se había extendido hacia la del demonio. —Preví que pasaría algo así, además quiero que comprendas que hasta el día de hoy he cumplido todas mis misiones y no puedo permitir que seas la excepción, así que peleemos hasta que uno de los dos caiga.

—Malnacido, no dejas de sacar trucos de la manga. Si tuviera tú habilidad…

—Sí me vences puedes tenerla. —Eliot sonrió y el demonio crujió sus dientes, extendió su mano y su espada regreso a su mano derecha. —Te daré un último ataque, es de lo más mortales que tengo en mi arsenal, si logras esquivarlo te doy mi palabra de que te dejaré retirarte para que podamos enfrentarnos en un futuro, pero si no ya sabes cual será el desenlace ¿De acuerdo?

—De acuerdo. —Dijo el demonio tragando saliva amargamente.

—*Arde Cremare*. —La espada de Eliot comenzó a arder a una potencia que el fuego parecía que distorsionaba su alrededor. —Bloquea o esquiva, elegir y hacerlo bien será tu salvación. Contaré hasta tres y en ese momento quitaré mi sombra y atacaré.

—Uno. —Eliot dio un círculo con su mano derecha y se vio increíble por la espada envuelta en llamas, después la tomó con ambas manos y preparó sus piernas para que funcionará como resorte para la potencia.

—Dos. —El demonio sin duda tenía planeado huir, parecía que dudaba un poco de la palabra de Eliot, pero era su única opción, así que también estaba preparando sus piernas para huir.

—Me hubiera gustado que hubieras muerto de frente como un guerrero. —Decía Eliot mirando la postura que había tomado. —Bueno no importa tu final. Tres.

La sombra regresó a la normalidad, la onda de calor continuó todo el trayecto, el demonio intento huir, pero Eliot hizo un corte transversal que corto todo su cuerpo y lo hizo arder al momento con gran potencia. Las dos partes cayeron al suelo en un golpe seco y siguieron ardiendo, justo en ese momento logre observar como el ambiente detrás del demonio también había sido incendiado, no sé cuantos metros, pero sin duda era demasiados.

XIV

MISIÓN CUMPLIDA

—Maldición. —Fueron las últimas y débiles palabras pronunciadas por el demonio antes de ser consumido por todo el fuego, que parecía no ser alterado por nada hasta consumar su tarea.

Eliot sostuvo su espada con su mano derecha, luego se acercó al bastón que también estaba siendo consumido por el fuego, lo observó por unos breves instantes, después hizo hábilmente un corte en él, guardo su espada y tomó su guante izquierdo de la bolsa de su traje, se inclinó para recoger el pequeño cuadro que comenzaba a desintegrase y logré apreciar un ojo humano con un ligero resplandor que comenzaba a desvanecerse. Parecía como si del fondo de su corazón lamentará la muerte del dueño guardando silencio mientras lo introducía en un frasco que había sacado de su uniforme, del cual tiraba el contenido, yo me acerque para ver mejor.

—¿Cómo te encuentras? Ya que tu brazo no luce muy bien que digamos. —Me decía mientras guardaba el frasco en un bolso de su uniforme.

—Nada que no pueda arreglarse, además ya no me duele tanto. —Decía sonriendo. —Pero eso fue asombroso, no creí que fueran tan épicos los combates de los Irín y la fuerza es brutal, ni si quiera ese demonio logró igualarte.

—Bueno debemos ser fuertes, somos la esperanza en la que la gente cree, pero no logra ver, por cierto, creo que es hora de irnos. Debo meditar muchas cosas.

En cuanto todas las partes del demonio fueron convertidas a cenizas el fuego de alrededor cesó. Eliot me colocó un vendaje en mi brazo que hizo de la capa de su traje para que se mantuviera firme y mando llamar a las águilas para emprender el regreso, estas no tardaron en llegar, venían haciendo chillidos de felicidad por la victoria obtenida ante el demonio. En cuanto descendieron las montamos y emprendimos el vuelo de regreso a casa. Debido a lo cómodas que eran las águilas y al cansancio terminé quedándome dormido todo el resto del camino, Eliot me imaginó que permaneció alerta en todo momento, además de lo pensativo que iba.

—¡Llegamos! —Me gritó para indicarme que fuera despertando y no lograba entender como lo sabía, si yo solo lograba ver luces sin distinguir nada, pero las águilas comenzaron a descender en círculos y comencé a apreciar el exterior de mi calle y mi casa.

Unos instantes más distinguí a mi madre, mi padre y mi abuelo que se encontraban esperando el aterrizaje para recibir reportes, ellos también miraban atentos nuestro descenso, noté a mis padres felices cuando lograron cruzar su mirada con la mía y en poco tiempo las aves habían tocado tierra totalmente. Mi abuelo permaneció en su sitio mientras mis padres se acercaron a ayudarme a bajar.

—¿Estas bien? —Decía mamá preocupada al ver mi brazo izquierdo vendado. —¿Te duele mucho?

—Ya no mamá, el dolor ha pasado solo necesita ser revisado.

—¿Qué tal tu primera misión? —Me preguntaba mi papá ansioso.

—Mal, solo le estorbe a Eliot. —Decía agachando la cabeza.

—No digas eso Leví. —Decía Eliot a mi lado. —Hiciste lo que pudiste para sobrevivir, eso es una ventaja. —Pero no se detuvo y avanzó hasta llegar frente al abuelo.

El abuelo permaneció firme observando a Eliot que se detuvo y sacó el frasco de su bolsillo para entregárselo.

—Toma viejo. Una prueba más de que los tiempos están cambiando. —El abuelo comenzó a observar el ojo. —Investiga de quien es, su habilidad es división, por lo menos tendrá un entierro decente.

—Sin duda es algo para ser más precavidos, no sabemos cuántos casos más se presentarán de robo de cuerpos y crefacios. Me encargare de encontrar sus orígenes. —Guardo el frasco. —¿Es todo lo que tienes que reportar?

—No, diles que cobraré más por la misión el ojo también es prueba de que era al menos una misión rango B, no sé quién fue el tonto que la clasificó como D.

—De acuerdo, te aseguro que recibirás la compensación. —El abuelo guardo el frasco y se retiró bastante pensativo hasta donde Alfred lo aguardaba cerca del auto para volver a su casa.

Mis padres invitaron a Eliot a cenar unos panes calientes con *Maizena* de cajeta, todos entramos a la casa y por fin quitaron la zona cero volviendo a escuchar el ruido habitual de la ciudad. Una vez cerradas las puertas papá revisó que todo estuviera en orden y nos sentó a comer.

—¿Qué te perturba Eliot? —Le dijo mi padre a mi primo mientras servía los vasos, de seguro notó un poco de la seriedad que tenía después de que se marchó mi abuelo.

Por mi parte yo me encontraba con mi madre, la cual me estaba ayudando a aplicar un bálsamo que papá le había recomendado a un lado de la mesa.

—Las mismas sospechas de siempre tío. —Decía Eliot tomando el vaso que mi papá le había pasado. —Una misión de rango equivocado que casi me cuesta que Leví pierda su crefacio, el cuerpo y el crefacio si representaron un cierto grado más de complejidad, tal vez si ese demonio hubiera sido más fuerte hasta yo pude haber perdido.

—Entiendo que tu crefacio Eliot a lo largo de la historia ha sido infravalorado, pero has logrado que se vuelva una habilidad de temer reduciendo al máximo sus debilidades y atrayendo muchas miradas por usarlo como nadie, por otro lado, entiendo que el control de casi toda la fuerza de Irín se encuentre bajo nuestro apellido, lo que puede terminar siendo contraproducente y no del agrado de todos. —Decía papá remojando su pan y comiendo un poco. —Me imagino que si había algún infiltrado obteniendo datos de la misión solo estuvo parte del combate.

—Puede ser, por ello me encargue de alargar el combate lo suficiente para hacerles creer que tal vez obtendrían la victoria y no se permitieran contemplar la habilidad de Leví. —Mi papá se quedó asombrado por las palabras de Eliot.

—¿La habilidad apareció de nuevo? —En esta ocasión su pan se había remojado tanto que cayó a su vaso. —¿Lograste presenciarla?

—Lo siento tío, no pude. —Papá me volteó a ver como esperando a que yo respondiera a esa pregunta con la ansiedad notoria en su rostro.

—Dímelo todo Leví, recuerda lo mejor posible. —En su voz se notaba la inquietud por una respuesta. —Comienza.

—No lo sé papá. —Decía nervioso. —Verás todo fue muy borroso, cuando el demonio planeaba darme el golpe de gracia solo sentí el roce de bastón y después ya estaba del otro lado de la jaula de Eliot, el demonio dijo que sin duda era de los famosos ojos de Dios, pero debía comprobarlo.

Ninguno dijo nada, solo me observaron pensativos y comenzaron a hablar sobre otro tema mientras mamá me vendaba el brazo de nuevo y luego me inyectó un líquido que le había dado el abuelo para huesos rotos que comenzó a producir muchas punzadas con un dolor soportable.

XV
¿ME PUEDES LLEVAR?

Llegué la casa aun con el vendaje que ya me comenzaba a molestar, de hecho, al entrar corrí al baño para poder quitármelo mientras le indicaba a mamá que ya había llegado. Logré apreciar como ya tenía más movilidad en el brazo, pero seguían con molestias menores; al salir me encontré con mamá y papá que se alistaban para comer.

—¿Llegaste temprano? —Le pregunté a papá al verlo con ropa casual, ya que no era algo no tan habitual.

—Sí Leví, terminé la misión temprano y pedí el día, así que porque no comemos y ¿qué te parece si te llevó al rato a tu clase de atletismo para platicar un poco? Me dijo tu mamá que habías avisado que irías solo a caminar por tu brazo, que por lo que veo ya está mejor.

—Aún tengo varias molestias, pero digamos que estaré mejor mañana si no me lesiono hoy. —Mencione mientras cerraba los dedos sin molestias para mostrarles los avances.

—Parece que está comenzando a dar señales más obvias de tu regeneración, pero necesito que me digas si ha pasado o paso algo más en la misión. —Decía en tono serio buscando mi mirada para saber si faltaba algún detalle.

—No pudimos platicar mucho ayer, pero he logrado usar el crefacio por segunda vez o eso creo, ya que todo fue muy rápido...

—Señores sé que están muy emocionados por sus asuntos, pero la comida se va a enfriar. —Expresó mamá indicándonos que fuéramos todos a la cocina, eso hicimos, pusimos la mesa y nos dispusimos a comer, me parece que bastante a prisa debido a la curiosidad.

—¿Y su color fue el mismo? ¿Fue el mismo ojo? —Preguntaba papá tratando de que la conversación no perdiera el hilo.

—Sí, volvió a ser el ojo izquierdo como la última vez. —Señale el ojo con mi dedo índice.

—Cuéntanos como paso. —Se notaba que papá estaba emocionado por lo que le estaba contado así que procedí, desde que me estaba enfocando a ser Irín habíamos comenzado a ser más cercanos.

—Verás resulta que el demonio que nos atacó, puede que Eliot ya te lo haya comentado, pero tenía un crefacio robado que tenía la habilidad de duplicarse, no sabemos cómo lo obtuvo, solo sé que Eliot mencionó que era robado de un Irín al igual que el cuerpo.

Seguí narrándoles como había sido lo que yo había presenciado, como nos había separado, como había sido engañado por Eliot y su gran habilidad.

—Vaya para ser considerado un crefacio de bajo rango en el pasado Eliot ha sabido forjarse un nombre con él. —Decía papá sonriendo y con algo de orgullo generando una pequeña pausa, que se reanudo al instante para continuar el relato que previamente se escribió.

—Claro, antes de separarnos y cuando estaba acorralado por el demonio, ya sin el cuchillo que había sido destruido, solo sentí una ligera punzada en el ojo, acto seguido desaparecí y me transporte a un lugar del otro lado, no se aún como fue que paso.

—Bueno fue un reflejo de tu cuerpo para sobrevivir y si lo que me dices es cierto. —Dijo papá muy pensativo y sorprendido. —Realmente posees uno de los ojos de Dios. —Decía mirándome con asombro, no recuerdo haber visto esa expresión en papá antes.

—Ahora que recuerdo, el demonio menciono lo mismo, por ello estaba empeñando en matarme, pero ¿qué son los ojos de Dios? —Dije intrigado al escuchar el nombre por segunda vez de dos personas diferentes, pensé que probablemente Eliot ya lo había deducido, solo que debido a todas las emociones vividas se reservó el comentarlo o tal vez esperaba que fuera mi padre el responsable de la conversación.

—Puedo contártelo aquí y hacer que tu madre se pierda su novela o llevarte a entrenar para charlar mientras caminamos. —Enuncio mirando a mi madre que había escuchado nuestra platica atentamente.

—Cálmate, bueno si pueden... Porque ya está en la mejor parte o la podemos ver todos juntos. —Se quedó mirándonos para ver si aceptábamos.

—Te aseguro que no le entendería madre, mejor disfrútala con calma, además salir a caminar me haría bien para aflojar los músculos. —Busque la mirada de mi padre. —¿Me puedes llevar?

—Claro, de hecho, por eso me apure en la misión para llegar temprano, solo que se me paso un poco la mano. —Dijo con una sonrisa apenada y una mano detrás de la cabeza. —Lo bueno fue que no paso de una simple tormenta.

—Y qué bueno que te avise que iba a lavar sino ahorita todavía la ropa estuviera mojada. —Decía mi mamá reprochándole.

—Sí, lo recordé por eso traté de que fuera a las afueras de la ciudad.

Papá y mamá hablaban con una naturalidad tal mientras yo me quedaba impresionado por como se expresaban, recuerdo que de niño papá me decía "hoy papá hizo que lloviera por accidente", solo que me imaginaba que se trataba de una broma debido a lo que me decía de las zonas cero, sin duda me quede pensando en lo abrumador que debe ser el poder de mi padre, creo que alejarme por las cosas de la adolescencia hizo que le perdiera la atención a detalles importantes y a la magia de los relatos de los padres.

Me levanté y les indique que lavaría los platos para poder emprender el viaje cuanto antes, ellos por su parte salieron del comedor a su cuarto.

Al terminar fui a ayudar a papá a sacar el carro y partimos al lugar, durante el trayecto dejé que sonará la música de papá para poder disfrutar el atardecer, de igual forma él tampoco se esforzó en querer continuar la conversación hasta que llegamos a la pista de atletismo.

—Listo. —Apagó el carro para poder entrar y proceder con nuestra caminata padre e hijo.

—Sí, pero ¿será seguro platicar aquí? —No me convencía como quería hablar en un lugar público algo que parecía tan importante.

—Tranquilo Leví te aseguro que toda la gente guarda los secretos para las casas, no dudes que tu abuelo más de una vez haya querido dar con información que solo le confíe a tu madre, así un espía batalla más en lograr su objetivo.

Papá tenía razón, nadie espera que un secreto salga del lugar seguro que representa el hogar, sin perder más tiempo entramos, se me había olvidado comentar que para hacer creíble lo de caminar me había llevado otra banda en el brazo que al notarla el entrenador no objeto nada y dejó que procediera a caminar con mi padre.

XVI

CONVERSACIÓN DE LEGADO

—Sin duda tu entrenador se está conteniendo a decirte algo. —Dijo mi padre que lo había notado sin problema, claro que era verdad el entrenador era igual de malo que yo para disimular.

—Probablemente al retirarnos me va a regañar, pero no pasa nada, sigamos. —No le di mucha importancia porque no estaba mintiendo con lo de mi brazo lastimado.

Comenzamos una caminata normal por el carril ocho que suele ser para ello, mientras observaba como mis compañeros empleaban los carriles del uno al tres, ellos también me habían dirigido la mirada y se encontraban sorprendidos al notar la lesión que presentaba en el brazo, sabía por otro lado que en cualquier momento podría encontrarme a Rachel si mis cálculos no fallaban sobre su horario de entrenamiento.

—Y bien, ¿qué se sintió poder usar el crefacio de nuevo? —Papá preguntaba con curiosidad en su voz.

—La verdad no creo poder describirlo, verás todo fue tan repentino que siendo sincero sentí tantas cosas como el miedo a la muerte, desesperación y frustración, claro también sentí una punzada cuando se activó.

—Bueno estabas rozando la muerte, un buen motivo para que se activará... Para serte sincero no sé cómo explicarte que debes de sentir... Es complicado porque todas las personas dicen muchas cosas sobre que experimentan, en mi caso solo siento un calor intenso que recorre mi cuerpo y que comienza a partir de mi ojo derecho.

Lo que mi papá mencionó me recordó a las pulsaciones y sensaciones que sentía frecuentemente en mi ojo izquierdo, pero en casos que yo no controlaba.

—Cuando activé por primera vez mi arma sagrada recuerdo que antes de poder ver el arma, esta se materializo en mi mente y como si fuera una visión la tomé en ella, a los pocos instantes llego a mi mano la real, lista para ser desenvainada y usada en batalla. Recuerda Leví que descendemos un largo linaje perteneciente a la orden de los "Espada" por ende sin importar los siglos que han pasado, las armas que ha despertado nuestro linaje han sido espadas, ya sean cortas, largas, de uno o dos filos, imponentes o sencillas, una o dos, pero siempre espadas.

—Lo sé papá, Eliot posee su espada de dos filos llamada "Cremare". —Comenté interrumpiéndole.

—Muy elegante y digna de él Leví, lo normal es que las espadas de alto rango revelen un nombre digno de ellas, no todas las espadas suelen poseer nombre. Esto mismo pasa con todo tipo de armas que se despiertan, solo las de un mayor grado poseerán un nombre. Ya sabes que también entre las divisiones hay clases, la de mayor rango a la que pertenecemos son los "Espada" que es lo equivalente a la primera orden celestial, también están los "Escudos" equivalentes a la tercera orden celestial y por ultimo los "Magnum" que se encuentran en la segunda orden, esa es la razón por la que tu abuelo fuerza a toda la familia conservar nuestra clase.

—¿Qué otro indicio da a conocer que se tendrá un arma de alto rango si aún no se revela en visiones?

—Pregunté debido a que aún no experimentaba algo relacionado o había logrado percibirlo.

Papá se detuvo y se quedó reflexionando un momento, pensado en que palabras responder.

—Pues en este caso la habilidad del crefacio a veces suele influenciar sobre el tipo de arma que se va a recibir, claro hay excepciones, pero ya el simple hecho que tu crefacio tenga una habilidad comienza a colocarte por encima de muchos en cuanto a jerarquía. Verás creo que debemos aclarar esto, que se tenga un crefacio no siempre vendrá acompañado de una habilidad única, por eso por más que se entrene no puede ser forzado a obtenerse, en tu caso la habilidad que está revelando tu crefacio es digna de un arma de alto rango, aunque el hecho de que poseas un arma de alto rango no define que seas indestructible, los elementos también van ascendiendo y con ellos el poder del arma como la dureza, filo y catalizador para liberar y manipular el elemento. Por ejemplo, tu primo Eliot posee un arma de alto rango, pero si se enfrentará a tu abuelo que posee una también te aseguro que podría destruir la de Eliot.

Esas palabras me habían tomado por sorpresa viendo el arma de Eliot siendo usada por él, pero recordé que el día de la misión movía a voluntad su espada para liberar todas las habilidades.

Tu abuelo debido a los años de entrenamiento logró una digna hazaña de tener dos elementos, lo que representa una clara ventaja y por mucho que se corte o regenere la espada de Eliot tiene un límite, ya que depende de la voluntad del portador, nosotros le llamamos "Temor Divino" la gente le llama fe, cultivarla también te hace avanzar en rango espirituales. Por cada vez que la espada de Eliot sea cortada se requiere una fuerza mayor conectada a la espada para hacerla que regrese a la normalidad y llegará un momento en que en un combate si ocurre demasiado perderás por quedarte sin poder mágico.

—Ahora entiendo porque Eliot nunca ha logrado vencer al abuelo. —Añadí bastante metódico, pues recordé como en los entrenamientos por alguna razón el abuelo siempre lograba imponerse.

—Se ha esmerado bastante en ello, pero entre tu abuelo y él hay un abismo inmenso, yo siendo sincero por más fuerte que sea no creo derrotarlo aún y no sé si algún llegue a lograrlo, ya que tu abuelo ha demostrado la fuerza más pura de un Irín por su compromiso.

—¿Por eso los limitadores? —Recordé las pulseras que suele usar.

—Hasta hoy en día tu abuelo se contiene bastante y por voluntad propia ha accedido a usar limitadores para no herir a nadie con su fuerza, ya que sin las zonas cero que creíamos impenetrables suelen tener fugaz de los elementos durante los combates imagínate un entrenamiento con él al máximo poder donde las salas de entrenamiento poseen la misma construcción. —Decía volteando a verme y haciendo ademanes de explosión con sus manos. —Sería sin duda devastador, inclusive un combate mortal.

—Por ello sigue entrenando con Eliot y cuanto logres un despertar más avanzado del crefacio y arma si lo deseas el siguiente puedo ser yo para entrenarte, además entrenar con dos elementos te da mayores posibilidades de estrategias para el campo de batalla.

—Suena bien papá, que así sea entonces. —La verdad me estaba comenzando a pesar como era que no le había tomado mucha importancia a esto.

Por un costado paso con su amiga y la noté, no vi su rostro, pero reconocí su silueta, Rachel había llegado para entrenar. Papá observó la escena con detenimiento y no dijo nada, solo siguió avanzando conmigo, pero consciente de en quien estaba enfocada mi mirada.

—¿Quién es ella Leví? —Preguntó repentina y sutilmente tomándome por sorpresa.

—Mmm... una chica de la universidad. —Decía algo nervioso. —Que apenas y conozco, la verdad solo una vez.

—¿Le preguntaste su nombre o coincidieron en algún sitio? —Sabía que ahora papá trataría de sacar toda información posible por la apertura que le había dado.

—La verdad padre un día simplemente supe su nombre al verla. —Papá no estaba al tanto de mis visiones, era algo que prefería ocultar y me miró algo extrañado porque es algo que no suele ocurrir siempre, saber el nombre de alguien de la nada. —Por todas las veces que lo dicen sus amigos. —Complete para no sonar tan extraño.

—Está bien, aunque creo que no te haría daño un día hablarle. Digo yo también alguna vez fui un chico y no es bueno quedarte con la curiosidad si te gusta una linda chica.

—Te aseguró que lo haré un día de estos papá, solo estoy buscando una oportunidad. —Sonaba algo desanimado porque conozco lo malo que soy hablando con chicas que me gustan.

—Sí no la llegas a ver pronto debes crearla o puede que el destino te forcé a hacerlo, porque a veces el arrepentimiento es algo que nos dura para toda la vida. —Papá lo decía me imagino que en base a su experiencia.

Asentí y continué la charla con papá sobre la misión que había tenido en la mañana y que terminó en un tiempo considerablemente bajo.

—Salí a las seis de la mañana para la misión de hoy, los demonios prefieren pelear durante la noche, aún no han logrado la correcta unión para pelear a luz del día. Eso en parte es algo desgastante al ser un Irín, claro que el tiempo va haciendo que lo vayas viendo como algo ordinario.

XVII

VISIONES

Mi padre y yo continuamos un rato más caminando hasta que terminó el entrenamiento de mis compañeros, noté sus caras de cansancio al pasar y saludarlos en forma de despedida.

—Mejórate Leví para que regreses pronto. —Se escuchaba como que era lo único que podía decirme el entrenador, tal vez molesto por mi estado.

—Lo haré coach, no se preocupe. —Decía sonriente.

Mi papá le hizo un gesto de buenas tardes y mi entrenador le respondió de igual forma, aunque me quede pensando que tal vez se asombró con mi padre al verse demasiado joven y con tal condición física. Sin dar más importancia procedimos a salir no sin dar mis ultimas miradas de reojo para contemplar a Rachel por última vez, así sin poder nada de nuevo.

Subimos al auto y regresamos a la casa aún escuchando la música de mi padre, sin decir una palabra más, solo nos encontrábamos contemplando el final del atardecer u el comienzo de la noche.

Llegando a casa, bajé del auto para abrir la puerta de la cochera, una vez guardado el vehículo fuimos a la sala de la casa donde encontramos que mamá seguía atenta viendo su novela, misma que ya estaba por terminar.

—Hemos...

—Shh, no hablen ya casi se termina. —Nos hizo señas con sus manos, pero sin despegar la mirada de la pantalla.

Papá solo sonrió y nos dispusimos a esperar lo que faltaba del capítulo ahí de pie sin comprender el trasfondo de las escenas de la televisión, pero observando los gestos de mamá en base a lo que iba ocurriendo.

—¿Cómo les fue? —Nos decía incorporándose a la vez que comenzaban a salir los créditos, se notaba eufórica y complacida por tal final que yo no entendí del todo.

—Todo bien, solo una simple plática para matar el aburrimiento y pues el entrenador de Leví comprobó el estado de su brazo. Así que digamos que no te perdiste de nada.

—Hasta que se nos hizo conocerlo, bueno al menos a ti y ¿solo eso? —Preguntaba para cerciorarse.

Papá se quedó pensativo un momento mirando hacia el techo.

—Y una chica...

—¿Cómo si yo soy tu esposa? explícate, ¿es por qué es más joven? —Decía mamá molesta y algo triste. Como papá me había dicho a pesar de que él y mamá eran de la edad, él se notaba varios años más joven.

—Tranquila me refiero a Leví. —Decía riendo y señalándome. —Creo que eso le toca a él.

Mi mamá cambio su expresión y me miró con un asombro, ya que la última vez que le conté que me atraía una chica había sido a en la preparatoria y la relación solo había durado poco tiempo para terminar buscando mi refugio en el atletismo y montañas de libros.

—¿Y cómo la conociste Leví? —Decía mi mamá ahora con tono de curiosidad ante la revelación de mi padre.

—Va a la universidad mamá, aún no lo sé, pero creo que es mayor que yo... La verdad solo me sé su nombre. —Dije algo apenado y sonrojado, sentía un calor recorriendo mi cuerpo.

—¿Has hablado con ella? —Mamá apenas y podía contener su curiosidad en cada pregunta.

—La verdad no, una vez solo le dije su nombre. —Recordé la vez del camión que fue el primer día que pude usar mi crefacio. —No sé cómo hablarle, es muy bonita y mayor.

—Bueno si no le hablas realmente nunca lo sabrás, puede que logres conectar bien con ella. —Dijo mi mamá mirándome y sonriendo. —No dejes perder el tiempo Leví que un día sin avisar se podrá marchar.

—Lo haré mamá, ya lo verás, le hablaré a la primera oportunidad que se presente. —Le sonreí para generar confianza, aunque una parte de mi dudaba de esa aclaración.

—Vaya, ¿qué curioso? —Decía mi padre viéndome a los ojos.

—¿Qué paso? —Pregunte extrañado viniendo eso de repente y por no seguir el tema.

—Tu crefacio se activó parcialmente, parece que se activa de repente. ¿Sentiste algo?

Mi mamá también se detuvo a mirarme fijamente.

—Es de un azul tan bonito como el de tu papá Leví, solo que en tu caso es el izquierdo y no está completo.

—¿No te dolió la activación? —Negué con un gesto. —Bueno comienzo a suponer porque será, pero al ser sospechas puede que me equivoque así que dejemos este asunto por hoy, ya que estoy algo cansado y lo mejor sería que duerma pronto, aunque no lo parezca la edad si pesa.

Tenía razón mi papá, ya que la misión había sido a las seis y por esperarme casi no había descansado; yo en cambio había dormido hasta la hora de ir a la universidad.

Así que papá se retiró para ducharse mientras mamá preparaba algo para que pudieran cenar juntos, por mi parte me fui a mi cuarto para verme al espejo y pude notar un crefacio incompleto en mi ojo izquierdo del mismo azul que recordaba. Después de un momento yo procedí también a ducharme, hacer las labores de la escuela, leer un poco y de pronto una visión llegó sin avisar.

La veía, era una espada de dos filos en mi mano derecha y frente a mí un ser de más de dos metros mirándome fijamente, no lo lograba distinguir bien, pero estaba portando una espada muy imponente.

—¡Leví huye!

Distinguí la voz y volví la mirada, era Rachel quien estaba siendo detenida por Alfred a unos cuantos metros de mí, el lugar me era conocido, pero regresé mi mirada por instinto y solo noté sangre brotando de una herida.

—¡Ah!

Aprecie mi habitación que se encontraba como de costumbre solo que al ver mi reloj me percate que ya casi sonaba la alarma para prepararme, mi cuerpo estaba intacto y la molestia del brazo izquierdo se había ido, solo me encontraba bañado en sudor debido a lo real que se había sentido todo, pero me aliste para la escuela y baje a buscar algo de comer.

—¿Todo bien Leví? —Decían mis padres que iban llegando, probablemente de traer la comida. —Ayer te quedaste dormido muy profundamente, pues te hablamos para cenar, pero no hiciste caso, así que tuvimos que apagar las luces de tu cuarto. —Decían cargando las bolsas a la cocina.

—Lo siento, ni yo sentí en qué momento, pero mi brazo ya está bien. —Les dije mostrando mi brazo ya sin ningún problema de movilidad, mi padre no dijo nada solo observó.

—Aun así, llévate la venda por cualquier cosa. —Decía mi mamá. Se notaba la preocupación y asombro en su voz.

—Tranquila mamá te aseguro que ya me encuentro bien no será necesario. —Claro que me quedé pensando que no estaría mal porque sería raro sanar tan rápido.

Procedimos a desayunar todos juntos y partí a la escuela para reflexionar pues ahora las visiones eran espontáneas, en el camión tuve la misma visión, agradecí haber alcanzado lugar.

La diferencia es que ahora mi espada se encontraba en el suelo.

—Tómala. —Expresó en forma de orden el individuo que no lograba distinguir frente a mí.

Lo hacía sin rechistar a pesar de que una parte era como si ya predijera el final una vez recuperará la compostura.

Después me encontraba a doscientos metros de la universidad.

XVIII

UNA MALA NOCHE

El día transcurría con suma normalidad, había pasado un año desde los acontecimientos pasados por los cuales por obras del destino Leví había dejado de ver a Rachel, abandono la universidad para poder enfocarse completamente en ser un Irín, además le habían llegado rumores de que había regresado con su exnovio y eso en parte lo alegraba.

Era algo que nadie se esperaba dado su rendimiento académico y físico, sus amigos y el entrenador creyeron que tenía depresión o que solo quería llamar la atención, pero nada de lo que le dijeron lo hizo cambiar su postura. Para subsistir realizaba misiones rango E o D y había logrado avanzar bastante el dominio de sus poderes.

Era más obscuro de lo normal ya que el invierno estaba próximo a llegar, se acercaba la hora del término del entrenamiento de Leví, observaba a Rachel entrenar sola, al parecer su compañera no había asistido, quien sabe cuáles habrían sido sus motivos, la había visto llegar en su bicicleta.

Ahora él que se preparaba para verla partir puesto que se encontraba terminando de estirar, a pesar de que aún su presencia no era de total conocimiento de la chica. Por fin dio la última vista a la chica que seguía en su concentración sin prestar atención a su alrededor y suspirando, tomo sus cosas y se retiró como de costumbre.

A diferencia de antes ahora entrenaba solo debido a que ya no era integrante del equipo de la universidad, una parte de él se sentía mal debido a que era consciente a todo lo que renunció.

—Nos vemos el jueves.

Fueron las palabras que dirigió a su entrenador y a unos cuantos compañeros que quedaban, el cielo daba sus últimas notas violetas y anaranjadas anunciado el final del ocaso, otro motivo para salir cuanto antes debido a lo lejano que se encontraba su hogar.

—Descansa Leví.

Fue una de las muchas despedidas que escuchó antes de que el entrenador emprendiera su viaje, mismo que ya se había resignado a que no regresaría a la universidad.

Le gustaba estar solo a pesar de todo, meditaba lo mucho que había cambiado su vida y lo bien que había comenzado a relacionarse con un poder que para muchos aún era desconocido, pero igualmente deseado.

Por elección propia y para ser más equitativo al entrenar usaba un anillo que limitabas su poder para entrenar con fuerza humana normal y así no obtener ninguna ventaja.

Debido a sus pensamientos no se había dado cuenta de lo rápido que lo sorprendió la noche en el camino, se sentía una ligera brisa que recorría su cuerpo indicando que el invierno no estaba lejano.

Como un sexto sentido, volteó ligeramente a la izquierda y la vio pasar en su bicicleta, el aire ondeaba su cabello sin recoger, volvió la vista a su camino después de aquella distracción.

Leví la ignoró, pero más adelante apreció a un sujeto sentado en la banca de la parada del autobús y otro frente al recargado en un poste que al ver acercarse a Rachel hicieron una señal, ella se dio cuenta de ello e intento acelerar, pero fue inútil, el tipo del poste se abalanzo sobre ella tacleándola y cayó al suelo con un golpe seco. Antes de que pudiera incorporarse para pedir auxilio, el sujeto de la banca la sujeto para taparla y obligarla a callar mostrándole un arma de fuego, avanzaron forzándola a ir hacia un callejón que se encontraba a sus espaldas mientras callaba gritos de terror en sus adentros, de reojo volteo para ver a Leví e indicarle que se apiadara de ella y solicitara ayuda a pesar de que no se conocieran.

Leví ya no la encontraba por ningún lado, ella pensó que presa del terror corrió para resguardarse y ahora estaba ahí sola a su suerte sin saber que le esperaba. Tal parece que la tranquilidad y el silencio de la calle terminarían jugando en su contra para ahogar las maldades que querían hacer realidad con ella sus agresores.

—Camina. —Le decía uno de los hombres robusto, calvo y con un bigote cuidando que Rachel en todo momento sintiera el cañón del arma contra su cuerpo. —Las niñas buenas se portan bien.— Lágrimas caían de los ojos de Rachel que con todas sus fuerzas se contenía para ahogar sus gritos.

—¿Qué hago con la bicicleta? —Dijo su cómplice más delgado y con el cabello largo y descuidado al igual que su barba, se notaba en su mirada la malicia al recorrer el cuerpo tonificado de Rachel que se marcaba en su licra deportiva y una sudadera ajustada.

—Desaste de la bici, tírala al río o yo qué sé, pero que todos crean que desapareció. —Le indicaba el hombre que había guardado su arma entre sus pantalones y sin que su amigo se diera cuenta manoseaba a Rachel de espaldas.

—¿Por qué yo? —Respondió molesto debido a que tendía que dejar a la chica.

—Ve y relájate, la preparé para ti. —Un carro paso rápido, tomándolos de sorpresa y haciéndoles creer que los había descubierto, el sujeto de la bici saco una navaja y el otro tomó de nuevo su pistola, pero se fue perdiendo el ruido a medida que avanzaba. —Rápido, no planeo regresar a prisión.

Con mucho pesar y a regañadientes el sujeto salió montado en la bici con la mayor naturalidad posible del callejón con dirección al río de la ciudad, Rachel sintió como el sujeto la cerco más a él, no había forma de escapar, la mano que tapaba su rostro también descansaba en parte en su pecho.

—Sígueme, ahora si ya no tendremos más interrupciones. —Le susurraba el sujeto al oído impaciente. —Tranquila, si te portas bien no tendré que asesinarte como lo hice otras dos chicas, claro no tan lindas como tú, solo que a ellas les tuve que cortar su delicada garganta. —El sujeto lo decía disfrutando cada palabra que salía de su boca como si de un triunfo se tratará y acariciando con su pulgar el cuello de Rachel. —Así que solo obedece, sería una lástima tener que llenarte de agujeros.

Rachel lo comprendió y no hizo más esfuerzos, su cuerpo se movía en automático a la voluntad de su agresor que se encamino a llevarla a lo más adentro del callejón, volteando para no ser observado por nadie.

Una vez se percató de que estaban en la calle más obscura, donde tal vez se perderían los gritos y cerciorándose que no hubiera nadie alrededor, tomó a Rachel del brazo y con su lengua comenzó a recorrer su cuello hasta subir a sus mejillas, se detuvo a saborearla suspirando de excitación.

—Tus lágrimas saben muy bien. —Decía burlonamente a su oído mientras olía su cabello. —Tal vez sea necesario sacarte un poco más.

La arrojó a un montón de bolsas de basura y soltó un gemido por la impresión de la fuerza.

—Esta será tu cama para una noche tan especial. —El hombre estaba frente a Rachel penetrando en su mirada con sus ojos, devorando cada rincón de su cuerpo. —Ahora... —Le apunto con el arma. —Quiero que te desnudes para mí.

La orden heló a Rachel dándose cuenta de que el fin había llegado, perturbarían su cuerpo sin algo que ella pudiera hacer.

—Creo que no escuchaste bien. —Coloco el arma a un lado de chica y disparo sin ningún reparo a pocos centímetros de ella, dándole a entender que las advertencias que decía eran en serio y no tendrían piedad a la hora de hacerle daño. —Quiero que te desnudes para mí. —Se notaba su voz ansiosa.

El ruido del disparó desapareció a lo largo del callejón y Rachel ya sin fuerzas o ganas de resistirse comenzó a quitarse su chamarra frente al sujeto que se deleitaba apreciando como la chica sufría, pero no hacía signos aparentes de querer gritar, todo lo ahogaba dentro de sí.

XIX

SUÉLTALA

Las manos de Rachel estaban temblorosas y por ello había sido bastante torpe al quitar su chamarra, quedando ahora solo dos capas de piel: su blusa y el top deportivo, tomo su blusa mientras veía la cara de excitación del tipo que esperaba que el espectáculo continuara.

De pronto un timbre de bicicleta sonó y Rachel reconoció que era la suya, clavo la mirada para reconocer quien la tenía entre la obscuridad, pero la persona aún estaba lejos, pensaba en que si era su otro compañero todo habría terminado para ella.

Por su parte el maleante se encontraba frustrado ya que tendría que compartir a la chica.

—Te dije que te deshicieras de la bicicleta. —Le decía a la sombra que avanzaba con ella.

—Y yo te digo a ti que la dejes en paz. —Esta vez Leví ya no tenía puesto el anillo limitador.

Rachel reconoció la voz, era aquel chico que le había dicho hola en aquella ocasión y que por conversaciones con sus amigos en el autobús llego a escuchar, venía con su bicicleta, pensó que tal vez había pedido ayuda y solo estaban esperando la oportunidad para rescatarla, la alegría regresaba a su rostro. El maleante por su parte examinaba la situación y miraba si venía alguien detrás o se movían para acorralarlo.

—¿Dónde está Steve? —Hablaba algo preocupado el hombre, con la mirada buscaba detrás del chico que no hubiera más siluetas buscando tenderle una emboscada.

—Si te refieres a tu compañero, esta inconsciente, no me quiso dar la bici por las buenas. —Dijo Leví sonando la campana de la bicicleta. —Así que se la tuve que quitar y sin querer le rompí la pierna.

El maleante al escuchar esta palabra se tranquilizó, el hecho de habérsela quitado significaba que venía solo, simplemente necesitaba comprobarlo.

—¿Quiere decir que vienes solo? —Expresó con malicia y directamente, esperando que el chico cayera en su trampa.

—Así es, vengo por la chica y a devolverle su bicicleta, así que deja de molestarla para que se vaya a su casa.

A pesar de que no lo veía Rachel se preocupó por la declaración de Leví, que seguía sosteniendo la bicicleta, él se encontraba imperturbable, ir solo representaba el riesgo a ser asesinado ya que el maleante no se medí al accionar su arma de fuego.

—Eres un grandísimo estúpido. —Decía el hombre riendo. —No me importa y te recomiendo que te largues de una vez, mi compañero es un adicto, le di un cuchillo sin saber si lo sabía usar de seguro por eso si usaste artes marciales pudiste desarmarlo y romperle la pierna, yo te sugiero que no juegues al valiente hoy. —Le apunto con la pistola. —No quiero gastar balas contigo muchacho, además de seguro te esperan en tu casa.

—Por el ruido del disparo anterior supongo que tienes un revolver, así que si ya usaste un tiro hace rato, ahora solo te restan cinco, a menos que poseas un revolver de ocho. —Pero Leví no lo decía por el ruido, sino que por las misiones su vista se había acostumbrado a distinguir claramente en la obscuridad.

—Sin duda eres un conocedor por lo que puedo apreciar, adivínalo si quieres o mejor marcharte de una vez, has arruinado mi plan al traer esa bicicleta aquí. —Expuso algo decepcionado el maleante. —Planeaba divertirme con la chica hasta no poder más y terminar asesinándola junto con mi compañero. —Suspiró. — No lo sé, tal vez hacer que pareciera un forcejeo y marcharme, el lado bueno es que al encargarte de mi compañero has hecho que sea más fácil, solo tengo que encontrarlo y matarlo sin una pierna, así que, si me dejas a solas con esta chica no te haré daño, además dejare que te lleves la bicicleta como un regalo. —Hizo señas como indicándole con el arma que se marchara. —Solo antes de irte dime donde dejaste a mi compañero.

—Esta recostado en una banca del parque, cayó inconsciente en el momento en que le rompí la pierna.

Rachel palideció aunque su rostro no pudiera verse en la obscuridad, parecía que Leví realmente se iba a retirar, aunque una parte de ella rogaba al cielo que no sucediera pues la dejaría a su suerte, por otra parte comprendía que ante su situación de inferioridad por el arma de fuego, que si permanecía ahí probablemente los dos terminarían muertos, pensó que sí Leví se apresuraba a pedir ayuda podría regresar a tiempo para salvarla y tal vez ese era su plan, resistir mientras llegaban a su rescate.

—¿Ya vez? No te cuesta nada ser un buen chico. —Dijo triunfante ante la información y conociendo el pacto que se hace entre hombres reitero su palabra. — Márchate con la bicicleta muchacho y haz de cuenta que esta chica nunca existió. —Expresó como si fuera un salvador. —Agradece que no solo salvarás tu vida, sino que obtendrás por ella una buena suma de dinero por la bicicleta y las demás cosas. —Decía el maleante sonriendo, esperando que Leví le agradeciera y comenzara a marcharse para poder continuar.

—Creo que no me escuchaste bien. —Afirmó Leví con la misma tranquilidad y sin una pizca de agradecimiento. —Vine por la chica para devolverle su bicicleta, luego de ello me aseguraré de que llegue sana y salva a su casa, así que el que debería marcharse eres tú.

El corazón de Rachel latió con fuerza al oír la determinación con la que Leví hablaba para poder salvarla, realmente iba por ella. No pudo evitar que lágrimas de alegría comenzaran a rodar por sus mejillas, pero presionando las manos contra su pecho sabía que lo más prudente era que se marchara a buscar ayuda y dejará de lado tal determinación que solo se asomaba a la cara de la muerte.

—Así que eres un chico valiente. Pobre mocoso, estoy tratando de salvar tu vida y tu solo pides a gritos que la tome. Solo lo diré una vez más, si quieres morir sigue caminando, pero si quieres salvar tu vida lárgate...

Rachel le interrumpió con determinación.

—Hazle caso Leví. —Soltando el llanto que había contenido, Rachel le dijo. —Vete por favor, tus padres al igual que los míos esperan que regresemos a casa y es mejor que sea uno a ninguno. —Leví notó las lágrimas recorriendo su rostro y como se estaba rompiendo con cada palabra.

—¡Cállate estúpida zorra! —Le dio una cacheta con el arma haciendo que cayera de nuevo desubicada sobre las bolsas, llorando y sosteniendo el lugar del golpe. —No hablarás a menos que yo lo diga.

—¡Rachel! —Dijo Leví sobresaltado.

A pesar del dolor le alegro oír su nombre de la voz de quien hubiera sido su salvador en otra instancia de la vida. Sus lágrimas seguían brotando.

—¡Ahora escúchame tu maldito! —Se notaba la furia en la voz de Leví. —Vine por la chica y no me iré sin ella.   —Leví estacionó la bicicleta que parecía estar dañada, comenzó a caminar hacia Rachel decididamente.

—De acuerdo, si tantas ganas tienes de morir.

El sujeto le apunto a Leví esperando que saliera corriendo o comenzara a suplicar por su vida, Rachel se mordía los labios viendo como la sombra se seguía aproximando. El sujeto comenzó a temblar viendo que no se intimidaba.

De pronto el ruido de un disparo inundó todo el callejón de nuevo.

XX

SANGRE DERRAMADA

El arma fue accionada por el maleante hacía Leví, el cual retrocedió por el impacto en la obscuridad unos pasos, Rachel también lo contemplo y si la luz hubiera dado a su rostro se hubiera mostrado el terror en él.

—¡Corre ahora! —Le decía el maleante triunfante, demostrándole que no jugaba.

—Ya te dije que vine por la chica. —Las palabras borraron su sonrisa, cambiando por una expresión de enojo, mientras Leví se había incorporado para seguir avanzando hacia la chica.

—Que así sea. —El maleante sin meditar accionó su arma de nuevo, Leví retrocedió un poco, pero logro mantenerse en pie. Viendo esto, el arma volvió a ser accionada una tercera vez provocando que Leví cayera de espaldas sobre sí mismo en un golpe seco.

Rachel soltó un suspiro viendo como su valiente defensor había caído víctima de un cobarde que ahora ya no tenía impedimento en perturbar su cuerpo, la desesperación comenzó a regresar y de pronto sintió como una mano le tomó el brazo izquierdo.

—¿Por qué aún conservas la ropa muñeca? —Le dijo el maleante sin ningún remordimiento por lo ocurrido, se había girado hacia ella guardando el arma y la tomó con violencia por el brazo. —Creí haber sido muy claro sobre que quería que te desnudarás, sin embargo, a pesar de la visita de tu Romeo no recuerdo haberte indicado que te detuvieras. —Decía indicándole con una mano de espaldas al cuerpo de Leví que descansaba sobre el sucio y frío suelo del callejón. —Su pena de su muerte fue quererte salvar, a ti una sucia zorra. —El maleante tomó impulso y descargó otra bofetada sobre el rostro de la chica que si no estuviera sujetada por el brazo hubiera caído al suelo. —¡Mírame cuando te hablo! —Con un impulso la arrojo con fuerza hacia la pared.

—Si necesitas ayuda, te ayudaré.

Con violencia el maleante tomo la blusa de la chica con sus dos manos y casi la rompió por completo, dejando ahora al descubierto su top deportivo. Las lágrimas de Rachel regresaron como un río desbordado, ya no había esperanzas ahora.

—¿Necesitas más ayuda?

La chica negó con la cabeza, no podía responder por los lamentos que contenía, no siendo completamente perceptibles para el hombre que la tomo por el cuello y como recompensa otro golpe a su rostro que no opuso ningún tipo de resistencia.

—Responde cuando te hablo. —Luego la tomo de los cabellos para levantar su cabeza. —¿Entendiste?

—Sí. —Respondió la chica apenas perceptible.

—¿Qué dijiste? —Tiró con fuerza de sus cabellos.

—Sí. —Sonó ahora más fuerte escondiendo la queja al dolor.

—Así me gusta sucia zorra, eso es lo que eres, ¿me escuchaste? —La chica asintió, el terror la hacía batallar a la hora de emitir palabras.

—¡Responde cuando te hablo maldita sea! —El sostenía sus cabellos y sin avisar le dio un rodillazo a su abdomen que la dejó completamente sofocada. —¿Qué tienes? —Rachel casi se derrumba por el dolor, solo que lo impidió su cabello sujeto. —No te desnudas, no respondes, ya ves como la que quiere sufrir eres tú.

Rachel no podía responder, se quejaba del dolor y ahora solo estaba a su merced, víctima de su agresor.

—Continua.

Rachel tomó lo que quedaba de su blusa y su top e iba a comenzar a quitárselo, sus cabellos aún seguían retenidos y trataba con todas sus fuerzas de mantener su cordura y contener los impulsos de su cuerpo.

—Ya te dije que la dejes en paz. —Era una voz calmada que reflejaba todo un coraje contenido.

La voz provenía de la espalda del agresor, se heló al escucharla y poco a poco un escalofrió lo recorrió, sin darse cuenta soltó el cabello de Rachel. Pensó que era su imaginación, que sonaba como un milagro, era la voz de Leví quien hace unos minutos había sido abatido por tres disparos de su agresor.

Tal vez si tan solo el callejón hubiera estado iluminado, aunque sea un poco, se habría dado cuenta que debajo del cuerpo de Leví no se formó un charco de sangre y que su ropa se había mantenido intacta debido a que los disparos ni siquiera lo tocaron.

El agresor se dio la vuelta preparando una mano para tomar su arma, solo que lo hacía dudando pues esperaba que todo hubiera sido provocado por su mente, pero ahí estaba el joven puesto de pie, del cual no se distinguían sus facciones por la obscuridad, pero si su silueta.

Rachel se asomó por un costado del maleante y quedó sorprendida pues también logro apreciar la silueta puesta de pie.

—¿Acaso no te bastaron los disparos? ¡En serio eres un estúpido! Hubieras conservado esas fuerzas para mantenerte con vida en lo que te encontraban, ahora tendré que usar las balas con las que quería matar a esta muñeca para rematarte. —Decía enojado dejando de lado el escalofrió.

—No te confundas, si es tu plan, solo te pediré que esta vez lo hagas bien. —La voz de Leví se notaba con aire de arrogancia.

¿Qué intentas decir mocoso? —Respondía molesto porque la respuesta no le había hecho gracia, el que estaba en desventaja era él.

—Digo que hace un momento ningún disparo me dio. —Decía esta vez disimulando menos.

—Eso es imposible, solo estas tratando de hacerte ver fuerte, pero esta vez te voy a rematar. —Decía lleno de coraje e incrédulo.

—Bueno trato de hablarte con la verdad, trataba de esperar mientras fingía que te arrepintieras de tus actos, pero ya vi que estas completamente podrido, así que te lo diré por última vez, deja ir a la chica en paz y si vas a entregarte a la policía diciendo tus intenciones no te haré daño.

—Ya cállate, si fueras más inteligente dejarías de gastar fuerzas y evitar desangrarte. —Respondía al tope de su paciencia.

—El estúpido aquí eres tú, pero te mostraré. —Leví dio unos cuantos pasos y encendió un encendedor que le había arrebatado al compañero del maleante y comenzó a recorrer su cuerpo. —¿Ves acaso alguna herida de bala?

El maleante comenzó a ver detenidamente el recorrido del encendedor para despejar sus dudas, logrando apreciar que realmente la ropa del chico estaba intacta y no había rastros de sangre por ningún lado.

—¿Qué mierda eres? —Ahora sostenía su arma con la mano temblorosa, él estaba seguro de haber disparado a matar las tres ocasiones anteriores.

—Ya te dije que soy solo un chico que cuidará que Rachel llegue sana y salva a su casa. —Los ojos de Rachel se iluminaron ante la declaración. —Vete ahora si no quieres perder los dos brazos. —La expresión fue sombría. —Es la última oportunidad que te doy para que te redimas y solo te romperé uno.

XXI

UN MONSTRUO

—Patrañas, no me vengas con el cuento del superhéroe, hace un momento falle por la obscuridad, pero ahora sabiendo la complexión de tu cuerpo te aseguro que no correrás con la misma suerte.

El sujeto volvió a apuntarle, aunque lo dijo tratando de convencerse a sí mismo de ello, sabiendo que era imposible que hubiera fallado debido a su relación con las armas.

—Solo te quedan dos balas, con la que planeabas asesinar a Rachel, veamos que pueden hacer. —Era el tono retador de Leví como sabiendo que no servirían de nada.

El joven tomó impulso y corrió hacia el sujeto quien no tuvo reparo en disparar, sin embargo, no se dio cuenta de lo rápido que fue Leví para esquivar la bala sin problema, acortando la poca distancia que los separaba tomo la mano del maleante con la que sujetaba el arma, acto seguido se escucharon en ese callejón dos sonidos que lo recorrieron completamente, uno fue un grito desgarrador y el otro un disparo acompañándolo.

El arma del sujeto había caído al suelo, la había soltado lo que alguna vez había sido su brazo derecho, la cual en un movimiento Leví había deshecho como si fuera una pequeña rama seca. El maleante se separó de Leví dando un movimiento atrás por el dolor, vio su brazo y comenzó a quejarse perdiendo el control y ahora solo se balanceaba.

—Maldito... mi brazo... que mierda hiciste.

—Si bien recuerdo te había dado la oportunidad de marcharte sano y salvó, el que arriesgo sus brazos fuiste tu y digo brazos porque aún falta que te rompa el otro. —El tono amenazante había cambiado de lado.

Aquellas palabras lo aterraron, Rachel por su parte observaba la increíble escena que se desarrollaba frente a sus ojos, realmente Leví estaba sacando un poder asombroso de alguna parte para salvarla, no entendía como o por qué.

—Déjame ir., ten piedad. Me entregaré, necesito al menos un brazo. —Estaba tratando de buscar compasión en el chico que no se inmutaba ante nada.

—Ya es tarde. —Dijo con una voz tajante. —Te di la oportunidad y ahora es necesario que sufras un castigo, tu quien no planeaba darle una mínima oportunidad a esta chica que sufría y era atormentada por ti sin tomar en cuenta sus sentimientos.

—Ya no pasará, solo estaba jugando, te lo aseguro. —Declaró tratando de reducir la gravedad de sus intenciones. —Además nunca te disparé a matar, estas bien.

—De acuerdo, dile a la chica que se vaya. —La voz debido al tono sonó como una orden para el maleante.

—Lo haré... Veté muñeca, rápido. Eres libre. —Decía el hombre cambiando su actitud para sonar bondadoso.

Rachel escucho las palabras del hombre, pero se quedó inmóvil.

—Rachel obedece. —Decía Leví con firmeza. —Toma tus cosas y ve a casa, que de seguro te están esperando tus padres.

Las palabras le cayeron como un balde de agua fría, Leví realmente le estaba regresando su libertad como si una tormenta hubiera sido contenida, comenzaron a rodar gruesas lágrimas de alegría por sus ojos. Un chico que no había visto desde hace un año había regresado a salvarla.

—Gracias... gracias... —Era lo mínimo que podía hacer, en sus adentros se sentía mal porque a la primera impresión de Leví en aquel camión a ella le había parecido un chico molesto que trataba de llamar la atención y ese mismo chico ignorando eso había decidido arriesgar su vida por ella.

—Rachel, no agradezcas tú no tienes culpa de nada. Ahora te recomiendo que te vayas, no quiero que veas como acabo con el otro brazo de este sujeto. —En su voz Leví no mostró el mínimo interés en ella, trataba de verse serio, solo que en su interior estaba peleando por conservar su rabia.

El hombre palideció aún más tras aquella declaración.

—No chico, por favor, ten piedad. —Lágrimas también había comenzado a brotar del hombre debido al miedo.

—Ahórrate las lágrimas, dos veces te ofrecí redención y las dos fueran rechazadas, lo justo es que me pagues con tus brazos sino como podría creer que realmente vas a cambiar.

—No... Por favor.

El sujeto se dio la vuelta y comenzó a emprender la huida, pasando por un lado de Rachel, pero ahora con completa desesperación viendo por su vida, así como hace unos momentos ella rogaba por la suya.

Leví camino hasta colocarse a lado de Rachel, ella distinguió un olor dulce desprendido del cuerpo de su salvador, muy tenue, pero mejor que cualquier perfume que hubiera olido antes.

—Eres libre Rachel, deberías ir a casa para olvidar esto, solo fue una mala noche y nadie vio nada, así que nadie podrá juzgarte por ello y yo tampoco lo haré. —Decía Leví con un tono cálido a diferencia del serio que había empleado con el maleante. —Te aseguro que no te pasará nada en tu camino puedes ir tranquila, yo me encargare de eso.

Acto seguido le dedico una sonrisa que logro distinguir por la cercanía, era una sonrisa radiante que inundo su corazón de paz, ella le toco el hombro con su mano, una mano delgada que se sentía cálida y segura. Rachel no pudo decir nada más que dejar que las lágrimas siguieran fluyendo, en el fondo de su corazón agradecía las palabras.

Leví entonces comenzó la persecución por el maleante dejando a la chica sola en el callejón, pero con tranquilidad en su alma, volvió la mirada para ver una última vez a su salvador antes de que se perdiera al doblar a la derecha para seguir la persecución.

Rachel que limpiaba sus lágrimas tomó su chamarra para cubrirse, miró la bicicleta que Leví había cuidado en dejar correctamente estacionada, pero no la uso, solo tomo su mochila y se fue del lugar con rumbo a su casa, a la cual, ya iba más tarde de lo habitual, como si no hubiera cansancio en ella comenzó a correr mirando constantemente a pesar de la promesa de su salvador, pero era su instinto de supervivencia la que le hacía estar alerta.

Así como Leví se lo había prometido, llegó a su casa sin ningún contratiempo y con el corazón latiendo a toda su capacidad, dudando si entrar a su casa por lo que tendría que contarles y por cómo se sentía al respecto, ya en el camino había pensado una excusa sobre la bicicleta.

El maleante una vez saliendo del callejón volteaba de reojo, temiendo ver salir la sombra de aquel monstruo que se ocultaba en ese aspecto juvenil indefenso.

—¿Vas a algún lado? —Decía una voz que venía de enfrente y lo hizo detenerse en seco para mirar mejor, ya que era la voz del chico de antes.

—¿Como es posible?... Eres un monstruo. —El maleante ya había perdido la compostura y no tardaba en quebrarse, todo parecía indicar que el cielo venía personalmente a cobrar todas sus fechorías.

—Lo soy, pero es a causa de que hago justicia por la chica que intentaste violar y asesinar. Aunque si mal no recuerdo también mencionaste a otras dos antes de ella y también les debo el mismo derecho. —Leví dio unos pasos. —Ahora lo pondré simple para ti, si no me entregas tu brazo entonces ahora tomaré tu pierna.

El hombre se horrorizó aún más, realmente no tenía escapatoria ante el cruel destino al que se aproximaba, trato de dar uno pasos para emprender la huida de regreso y torpemente cayó al suelo donde intento ponerse de pie mientras veía como se acercaba tranquilamente el chico.

—Oh por favor, ten piedad, te juro que en el fondo fui obligado a hacerlo, soy una buena persona. —Estaba tratando de provocar lastima en el chico.

—Te aseguro que la tengo, alguien más te hubiera matado. —El chico seguía caminando hasta que entendió que huir era en vano, así que se dio la vuelta y saco una navaja plegable de su bolsillo. —Vaya sin honor hasta el final.

—Cállate. —Como pudo apoyándose a la barda de una casa y con mucho trabajo logro incorporarse. —No pienso perder este brazo.

—Bueno yo te aseguro que si lo harás.

El hombre se abalanzo sobre el chico sin dudar ni un instante, trataba de ir directamente hacia su corazón usando todo su peso como impulso, lo malo era que Leví previendo detuvo la navaja sin ningún problema tomando la mano izquierda del maleante, el no comprendía como su fuerza no era suficiente y trataba de sacar más impulso para lograr su cometido.

—Este brazo es el que me debes y voluntariamente lo entregas. Sin duda en el fondo eres considerado y de buen corazón.

Leví apretó con fuerza la mano izquierda del hombre haciendo que la navaja cayera al suelo y sin soltarla giro el brazo hasta que un crujido apenas perceptible se escuchó acompañado de una queja de dolor que inundo toda la calle.

—¡Maldito! ¡Ayuda! ¡Mis brazos, por favor!

—Tú has sido quien eligió este destino, será muy difícil que regrese completamente a la normalidad después de esto, así que este será tu castigo ser un inútil por querer aprovecharte de la gente más débil que tú. —Leví se dio la vuelta y salió de aquel sitio.

XXII

NO QUIERO FALLAS

Después unos minutos llegó la policía al lugar debido a la queja de los gritos y otros tantos curiosos salieron a atestiguar que estaba ocurriendo.

Al llegar apreciaron al desdichado hombre que se quejaba con dos brazos inútiles colgando, el cual trato de contar la historia de cómo había sido asaltado por alguien que sin piedad lo había dejado invalido y ante estos hecho varios vecinos se llenaron de indignación pidiéndole a las autoridades que hicieran justicia, pero de poco sirvió porque uno de los oficiales había logrado reconocer al hombre, el cual se dio cuenta que había escapado de prisión hace unas cuantas semanas con un cómplice y lograron encontrar la navaja que inútilmente había pateado para esconderla.

Dando a conocer esto, los oficiales lo subieron a una ambulancia custodiado y se entendió que tal vez la justicia divina lo había alcanzado, de igual manera varios vecinos les reportaron de unos balazos suscitados a unas cuantas cuadras.

Los oficiales comenzaron a recorrer los lugares hasta que llegaron a un callejón desierto donde solo pudieron encontrar un arma de fuego descargada en el suelo, Leví se había encargado de llevar consigo la bicicleta de Rachel. De hecho, mientras el maleante se quejaba y sin que se diera cuenta Leví avanzó tranquilamente hasta regresar de nuevo al callejón.

Metros más adelante, previendo los oficiales que tal vez el cómplice pudiera estar ocultándose, continuaban haciendo el recorrido, pero no esperaban encontrar en una banca al compañero del maleante que de igual manera tenía dos brazos rotos como el anterior, solo que este al estar inconsciente en el parque tuvieron que recurrir a otra ambulancia para poderlo llevar con ellos.

—Necesito una explicación. —El abuelo de Leví decía mientras entraba a la casa lleno de rabia en su semblante seguido por el padre de Eliot y Alfred. —¿Cómo carajos se te ocurrió usar tu poder en este mundo sin activar una zona cero? ¿Sabes los problemas en los que nos podemos meter?

Quien había informado de la situación había sido el padre de Leví, había marcado para consultar con su padre sino había recibido ningún informe de un Irín empleando sus poderes, sin embargo, no obtuvo respuesta, colgaron de la otra línea y en unos momentos llego a la casa.

—Pa...

—No intentes justificarlo, él es el único capaz de usar un crefacio espacio tiempo.

—Sabes que no lo justificaría por ser mi hijo, pero esta vez la situación lo ameritó, te lo aseguro. —Decía papá tratando de verse bien ante lo ocurrido.

—Así, ¿salvo al Papa? —Exclamó el abuelo sarcásticamente.

—Calor que no...

—Entonces, no veo nada más importante que eso. —Sin duda su abuelo se estaba conteniendo porque podía explotar en cualquier momento.

—Tranquilo viejo. —Decía Eliot que iba entrando a la casa. —Vengo del lugar de la escena y alrededor no había cámaras o algún testigo que hubiera grabado, solo la chica. Parece que era el destino de esa chica ser salvada por Leví.

—¿Cuál chica? —Decía el anciano fuera de contexto, al parecer no conocía todos los detalles de la situación.

—Yo te lo diré abuelo. —Decía Leví armándose de valor y poniéndose frente a su abuelo. —Te aseguro que mi intención era no involucrarme y espere lo más pacientemente posible a que las cosas cambiaran, pero la chica que salve la conozco. —Dijo Leví, aunque la verdad algo dentro de sí le decía que mintiera por esta ocasión. —Se encontraba sola y a su suerte, dos tipos querían matarla, viendo la situación simplemente actúe para salvarla, no fue para fanfarronear sobre mis poderes. —Decía Leví inclinando la cabeza como esperando un castigo, pero su abuelo pensó un poco.

—¿Qué armas tenían? —Decía su abuelo manteniendo la compostura y conservándose serio.

—Un revolver y dos navajas. —El hombre cambio su semblante a algo de sorpresa una vez que escucho lo siguiente.

—De acuerdo, con tu velocidad actual apenas podrías superar un revolver ¿tuviste que usar tu crefacio? —Preguntó el hombre pensativo mirando a Leví para confirmar su teoría.

—Sí. —Decía inclinando nuevamente su cabeza. —Claro que fue para que los impactos de balas no me provocaran daños.

—Ay muchacho... carajo, tengo tanto que decirte por romper las reglas, pero si lo que hiciste fue para defender a alguien indefenso no tiene sentido, ya que lo Iríns nos regimos bajo el lema de servir a los vulnerables, a pesar de que en este caso ameritaba dejarlo a la autoridad de este mundo te has involucrado. Necesitamos asegurarnos de que esa chica no revelará nada Leví, ¿entiendes?

—Pero, ¿y los otros dos sujetos? —Contestó el chico porque parecían no importar los maleantes.

—Ellos no son muy importantes, las autoridades no querrán creerles por su historial y además no te conocen, pero con la chica cambia porque podría identificarte sin problemas, además de que te conoce. —No lo había visto de esa manera y tenía bastante sentido.

—¿Puedes hacer que guarde el secreto? —Dijo el abuelo tranquilamente interceptando a Leví con su mirada, sin duda daba más miedo que cuando estaba enojado.

—Eso creo. —Dudaba un poco, pero se armó de valor. —Mejor dicho, me aseguraré de que así sea.

—¿Crees? O necesitas que yo lo haga. —Expresó el hombre en tono más serio.

—No, yo lo haré, no será difícil y sé que podemos confiar en ella, me lo dice una corazonada. —Dijo sonriéndoles para darle más peso a sus palabras.

—De acuerdo, no quiero fallas. —Decía el abuelo dando carpetazo al asunto.

Una parte de Leví se preguntaba como lograría eso, ni siquiera le hablaba a Rachel, tal vez ahora lo evitaría a toda costa pensando que era un monstruo y más por el hecho de que cuando le dijo que se fuera a su casa no recibió respuesta a cambio haciendo que su corazón se rompiera un poco, pero teniendo que mantenerse firme para acabar con el castigo del maleante por el coraje que recorría su cuerpo.

Solo que algo que Rachel no supo e ignoraba fue que Leví después de atender sus asuntos cuido en todo momento de ella a la distancia, quería asegurarse por sí mismo que llegaría bien hasta su casa, luego de ello partió a la suya para recibir un llamado de atención.

—Por otra parte, Leví viendo que parece que tienes mayor control de tu crefacio necesito evaluar si puedes aumentar próximamente tu rango en las misiones.

—Pero...

—Lo justo por hacer tal demostración y control de poder que me habías ocultado es conocer tu verdadero rango, así que prepárate, lo averiguaremos en dos semanas si todo sigue su curso normal, sin más que decir me marcho, debo ver si se detectó la perturbación y qué consecuencias tendrá. Sigan alertas.

Nadie objetó nada de los presentes simplemente el abuelo de Leví se incorporó y salió por la puerta dejando a todos atrás. Al llegar al patio de la casa Alfred lo esperaba con la puerta del carro abierta.

—Muchacho solo tu ignoras tu abismal potencial, sin duda serás un dolor de cabeza. —Dijo el hombre volteando rápidamente a la casa. —Vámonos.

Subió y cerró la puerta para que Alfred iniciara el camino de regreso.

XXIII

UNA OPORTUNIDAD

Al día siguiente como Leví lo pensó, no se topó con Rachel por ningún lado, de igual forma al ir a entrenar tampoco la encontró, no era nada descabellado ya que, si tú le contaras a tus padres una anécdota así lo más seguro que te resguardarían las veinticuatro horas de ahora en adelante. Esto suponía un grado mayor de complejidad para cumplir su misión sobre que Rachel no contará nada sobre lo acontecido.

Él por su parte, al llevar la bicicleta consigo se dispuso a arreglarla, buscando que quedará como si nunca le hubiera pasado nada y así fue.

—Mamá ahorita regreso. —Decía el chico en el patio con la bicicleta.

—¿Iras a entregarla? —Preguntaba su madre con algo de curiosidad pues no sabía si lo hacía por la orden o porque quería ver a la muchacha, hace un año que le había hablado a su madre sobre ella por el incidente del camión.

El joven asintió, el sexto sentido de su mamá hacía adivinar muchas cosas que haría el joven.

—No llegues tarde y ten mucho cuidado.

—Tal vez deberías decir que tengan cuidado de mí. —Contestaba el chico burlonamente debido al acontecimiento con los maleantes.

El chico le dio un beso en la mejilla y salió para emprender su misión, las manos le sudaban, su respiración y ritmo cardíaco se había comenzado a acelerar, los nervios comenzaban a asomarse por la puerta, siendo para él una sensación extraña que no sentía desde hace mucho tiempo, dudo un momento si hacerlo o no, pero termino siendo impulsado por lo que era correcto.

Lo más apropiado era no andar por la calle con una bicicleta con la cual podrían acusarte de robo, si era el caso de que Rachel la hubiera reportado así y más porque de seguro era muy conocida. Previendo todo esto Leví decidió activar una zona cero saliendo de su casa y emprendió el viaje.

Conocía el camino porque había cuidado a Rachel, no tuvo problemas en llegar, luego de ello respiró profundamente, cuido que no hubiera cámaras alrededor, desactivo la zona cero y estaciono la bicicleta delicadamente frente a la puerta, después de ello tocó la puerta. Al interior se escucharon ruidos.

Leví se retiró de nuevo con la zona cero a una distancia considerable donde observó como tímidamente se abrió la puerta de la casa, salió primeramente un perrito blanco que comenzó a olfatear, seguido y con mucha precaución Rachel, que parecía que por lo visto que no lo había pasado nada bien los últimos días, se veía bastante desvelada y cansada, probablemente lo que menos esperaba era volver a ver esa bicicleta que malos recuerdos le iba a traer, pero al examinarla se dio cuenta que estaba en perfecto estado y había una nota pegada en la canastilla.

La nota decía: "He reparado la bici con esmero, confío en que puedas perdonarme por casi fallarte, espero podamos mantener el secreto. Con cariño Leví". Rachel arrugo la nota y la aventó a la canastilla para posteriormente introducir la bicicleta a su casa y con ello cerrar la puerta al exterior con algo de brusquedad.

Una parte de Leví se alegró de volver a verla, aunque estuviera un poco desarreglada, pero por otra parte no pudo evitar sentir una punzada en su corazón por ver el trato a su nota, él pensaba que tal vez ver lo bien que cuido su bicicleta la alegraría. No pudo evitar pensar que lo que dijo el maleante podía ser cierto sobre que era un monstruo y la gente normal aborrece a los monstruos en algún momento. Sin poder hacer más se marchó a su casa feliz al menos por haber visto a Rachel.

Tal vez si tan solo hubiera podido ver detrás de la puerta, se hubiera dado cuenta que Rachel al entrar con desesperación tomo la nota y la llevo contra su pecho derrumbándose de espaldas a la puerta comenzando a ser consumida por las lágrimas, no la había olvidado, su salvador velaba por ella, le habían regresado un tesoro para ella que era la bicicleta que le dio su abuelo, solo que en muy buen estado.

Recordó las palabras que le había dicho en el callejón antes de dejarla "Eres libre Rachel, deberías ir a casa. Te aseguro que no te pasará nada, yo me encargare de eso", su corazón había comenzado a latir con fuerza al recordar aquella declaración, se preguntaba ahora si su salvador la vería de la misma forma, alguien con semejante poder tratando de verse como un joven inofensivo y ella despreciándolo en el pasado, sin duda quería que la tierra se la tragara por tal acción pues no sabía cómo poder verlo a los ojos ahora.

—¿Todo bien Leví? —Preguntó su madre viendo su semblante algo distraído.

—Sí mamá, temía que no fuera a querer su bicicleta, pero todo marcho bien. —El chico llevaba una gran expresión de felicidad y se esmeró por ocultar lo demás. —Espero la use pronto, la deje como si fuera nueva.

—Bueno lo averiguaras pronto, pero dale su tiempo Leví, todo para sanar lleva tiempo.

—Lo sé mamá, con paciencia como dices tú, uno nunca sabe que pasará. —Se acercó para darle un abrazo y beso en la mejilla a su madre, por un segundo pensó que hubiera sido bueno haberle dado un abrazo a Rachel.

El chico subió a ducharse para salir y cenar con sus padres, su padre iba llegando de una reunión que tuvo con el abuelo de Leví. Todos se sentaron a la mesa.

—Dice tu mamá que entregaste la bicicleta. —Dijo padre dejando de comer y volteando a verlo, habían ido a los tacos que acostumbraban desde que Leví era un niño.

—Sí. —Dijo el chico algo nervioso.

—Le comentaste algo de guardar el secreto.

—Lo hice papá. —Le decía Leví y era cierto, en la nota decía que mantuvieran el secreto.

—Bueno hiciste lo correcto y me alegra que hayas sido tú el de la iniciativa, eso hará que tu abuelo comience a tener mayor respeto y confianza hacia ti. —Decía el padre dando un trago a su refresco,

—¿Y qué paso con los maleantes? —Preguntaba con algo de intriga.

—Mi padre lo arreglo, fueron encerrados en un manicomio por la acusación y creo que fue lo mejor, ambos sin dos brazos serían presas fáciles en una cárcel común, claro que debido a que ningún diario se tragó esa historia no hubo noticias, se podría decir que tienes suerte.

Leví pensó que tal vez se habían excedido con el castigo, pero recordó que les había ofrecido el arrepentimiento para que se marcharán conservando sus brazos intactos y fue ignorado.

—Vaya, espero que logren darse cuenta de sus errores y cambiar para bien. —Decía la mamá de Leví algo piadosa.

—Eso solo el tiempo lo dirá mamá, aunque sería lo mejor, pues sus brazos tardaran mucho en sanar correctamente, necesitan dejar de buscar problemas.

—Sí, si tuvieran nuestra regeneración no habría problema alguno, a lo mucho en tres días estarían sanos, pero lo malo de ser un humano es como se va reduciendo el proceso de sanación.

Después de eso dejaron de lado el tema y continuaron cenando tranquilamente. Leví se puso a pensar en lo mucho que ha cambiado su vida tan rápidamente a un año de haberse vuelto un Irín y haber abandonado una vida ordinaria, incluso recordó que no había hablado con John desde que le comentó lo de abandonar la carrera porque no lo había tomado muy bien.

XXIV

CHOQUE DE POTENCIAS

Habían pasado cerca de cuatro semanas desde el incidente de Rachel, los entrenamientos comenzaron a volverse cada vez más pesados, pero ahora Levi lograba activar su crefacio imperfecto a voluntad y mantenerlo por más tiempo, sin embargo, aún no había logrado despertar su habilidad de nuevo, un arma sagrada o su elemento. Aunque no le afectaba del todo sabía que solo era cuestión de tiempo para que despertaran sin problema.

—Más rápido chico. —Expresó su abuelo quien había tratado de dar un golpe con la espada de madera, mismo que el chico del ojo izquierdo azul bloqueo parcialmente con un poco de complicación. —No te rindas todavía.

El hombre retrajo el arma y se dispuso a atacar de nuevo, pero el joven había logrado mantener bastante bien el ritmo a comparación de hace un año cuando comenzó a entrenar. Progreso demasiado en tan poco tiempo.

A la distancia el padre y el primo de chico observaban el entrenamiento atentos a lo que pudiera presentarse pues no habían sido capaces en todo este tiempo de ver el actuar del crefacio que poseía el joven, era incierto cuando se dejarían apreciar sus técnicas ante otros conocedores.

—¿Estás seguro de que si tu abuelo lo lleva al máximo puede que actúe?

—Parece que el crefacio tiene el objetivo de proteger a su portador de la muerte a cualquier costa, llevar un cuerpo al límite es lo más cercano que conozco tío. —Explicó el joven meticulosamente.

—Bien, esperemos que sorpresa puede ocurrir.

El padre en el fondo estaba nervioso por conocer los métodos extremistas del abuelo de Leví.

Debido a lo pesados que eran los entrenamientos la complexión de Leví había crecido un poco, no lo suficiente para romper camisas, pero dejaba apreciar que la densidad de los músculos de un Irín es más apegada a la de un humano normal, en otras palabras, sí Leví tuviera una complexión común sus músculos sería enormes y lo volverían bastante torpe, en comparación con su abuelo que sería aún más enorme.

—Casi. —Decía el chico que por milímetros había logrado esquivar el ataque del hombre.

Tenían cerca de dos horas peleando y el cansancio comenzaba a hacer efecto en Leví, por otra parte, su abuelo se veía sin el menor agotamiento posible, todo un hombre forjado para el combate.

—¿Quién diría que podrías seguirme el paso tanto tiempo muchacho? —Se notaba cierta satisfacción en las palabras del veterano y era entendible, hace un año ya tenía planeado tirar la toalla con Leví.

—Puede que estés comenzando a volverte viejo para esto. —Se comenzaba a sentir una ligera agitación en la voz del joven.

El hombre comenzó a reír fuertemente, como si de un chiste se tratará.

—Oh, nada de eso ¿ves? —Le mostró que de los ocho anillos que usaba para retener su poder, solo estaba usando seis. —Solo estamos calentando, si quieres puedo quitarme otro más.

La respuesta sorprendió al chico, quien sabe cuánto era el poder que ocultaba el anciano sin problemas. Medito seriamente sobre que sería lo más prudente: continuar a este ritmo que comenzaba a ser cómodo para él o llevar su cuerpo un escalón arriba para ver de qué tanto se había vuelto capaz.

—El anciano sin duda está entusiasmado. —Decía Eliot sentado sobre una roca y de brazos cruzados analizando la situación.

—Le conté sobre como actuó el crefacio de Leví para esquivar las balas, me imagino que quiere verlo con sus propios ojos, no siempre se tiene la dicha de apreciar unos de los ojos de Dios en esta vida y menos dos a la par enfrentándose. —Comentó el padre.

—Bueno, al final dependerá de Leví a que ritmo quiere seguir avanzando y si quiere forzarse, en estos momentos el abuelo está peleando sin el crefacio, pero en el momento en que retire un tercer limitador sin problemas podrá activarlo.

—Lo sé, mi papá ha perfeccionado demasiado la forma base que a este ritmo puede acabar con un demonio menor sin problemas, pero sin duda está siendo demasiado paciente con Leví.

—¿Y bien qué pensaste muchacho? —Le preguntaba a Leví.

—¿Qué pasará si te quitas otro anillo? —Decía el joven que debido a que su regeneración y brote de sus poderes había regresado a la normalidad.

—Pelearé contigo con mi crefacio debilitado. —Señaló su ojo derecho.

—Debilitado, pero con exceso de experiencia por combate. —Agregó Leví. —Veamos... Puedo seguir tal vez otra hora peleando así o ir al máximo contigo alrededor de quince minutos, además quiero ver por mis propios ojos cómo funciona el Ojo de Dios que todo lo ve.

—Buena elección muchacho. —Había tanta satisfacción en sus palabras, que clavó su espada de madera en la arena para poder quitarse el tercer anillo de la mano derecha, inmediatamente al hacerlo un crefacio azul muy atenué se dibujó en su ojo derecho.

—Solo he escuchado rumores de ese crefacio abuelo, así que... —El chico se concentró para canalizar todo el poder espiritual que sentía en su ojo, apreciando como la temperatura en él comenzaba a elevarse y de ahí al resto de su cuerpo para mostrar totalmente un ojo izquierdo azul un poco más intenso que el del anciano. —Planeo darlo todo.

—Esto se pondrá interesante. —Eliot sonrió mirando a los dos contrincantes.

—Por seguridad creo que también estaría bien activar nuestros crefacios para no perdernos nada, digo es una sugerencia.

—Estoy de acuerdo tío, el roce de dos poderes celestiales puede que tienda a la repulsión y por ende muchas sorpresas. —Los ojos derechos de Eliot y el padre de Leví cambiaron a un color azul.

Ambos contrincantes se miraban de frente con sus crefacios activados esperando quien daría el primer paso y en un parpadeo ya se encontraban chocando espadas. Leví retrocedió para tratar un ataque por la derecha, pero el hombre se había movido, bloqueándolo sin problema de nuevo. Leví se replegó y alejo un poco.

—Al usar los limitadores no sé cuántos segundos en el futuro puede ver. —Decía para sí mismo el chico analizando la situación.

El hombre le hizo un gesto con la mano para que se acercara tranquilamente.

—Me imagino que no pueden ser más de dos segundos en el futuro, siendo así solo debo de llevarlo al límite. —Leví tomo aliento.

Preparó sus piernas y salió disparado contra el hombre, mismo que esquivó la trayectoria del ataque que planeaba ir a su izquierda, levantó seguidamente la espada y comenzó a atacar por izquierda, derecha, pero todos los ataques eran bloqueados sin mayor problema.

—¿Pasa algo chico? —Le dijo el hombre mientras lo lanzaba por los aires con un ataque que bloqueo usando ambos brazos en su espada.

Leví ahora comprendía que su abuelo realmente se encontraba a otro nivel, ¿cómo rayos te enfrentas a quien puede ver el futuro? Más aún, ¿cómo harías para dar un ataque antes de que pueda leerlo? Sin duda estaba en una posición bastante complicada, pero solo tenía algo en mente y no podía dejarlo solo así.

XXV

FUTURO Y ESPACIO

La única idea que vino a la mente del muchacho era atacar lo más rápido mientras aún se encontraba activo su crefacio, ya que el factor tiempo de activación era algo que no dominaba completamente.

El hombre lo miró y viendo que el chico no se acercaba emprendió el comienzo del ataque. Se quedó a unos pocos centímetros de dar un golpe izquierdo en diagonal, mismo que Leví apenas pudo bloquear, a partir de ahí comenzó una serie de estocadas rápidas que forzaron al joven a no parpadear ni un segundo para no ver perjudicado su cuerpo. Se encontraba acorralado por su abuelo que sin duda estaba a nada de dar varias estocadas.

—Está llevando un buen ritmo. —Expresó el padre de Leví que observaba el combate rompiendo el silencio que tenía con Eliot.

—Así parece tío, realmente está logrando llevarle el ritmo al viejo. —La voz de Eliot se escuchaba con satisfacción.

—Eso es bueno, el problema ahora es ¿por cuánto tiempo podrá hacerlo? No sabemos qué tan inestable siga siendo su crefacio.

Ambos hombres miraban atentos la pelea sin perder ningún detalle de lo que ocurría, cada intento de corte o estocada y evasión.

Leví trataba inútilmente de conectar un golpe a su abuelo, que por su habilidad lograba anticiparlo sin problema, comenzaba a sentir la tensión poco a poco en aumento sobre sus músculos.

—Maldición. —Declaró al ver que su corte horizontal había sido esquivado una vez más.

—Venga Leví, solo estoy viendo un segundo en el futuro, debes ser mejor que eso. —Mencionó indicándole el número uno con el índice frente a su rostro.

El joven retrocedió y medito un poco porque un segundo para alguien como su abuelo era demasiado tiempo.

—No, tú atácame a mi abuelo. —Sonrió. —Tienes que ser cordial.

—De acuerdo, si esa es tu decisión no la reprochare.

El hombre salió inmediatamente al terminar sus palabras y Leví retrocedió pues previo que atacaría de frente, solo que no le puedes ganar al futuro. El abuelo ya había previsto que haría e inmediatamente esquivó el ataque, decidió responderle al chico con un corte diagonal que parecía no esquivaría y terminaría dejándolo sofocado al terminar el encuentro.

La sorpresa de todos al fue ver que, aunque el golpe pareció haber sido conectado sin la posibilidad de ser esquivado, no tuvo ningún impacto sobre el chico que seguía de pie sin signos de un dolor aparente.

—¿Lo viste? —Había euforia en la voz del padre.

—Sí. —Eliot esbozó una ligera sonrisa. —Tomó algo de tiempo, pero se activó.

Leví no sabía que había ocurrido, retrocedió rápidamente para crear distancia, su abuelo intuyendo esto se lanzó para conectar una estocada que iba directo al rostro del chico, el hombre no estaba dudando en lo más mínimo por su expresión. El padre de Leví apretaba su puño para disipar su preocupación esperando que la activación del crefacio de su hijo fuera un éxito de nuevo y saliera de una situación tan complicada.

El tiempo pareció eterno para Leví al observar como la punta de la espada de su abuelo iba entonada a su ojo izquierdo, no estaba seguro de poder bloquear el ataque a tiempo, pues su mano derecha reacciono tarde, sentía como si escuchará el sonido de la brisa del ataque y de pronto dejó de ver la punta de la espada, que hace tan solo unos segundos se hacía cada vez más grande.

—Bien hecho Leví. —Dijo su abuelo con un ligero tono de aprobación.

El chico volteó a sus espaldas buscando a la voz y notó que se encontraba como a cuatro metros de su abuelo, quien se había quedado en la posición del ataque y volteó para verlo. Su padre por su cuenta dejó de apretar su puño y logro recuperar la compostura, pues en su interior tenía planeado intervenir en el último segundo de ser posible.

—¿Quieres continuar? —Decía con satisfacción en su voz.

El hombre lo había señalado de nuevo con su espada esperando la respuesta, el chico no sabía si era prudente, los eventos anteriores habían derivado del instinto de supervivencia de su cuerpo, por ello no conocía completamente la naturaleza de su gracia divina.

—Sí. —Era la voz de su padre, el cual miró y descifro en su mirada que lo estaba apoyando. —Sigue hasta romper tus limites Leví, solo así podremos saber que necesitamos reforzar.

El chico volvió la mirada a la de su padre para hacerle un gesto afirmativo.

—Continuemos abuelo. —El hombre sonrió ante tal afirmación del chico y volvió a tomar posición de ataque.

—Sabes, solo tengo una duda Eliot. —El padre de Leví tomo un tono serio.

—¿Cuál es, tío? —Contesto el chico intrigado viendo el cambio tan drástico de actitud.

—Me pregunto porque mi padre no pudo predecir donde aparecería Leví para seguirlo atacando.

—Es una gran observación, tal vez terminando el combate él podrá decírnoslo, quiero pensar que se debió por la impresión del viejo, digo es la primera vez que ha visto este crefacio en su vida, igual que la mía y realmente quería verlo, si de por si ver un ojo de Dios es extremadamente raro, ver dos al mismo tiempo es aún más alucinante. —Sonrió emocionado.

De fondo solo se escuchaban unos cuantos golpes de las espadas de madera usadas, claramente se podía apreciar lo forzado que estaba Leví con tal de seguir el ritmo de su abuelo el cual, bloqueaba y atacaba sin mostrar alguna señal de agotamiento. El dominio en su crefacio no le cobraba factura como a Leví quien no lo lograba acertar ningún golpe debido a lo que significaba la habilidad de su abuelo.

Con un golpe horizontal el hombre desarmo a Leví quien experimentaba agotamiento por primera vez. Cayó de rodillas para terminar con las manos apoyadas sobre el piso y sin aliento.

—Bien hecho muchacho. —Le decía el hombre tendiéndole la mano derecha una que vez clavo la espada en la arena. —Lograste resistir más de lo que esperaba a pesar de apenas comenzar a despertar tu habilidad.

—¿Lo crees abuelo? —Leví tomó su mano para reincorporarse aún sin recuperar el aliento del todo.

—Definitivamente, tu habilidad va despertando y quien sabe cuánto más evolucione en un futuro, en el mejor de los casos terminaría opacando la de tu abuelo. —Dijo su padre quien se había acercado con Eliot, llevaban con ellos unas botellas de agua.

—¿En serio crees eso, papá? —Leví estaba algo sorprendido por el comentario de su padre, en su interior las palabras lo reconfortaron.

—Sí, aunque otra cosa que no cuadra del todo es que aquí tu crefacio parece ser forzado y en las ocasiones donde no hemos estado parece que es activado por voluntad propia. —Expresó el papá de Leví. —Necesitamos conocer que es el potenciador, de momento descansa Leví.

Su padre le dio una botella de agua y procedieron a abandonar la habitación donde habían presenciado el choque de dos poderes.

XXVI

RAÁM

Un día Leví bajo a desayunar con sus padres y se encontró con la noticia de haber recibido una carta de su abuelo, la cual mencionaba, que debido a sus avances era necesario que se le fuera otorgada una misión de rango C para evaluar sus habilidades.

—¿En serio crees que ya estoy listo? —Decía el chico incrédulo leyendo de nuevo la carta.

—La verdad no lo sé, solo tu conoces tu cuerpo, lo que sí creo es que es una buena oportunidad para que puedas medir tu nivel actual. Entiendo el punto de que las misiones de rango E y D, aunque no se paguen como las más altas ofrecen la oportunidad de vivir una vida sin problemas económicos, pero a partir de la C se comienza a notar la diferencia de remuneración y pasa uno a tomar más experiencia.

—Bueno, creo que la tomaré, puede ser mi oportunidad de avanzar para revelar mi arma divina y potenciar mejor mi naturaleza.

Dentro del chico se sentía un poco de inseguridad y miedo recordando la misión que tuvo con su primo que fue mal clasificada.

—Bien dicho Leví, le enviaré respuesta al abuelo en un momento, por ahora comamos tranquilos.

Dejando el asunto de lado, todos se dispusieron a comer, él pensó en el dinero que necesitaba para completar su casa y el auto de sus sueños, un *Mustang Shelby 1967* que tenía su abuelo en color azul marino con dos franjas blancas, pues le había comentado a su padre su intención de venderlo por cuestiones de espacio.

—Papá, ¿el abuelo no te ha dicho cuanto está pidiendo por el Mustang? —Preguntó Leví una vez termino de almorzar con algo de intriga.

—Tu abuelo me comentó que va a arreglar detalles y cambiar algunas cosas para entregarlo como si fuera completamente nuevo. —Se llevó su mano derecha a la cara y colocó en su barbilla como si se encontrará pensando. —Si mal no recuerdo me dijo que debido a la refacciones y trabajos que le harán estará en mantenimiento de cuatro a cinco meses, después de eso definirá el precio, yo creo que lo venderá por ochocientos o un millón de pesos.

—Genial. —Decía el joven alegre por tal noticia. —No sé si le puedas decir al abuelo que yo lo quiero, de momento no poseo el dinero, pero si consigo este ascenso a misiones de clases C me será más fácil obtener el dinero.

—Bueno se lo diré solo no descuides tus obligaciones de aporte a la casa, al final el resto de lo que ganas en las misiones es tu dinero y solo tú sabes para que lo vas a destinar. —Expresó su padre tranquilo, pero con tono de autoridad y consejo que solo él tenía, un tono que pese a no ser enojado generaba respeto.

—Soy consciente de eso papá y te aseguro que estoy administrando bien mi dinero, simplemente desde que era pequeño me ha gustado el auto del abuelo y no pienso dejar escapar la oportunidad de poder tenerlo, tengo muy buenos recuerdos en él. —Dijo con una determinación que salía a relucir en ciertas ocasiones, a su padre le generaba satisfacción porque le recordaba a él cuando era más joven.

La verdad es que el auto tenía un largo historial con la familia, en el Leví había aprendido a manejar gracias a Eliot porque su abuela solía prestárselos a escondidas de su abuelo para que fueran a dar la vuelta. Ellos eran conscientes de los problemas en los que tal vez se metía su abuelo, sin embargo, ella era la mente maestra de esas escapadas con la condición de que llenarán el tanque y le llevarán un raspado de fresa al terminar. A diferencia de su abuelo ella era más amigable y disfrutaba convivir con sus nietos, ella decía que les recordaban a sus fallecidos tíos por eso disfrutaba verlos en ese auto.

—Creo que debo mentalizarme e ir a la casa del abuelo por una mejor arma. No creo que la daga que suelo usar para las misiones de rango E y D me sea de mucha ayuda.

—Buena idea Leví, claro que siento que no hay necesidad, puesto que hay algunas armas aquí en el sótano. —Leví vio con sorpresa a su padre ante tal afirmación.

—¿Aquí en la casa?

—Sí, vamos si quieres solo debemos lavar los platos, ¿verdad, cariño?

—Sí, para que pueda hacer la comida. — Respondía su mamá.

Ambos hombres hicieron lo dicho y bajaron al sótano, Leví iba impaciente tras su padre debido a la curiosidad de saber que armas podría haber en su casa. A diferencia del sótano de la casa de su abuelo este era más pequeño y ordenado sus padres eran bastantes quisquillosos con la limpieza y las cosas que se podían y no conservar.

—Veamos, ¿por dónde las deje? —Se preguntaba para sí mismo el hombre llegando a una mesa ovalada de color blanco rodeada por varias sillas del mismo color, la cual era para las reuniones de emergencia a las que convocaba el abuelo, se apoyó en una de ella las dos manos para recorrer el lugar con su mirada.

—Bingo.

Comenzó a caminar hacía un estante donde había demasiados libros y cajas de todos los tamaños, de ahí tomó una caja larga delgada como de unos ochenta centímetros de altura con un de cincuenta centímetros largo y un ancho como de veinte centímetros, la cual, coloco en la mesa para limpiarla con un pañuelo que llevaba en su bolsillo. No quedo muy limpia debido a la gran cantidad de polvo, pero ahora se veía mejor, procedió a abrir los dos broches a los lados para continuar por levantar la tapa y colocar frente a Leví.

—Estas son dos dagas gemelas que yo use para mis primeras misiones, son afines a la naturaleza del rayo.

Eran dos dagas con una hoja color negro que medían alrededor de treinta centímetros y el mango era de color blanco.

—La verdad es que las conservé como recuerdo y nunca se las regresé a tu abuelo, a diferencia de lo que todos creen yo desperté primero mi naturaleza, la cual es el rayo y debido a que necesitaba un medio para canalizarlo tu abuelo me las entrego en lo que llegaba mi arma sagrada. —Tomó una de las dagas para revisar sobre las hojas el dilo y luego me la entregó. —Claro que me dijo que son armas neutrales y a diferencia de un arma sagrada estas no evolucionan con el portador. El rango que poseen se queda definido para siempre, sino me equivocó son de rango B, más de lo que necesitas por esta ocasión.

La observé detenidamente, el mago se ajustaba demasiado bien a la mano como hecho a medida, probé empuñando superior e inferior externo y no tuve ningún problema, además de que el material era muy ligero.

—¿De qué material están hechas? —Noté que a pesar de que parecían de acero no estaba tan frío como cualquier otro, más bien estaban cálidas.

—De dientes de un dragón de tormenta, por ello son afines a la naturaleza, si mal no recuerdo fue de un dragón que provocó varios destrozos y catástrofes, pero y derrotado muchas de sus partes fueron empleadas para elaborar artefactos de muy buena calidad.

—¿Y por qué el abuelo mejor no te consiguió una espada de estos dientes?

—Veamos, verás no siempre hay animales que posean tan buenas características, de hecho, cuando aparecen se consideran elefantes blancos, por ello para aprovechar al máximo los dientes se crearon más dagas que espadas, ya que se emplean hasta un treinta por ciento menos de material en hacer estas dos dagas que una espada normal y a mí en ese entonces me gustaban más las dagas por su versatilidad.

Mi papá notó como con mi mano derecha cambiaba constantemente el agarre de inferior a superior externo.

—Lo más justo es que te entrenes conmigo para que practiques el uso de las dos dagas porque solo has entrenado con espadas. —Papá sonrió.

Me proponía que entrenara con él y eso me sorprendió, papá era tan reservado con su trabajo que hasta hoy en día jamás lo había visto portando su uniforme y muchos menos hablar de su arma.

—Me parece justo. —Asentí al mirar ambas dagas. —Eres mayor general y podré ver la diferencia entre tu y el abuelo.

—Te aseguro que a pesar de mi rango aún es bastante. —Puso sobre la mesa las vainas de las dagas y procedió a dejar la caja en su sitio y giró para verme. —Vámonos, ¿no?

Salimos en el *March* blanco de papá tranquilamente hasta la casa del abuelo, a diferencia del abuelo a él no le gustaba tener carros clásicos llamativos, solo autos para viajes cómodos.

Alfred ya nos esperaba papá le había comunicado que emplearíamos la sala de entrenamiento, nos informó que el abuelo había salido a combatir una misión de rango S el solo, por lo que tal vez tardaría una semana en regresar y nos condujo a la sala de entrenamiento.

—¿Desean aperitivos al terminar el entrenamiento?

—Por favor, Alfred. —Decía mi padre haciendo una pequeña reverencia y acto seguido se retiró para dejarnos a solas.

—Comencemos. —Surge Raám. —Acto seguido mi padre extendió su mano al frente para materializar una espada dos filos envainada y su uniforme de Irín blanco sin ninguna imperfección, poseía una capa que caía de su hombro izquierdo como indicando su cargo. Colocó la vaina en su cinturón y desenvaino una espada imponente que sin duda imponía presencia.

—Vaya, es asombrosa. —Menciono mientras notaba la escritura que tenía sobre la hoja, que parecía no comprender, brillaban ligeramente en color azul.

—Prepárate, comenzaremos cuanto antes. —Impuso con un tono autoritario.

Me coloqué frente a él y desenvainé ambas dagas, con la mano izquierda tomé una empuñadura superior externa y con la derecha una inferior externa, las coloqué frente a él formando una L.

—Estoy listo. —Active mi crefacio y mi uniforme que a diferencia no tenía una capa.

—Así que usaras empuñadura cruzada, veamos qué tan bueno eres para ello Leví. —Noté su crefacio azul activado.

—Empecemos.

Me lancé para atacar a toda velocidad con un corte con la mano derecha hacía su lado izquierdo, que termino bloqueado sin ningún problema.

—Buena velocidad, Leví.

Para no desaprovechar la oportunidad con el impulso que quedaba intenté atacar horizontalmente con la mano izquierda su flanco derecho, mismo que repelió.

—Nada mal solo necesitas no dejar tanto tiempo entre ataques, busca que sean más fluidos, aprovecha la versatilidad de las dagas al máximo.

Viendo eso me replegué para analizar la situación, mi padre había bloqueado mis dagas sin problema, a diferencia de un entrenamiento había aceptado este combate para demostrarle mi avance, pero todo parecía indicar que no lo iba a sorprender.

Sin esperar más cambié las empuñaduras a superiores y volví a salir al combate, buscando que la diferencia entre cada uno de mis ataques fuera mínima para ver si lograba conectar algún impacto, diagonal derecha, horizontal, vertical, cruzada todas eran esquivadas o bloqueadas por mi padre sin problemas, parecía una danza donde claramente quien no sabía los pasos era yo.

—Aumenta un poco más la velocidad, Leví casi lo consigues.

Durante el combate tuve una visión de mí empuñando una espada, después de eso mi crefacio se activó para aparecer superando la barrera de su espada sostenida por su brazo derecho y lo suficiente para lograr rasgar su uniforme con la daga derecha haciendo que retrocediera.

—Vaya. Sin duda eso no me lo esperaba ese crefacio es sorprendente. —Decía observaba el corte que había logrado hacer en su uniforme. —Algo superficial, pero no le quita los méritos. —Empuño su espada con manos. —Viendo esto creo que podemos ponernos un poco más serios.

Pequeños rayos comenzaron a circular por la hoja de su espada y en un instante desapareció frente a mí, agudicé mis sentidos al máximo. Lo percibí, era un corte de diagonal derecho hacia el suelo que logré bloquear con ambas.

—No creí que fueras capaz de bloquearlo sinceramente. —Exclamó sorprendido, yo sabía que apenas y lo había podido bloquear por la cantidad de fuerza con la que venía ya que logré notar como la espada se quedó a unos cuantos centímetros de mi clavícula.

XXVII

CAMBIO DE CLASE

—Quiero intentar una última cosa Leví, se te será de utilidad.

Levantó su espada y dando la vuelta comenzó a caminar para alejarse de mí, extendió su espada con la mano derecha apuntando al suelo a cada pasó comencé a notar cada vez más relámpagos y sin avisar se dio la vuelta para para apuntarme con la espada. Noté como un rayo azul venía hacia mi dirección a toda potencia, por mero acto de supervivencia bloqueé con las dagas cruzadas para esperar lo peor, pensé que tal vez me había excedido al cortar el traje de papá.

Después de unos segundos mi sorpresa fue que el rayo no me había hecho nada, más bien, gran parte de él había sido absorbido por las dagas y otra tanta repelido por las mismas a mi alrededor.

—Esas dagas poseen una habilidad única de proteger de ataques de rayo, en este caso baje mi nivel a un rango C. También guardan parte de la energía para liberarse durante los ataques en combate potenciado el daño. —Papá envaino su espada y regresó a la normalidad. —Planeaba seguir entrenando más contigo, pero tu cuerpo se mueve con naturalidad y no le costó adaptarse al uso. Por otro lado, tu crefacio es un arma secreta bastante útil. Yo diría que estas más que calificado para subir de rango.

—¿De verdad lo crees? —Bajé las dagas y desactivé mi crefacio.

—No te mentiría en algo tan importante solo para hacerte sentir bien, a diferencia de un proyecto de la escuela aquí está en riesgo tu vida y a nadie le gustaría perder a su hijo por algo así. —Noté que se llenaron sus ojos de lágrimas, tal parece que por eso no dijo nada más. Para su buena suerte la puerta se abrió dejando pasar a Eliot y a Alfred, uno sosteniendo la charola de bocadillos y el otro comiendo algunos.

—Que sorpresa encontrarlos aquí, venía buscando al viejo para informa sobre mis misiones. —Sé quedo observando las dagas que me había dado mi padre. —¿A qué se deben las dagas? —Preguntó intrigado Eliot.

—Digamos que son para un cambio de clase que haré. —Le dije algo emocionado.

—Eso suena genial, por un momento pensé que tal vez eran tus armas divinas porque emanan cierto poder mágico y se ven geniales, pero yo creo que mereces algo con más nivel. ¿Puedo verlas?

Se las tendí para que las tomará y comenzó a examinarlas a detalle.

—Sin duda son bastante ligeras y prácticas. —Eliot las movía entre sus manos con una naturalidad aun mayor a la mía, se notaba la experiencia que sin duda poseía. —¿De qué material están hechas?

—De dientes de dragón. —Respondió mi padre.

—Me imagino lo fuerte que debió haber sido. —Detuvo sus movimientos y me regreso las dagas para guardarlas. —Sin duda no tendrás problemas para esa misión.

—Bueno, no planeo ser un soldado toda la vida, necesito subir de nivel para demostrar mi valentía.

—Tu papá es rango mayor general capaz de realizar misiones rango A y S sin problema, claro que todos sabemos que no ha querido ascender por comodidad porque sin problema está a la altura de un teniente general. —Mi papá no dijo nada, pero una parte de mi entendía lo que decía mi primo. —Yo soy teniente coronel capacitado para misiones rango B, así que claro que necesitas avanzar más. ¿A qué clase se te está ofreciendo avanzar?

—A clase C. —Eso sorprendió un poco a Eliot.

—Vaya, brincarás dos posiciones para estar por debajo de mi como segundo teniente. —junto sus manos emocionados. —Creo que también debo decirte que hay otra forma de subir de clase más rápido.

Lo que dijo me tomó por sorpresa, yo pensé que solo era posible mediante misiones.

—Cuando creas que tienes derecho a ascender y no quieras esperar tanto tiempo puedes exigir un duelo de recolocación, esto será retando a un Irín arriba de la clase a la que quieres subir, las dos únicas formas de ganar es lograr desarmar o noquear a tu oponente. Debo decir que son asombrosos, hasta ahora solo he visto el de mi padre con el abuelo para exigir el rango de general. Obviamente mi padre perdió, pero no se contuvieron nada, ¿verdad tío?

—El duelo fue hace dos años y desde entonces todos aun lo recuerdan. No te miento por un instante pensé que tu padre lo iba a lograr, claro que no dudo que en un futuro mi hermano lo vuelva a solicitar.

—Yo también lo creo, desde ese entonces papá se ha enfocado demasiado en mejorar, pero no te digo esto Leví para que tú te obsesiones, te lo digo para que cuando creas que puedes ascender a teniente coronel me retes a un duelo, cuando ya tengas tu arma divina, tu elemento y tu habilidad dominada porque quiero enfrentar sin limitaciones un ojo de Dios. —Eliot miraba a Leví emocionado, se le notaba en la voz tal cosa. —Si así con tu habilidad parcial estas por ascender a segundo teniente no me imagino para mi rango.

—De acuerdo, a partir de este rango de clase te aseguró que no haré más que avanzar para tener un duelo memorable.

El padre de Leví no dijo nada, pero comprendió la emoción de los muchachos, le recordaron el espíritu que solía tener con sus hermanos caídos en combate.

—Comamos para no despreciar la comida de Alfred. —Decía el hombre a los dos jóvenes.

Todos degustaron la comida y comenzaron a darle consejos a Leví para la misión que se acercaba, algo que era cierto es que él tenía la emoción, pero ellos la experiencia reflejada en sus rangos.

El resto del día transcurrió con normalidad y en pequeños momentos de día Leví aprovechaba para tomar ambas dagas y seguir familiarizándose con el agarre, llegaban a su mente estrategias que tal vez podría usar en el combate. Todo marchaba bien hasta que de repente llegó una notificación a su teléfono, debido a su cambio de vida su móvil no representaba el centro de su mundo y por ello solía ignorarlo, pensó que tal vez solo era un mensaje de John para contarle algún chisme que de seguro se estaba perdiendo por haber abandonado la universidad, para no darle más vueltas al asunto decidió dejar las dagas a un lado y revisar de que se trataba, al encender el móvil se quedó helado.

—No puede ser, me acepto.

Leví leyó la notificación de que Rachel había aceptado su solicitud, si mal no recuerda el incidente había pasado hace unos quince días atrás y después de haber entregado la bicicleta pensó que probablemente ya no sabría nada de ella. Lo único que se le ocurrió fue esperar unos cuantos minutos en lo que se le ocurría que decirle.

—Maldición que complicado es esto, como mierda puedo escribirle de forma natural si de seguro me ve como un fenómeno.

Después de unos minutos reflexionando decidió mandar el primer mensaje, "Hola soy Leví, quería preguntar si la bicicleta quedo bien" acto seguido el chico nervioso envió el mensaje y decidió dejar su celular sobre su escritorio, tardo unos cuantos minutos en sonar, pero hubo respuesta, lo cual emociono a Leví.

—Quedo mejor que si estuviera nueva muchas gracias, ¿por qué no la entregaste en persona?

—Eso trate, pero la verdad no quería molestarte, espero que la sigas usando sin ningún problema.

—Sí, ya retomé los entrenamientos y ahora también la veo como un amuleto de buena suerte.

—Me alegra saberlo, espero que lo que paso pueda quedar en secreto y solo dejarlo pasar como si nada.

No hubo respuesta sobre aquel mensaje, solo la confirmación del visto de que había sido leído. Leví no quiso meterse más en aquel asunto y decidió dar por hecho todo estaría bien, en estos momentos no podía pasar por alto la misión a la que se iba a enfrentar si el mensaje llegaba sería tarde o temprano.

XXVIII

MISIÓN RANGO C

El telegrama del abuelo llego por la noche cuando estaba cenando con sus padres, fue entregado por Alfred el cual se retiró inmediatamente. Leví estaba emocionado una vez que lo recibió corrió a sentarse de nuevo para abrir frente a sus padres un sobre sellado que poseía un sello de cera con la letra C, a diferencia de los de rango E y D que solía recibir este era más elegante.

—¡Que emoción! —Dijo retirando el sello para poder comenzar a leer el contenido.

Sus papás no decían nada, pero esperaban a que terminará para poder comenzar a bombardearlo con preguntas.

—No será muy lejos. Indica que el lugar será en Chiapas por los municipios de las Margaritas y tal parece que el problema han sido la desaparición de personas de alrededor de la cual no se ha tenido rastro o señales. —Mencionó chico dejando de lado la carta y mirando a sus padres.

—Aunque sea cerca no quiere decir que vaya a ser fácil, ¿verdad cariño? —Expresó mi madre mirando a mi padre para que me recordará que no debía confiarme demasiado.

—Tranquila linda, te aseguro que él ya lo sabe y por ende se ha estado preparando, a nosotros solo nos queda confiar. —Mi papá vio a mi mamá con una mirada tranquila que la hizo recuperar su seguridad. —Hasta hoy nunca te ha defraudado.

La noche después de eso transcurrió con normalidad, pues decidimos ver parte de una película todos juntos para luego ir a dormir. Durante mi sueño logré tener otra misión en la cual me encontraba con Jake si mal no recuerdo, pues así lo llamaba siempre, a diferencia de lo que se podría pensar era alto como de un metro noventa con un buen parecido más cercano a un modelo de alta categoría, sostenía una carpeta que me entrego.

—Son las ultimas misiones pendientes para romper el pacto. —Decía entregándomelas para después sacar un cigarrillo de su chaqueta y proceder a encenderlo.

—¿Sabes que eso es malo para la salud? —Le dijo en tono sarcástico mientras me miraba desconcertado. —Puede arruinar tu imagen de niño bonito.

—Eso no importa. —Comenzó a reír. —Tú sabes que lo que menos tenemos en este momento es tiempo, confío que sabrás hacer lo mejor con esta información.

—Hasta el día de hoy nunca te he fallado, lo sabes.

Acto seguido se retiró mientras seguía fumando su cigarrillo, bajé mi vista a la carpeta y antes de poder abrirla para comenzar a ojear la información me desperté de repente, ya eran las nueve de la mañana por lo que debía levantarme para ir con mi mamá a comprar las cosas para la comida porque papá tendría otra misión como de costumbre.

Una cosa que iba caracterizando las misiones era que mientras más altas más tolerancia tenían los demonios al sol, por ello podían ser incluso en las mañanas como las que solía hacer mi padre. Me cambié y bajé para ver a mamá que ya se encontraba calentando para almorzar.

—Buenos días, mamá. —Le dije mientras me acercaba por un lado para tomar mi plato y mi vaso. A diferencia de muchas otras familias en la mía cada uno se servía su porción de alimento para no desperdiciar, terminando lavaba su plato y vaso, en caso de que alguno se terminará algún platillo debía lavar las cazuelas. Aunque normalmente éramos yo o mi papá porque la gran mayoría de las ocasiones mi mamá era la que hacía la comida.

—Ya está todo listo Leví.

—Sí mamá, gracias. —Me serví un poco de frijoles, sopa de arroz y chicharrón en chile verde.

—Sueles comer cuatro tortillas, ¿verdad?

—Sí mamá. —Apagó el comal y tomó las tortillas que faltaban para ponerlas en el tortillero, después de eso se sentó a mi lado y se sirvió de comer.

Fue un desayuno tranquilo en el cual nos enfocamos cada uno en terminar rápido para salir a realizar las compras y regresar temprano, ya que mi misión estaba programada para las seis de la tarde. En el camino mi madre se puso a contarme la historia de como se había enamorado de mi padre, era una historia que me gustaba escuchar para conocer el punto de vista de cada uno.

—Eso sería todo Leví. —Me decía una vez habíamos salido de la carnicería.

—De acuerdo. —Los dos subimos las cosas al Tiida y partimos a la casa escuchando la música que mi papá tenía en el auto.

—¿No estas nervioso? —Preguntaba con curiosidad, pero con discreción.

—Un poco, la verdad me encontraba algo nervioso al recibir el sobre mamá, sin embargo, seamos realistas tú y yo sabemos que era algo que tenía que pasar tarde o temprano, ya tengo un año en esto y la verdad siento más satisfacción en mi vida. Por ello quiero que te relajes no tengo en mis planes morir pronto. —Decía dándole una sonrisa mientras iba a manejando a la casa.

—Entonces esfuérzate por vivir hasta el final siempre. Trato de hacerme la fuerte frente a tu padre, lo admito. —Mientras su voz daba indicios de querer cortarse y sus ojos se comenzaban a llenar poco a poco de lágrimas. —Yo en cuanto vi llegar ese sobre egoístamente deseé en mis adentros haberlo recibido yo y no tu padre porque hubiera tenido la oportunidad de haberlo roto o escondido para darte más tiempo. En mis planes con todo mi ser siempre anhelé que desertarás a ser un Irín sin importar las consecuencias, que vivieras una vida ordinaria terminada tu universidad y que nunca se lograran despertar tus poderes. —En ese momento mi mamá comenzó a llorar sin poder contenerse.

—Ma...

—Estoy bien Leví, déjame continuar por favor, es importante y necesario. —No pudiendo hacer más le pase mis lentes de sol para que no se notará el llanto en sus ojos. —Entiendo lo egoísta que puede sonar, pero desde que comenzaste he tenido que disimular este sentimiento frente a ti cada que te veo por respeto a tu decisión. Solo te pido que me entiendas, pues me es difícil adaptarme debido a todos los funerales de jóvenes que al igual que tú o tu padre tenían familias y sueños, a pesar de lo común que suelen ser no he podido acostumbrarme a ello. Por eso lo único que te pido es que no te contengas y des lo mejor porque te esperamos en la casa.

Las palabras de mi mamá me llegaron, pues yo tampoco logré contener algunas lágrimas, soy consciente que ella lo notó.

—Mamá créeme que te entiendo, pero haré mi mejor esfuerzo para siempre volver a casa y puedas estar tranquila. —Le regalé una sonrisa. —Pasaré la misión sin problema, me estoy esforzando para superar a papá.

Mis palabras parecieron reconfortarle porque después de eso logró contenerse y tomar una mejor compostura, luego de ello nos pusimos a escuchar las canciones de la radio hasta llegar a la casa. Terminando de hacer la comida aliste mis cosas por última vez, sabía que el águila que había solicitado para transportarme llegaría veinte minutos antes de salir y mi padre alcanzaría a llegar para despedirme, leí la carta de nuevo por ultimo vez.

—Ya me voy. —Le decía a mi padre tendiéndole la mano para informar de mi partida, claro que me respondió de la misma forma y me acerco para brindarme un caluroso abrazo que me apresure a responder con la misma intensidad.

—Te estaremos esperando no lo olvides. Da hasta lo último.

—Así será, regresaré cuanto antes.

Me acerque a mi madre que conservaba un semblante imperturbable para recibir su bendición, inmediatamente le di un abrazo y sin perder tiempo monte el ave para emprender el viaje

No mentiré con respecto a lo emocionado que me sentía, de hecho, el camino me la pase meditando y pensando en todas las misiones que había tenido con anterioridad, las cuales había podido completar sin muchos inconvenientes con un cuchillo de unos veinticinco centímetros que me había dado mi abuelo. Algo que jugaba a mi favor era la regeneración acelerada que no dejaba que se me formaran cicatrices en el cuerpo.

Debido a lo concentrado que me encontraba en mis pensamientos no me di cuenta de lo rápido que llegamos, simplemente noté como el ave comenzó a descender repentinamente. Una vez que aterrizamos bajé para poder observar el terreno, también desactive la zona cero, me había dejado en la entrada de la selva, no hice más que darle unas galletas e indicarle que se fuera a esperarme, lo cual hizo y cuando partió decidí activar mi crefacio.

Comencé a caminar hacia el interior, pasados unos metros percibí un fuerte olor a carne en descomposición, así que decidí seguir el rastro sin perder el tiempo, a cada paso que daba se intensificaba y más moscas aparecían alrededor. Al llegar me encontré con huesos y montañas hechas a ciertas distancias, no había duda de que me encontraba en el lugar donde parecía llevar a sus víctimas para devorarlas, para prevenirme decidí sacar ambas dagas y comencé por analizar todo el sitio.

—Maldición, necesito ver desde arriba. —Dije para mí mismo y salté a uno de los árboles para comenzar mi recorrido desde lo alto.

No sé si fue mi imaginación, pero percibí movimientos en algunas ramas, claro que resultaba raro porque al parecer mi percepción había mejorado debido a mis avances.

Comencé a ir entre árboles alrededor del sitio para tratar de localizar alguna pista más que me dijera donde localizar al demonio, parecía no haber rastro hasta que de pronto por instinto esquive un proyectil de fango que paso a unos centímetros de mí, miré al suelo, donde desgraciadamente no encontré nada, pero sentí un corte en el aire y noté como miles de proyectiles de fango venían en mi dirección. Salté por el aire y con las dagas comencé a repelerlos, a pesar de ser demasiados las dagas al estar cargadas de rayo al córtalos solidificaban el fango impidiendo que el demonio siguiera teniendo control sobre él porque en cada proyectil emanaba un ligero aroma a podredumbre característica de un demonio.

Al parecer no había problema solo esperaba el ataque desde abajo mientras me iba moviendo entre las ramas para detectar donde se encontraba el enemigo, hasta que al llegar a un árbol solo sentí como al apoyarme para impulsarme todo comenzó a caer, arboles alrededor, piedras, vegetación, formando un hueco enorme, al parecer el demonio me había llevado hacía una trampa y los proyectiles fango solo eran el relleno que estaba extrayendo para que su plan diera resultado.

Viendo lo ocurrido cargué mis piernas y me impulsé en el árbol con todas mis fuerzas porque noté que el hueco se estaba cerrando a una gran velocidad. Apenas logré caer de pie a uno metros de lo que anteriormente era el hueco.

—¿Quién te envió? —Salía un susurro como del suelo.

No me confié y subí de nuevo a un árbol.

—Eso no importa, lo que importa es que terminaré contigo para que dejes de asesinar gente inocente. —Escuche que se extendió por todo el lugar.

—Que inocente eres al no darte cuenta de que te encuentras en mis dominios, te daré una demostración. —La tierra comenzó a moverse como si algo quisiera salir de su interior, hasta que poco a poco comenzó a surgir un bulto hacia fuera que resultó ser un camión de pasajeros completo. —Yo me alimentó sin restricciones.

—Digamos que he venido para que te mueras de hambre.

—Eso lo averiguaremos.

Solo sentí como el árbol se testereo ligeramente. Yo era consciente que al encontrarme en los árboles tenía una ligera ventaja, pero no la suficiente al no conocer el alcance del fango del demonio y su posición, ya que si quería poner las cosas más a mi favor necesitaba eliminar su esencia de todo el fango.

Comencé a comprender que la humedad estaba jugando a su favor, mover tal cantidad de tierra y agua en una ciudad más industrializada no provocaría que evolucionará de a magnitud y como si de una señal se tratará vi una de las dagas que me hizo recordar que se encontraban cargadas de rayo. Decidí envainar la de la mano izquierda.

—Espero que esto funcioné. —Respiré hondo y medité lo que estaba a punto de realizar, pero sabía que era crucial así que di un salto para bajar del árbol y llegar al suelo. —Estoy listo para pelear.

—Sentí vibraciones en el terreno sobre el que estaba y como comenzó a sentirse más fangoso, hasta que mi pie se hundió un poco, en ese momento arrojé la daga para clavarla al suelo lo que libero al momento una descarga eléctrica muy potente debido a toda la energía acumulada que tenía de mi padre, lo que provocó que todo el fango se solidificará y me permitiera identificar donde se encontraba el demonio.

—Ahí estas. —Aparecí a unos centímetros del suelo con mi crefacio para soltar un potente derechazo contra el suelo en la parte donde el rayo había provocado un mayor olor a quemado, mi brazo penetró un poco, pero sabía que era suficiente para hacer que la tierra hiciera presión sobre el demonio y lo apretará un poco, además de que hizo que saliera un poco de sangre por las grietas.

—Ese poder de rayo no puede ser tuyo. —Decía la voz jadeando. —De ser tuyo esta batalla hubiera sido más corta.

Volví a usar mi habilidad para recoger la daga y regresar al sitio.

Noté como ahora la sangre que emano sirvió para crear fango y como poco a poco de él surgió a la superficie, tenía una figura regordeta con brazos muy grandes parecidos a los de un topo con grandes garras, no poseía ojos y en su lugar se encontraban los orificios de la nariz, su boca estaba a la mitad del rostro, la piel era gris y se notaba alrededor de ella quemaduras de rayo.

—Vaya sin duda eres horrendo y no sé si me estas mirando al hablar. —Le decía para provocarlo.

—Eso no importa, solo quiero saber una cosa antes de ponerme serio en este combate. —El demonio giró ligeramente la cabeza. —¿Ese crefacio es uno de los ojos de Dios?

—¿Qué te hace pensar eso?

—Verás, no poseo ojos porque este es un cuerpo imperfecto formado por barro y humanos molidos, sin embargo, algo que he desarrollado bastante bien ha sido el olfato y mi percepción a través de mi fango, soy consciente que en un instante deje de percibir tu olor, además de que desapareciste del fango y eso para mí sería casi imposible porque cuando huelo o siento una presa sigo el rastro.

—Que te parece si lo averiguas durante el combate porque como tal yo no tengo una respuesta a ello.

—Sé que, si la tienes, aunque sabes, llevo trescientos años buscando un poseedor de uno de los ojos de Dios para poder evolucionar, si no me equivocó me ayudarás a subir un escalón más. —Me sorprendió la cantidad de años que mencionó.

—Sabiendo esto estoy seguro de una cosa y esa es que debo acabar contigo hoy para que no sigas haciendo daño. —Sujeté la daga con mi mano izquierda y me dispuse a avanzar para atacar, solo que el demonio siendo más rápido bajo de nuevo por el hueco a la tierra.

No podía darme el lujo de gastar la recarga que quedaba en la daga en el ambiente, lo mejor era que fuera liberada en el cuerpo del demonio para aprovechar y terminar la misión, así que decidí regresar a los árboles, pero de pronto todos los que había alrededor fueron tragados en un instante, al parecer quería eliminar todas las cosas que tuviera a mi favor.

—Maldición, si tan solo tuviera despierta la caminata celestial podría caminar por el aire. En ese caso... —Tomé ambas dagas para asumir posición defensiva, sabía que por experiencia la ventaja estaría de su lado, así que decidí esperar el golpe para acertar en el último instante con la daga.

Empecé a notar que salía a acecharme, como si de una presa me tratará, veía como se desplazaba provocando un bulto y luego volvía a sumergirse más en el fango hasta perderse. Así como un tiburón acechado a una presa en el mar.

Decidí que no me afectaría y me centré en guardar la calma para esperar el momento correcto y así fue, después de varios minutos al acecho por fin salió disparado a realizar el ataque por mi lado derecho y al mismo tiempo venían proyectiles de todas direcciones, me preparé para el ataque y comencé a bloquear los proyectiles mientras esquivaba los ataques del demonio. A pesar de ser algo un poco más complicado lo estaba logrando.

Se me hizo raro como no había vuelto de nuevo el piso fangoso para que fuera una ventaja para él, lo dejé de lado, pensando que tal vez debido a la cantidad de proyectiles que lanzaba y que estaba centrado en el combate había alcanzado el límite de fango que podía producir. Pasados unos minutos vi una oportunidad que no pude dejar pasar, el demonio había descuidado su flanco izquierdo y aproveché para clavar la daga a la altura donde se deberían encontrar sus costillas si es que tuviera e inmediatamente desaparecí porque la daga comenzó a brillar anunciando la descarga, me transporte a medio kilómetro y contemple a la distancia y sin problemas la descarga del rayo. Me teletransporté de regreso y observé petrificado el demonio con la daga clavada.

—Creí que esto sería más difícil. —Decía mientras me encontraba retirando la daga del cuerpo, cuando a mis espaldas se activó mi sexto sentido y salté inmediatamente, lo que vi a continuación fue un puño enorme de fango que arrasó con la estatua a su camino. Ya no tenía descargas en mi arsenal para usar.

—Desgraciado me hiciste sacrificar dos corazones. —Decía una voz entre la selva y noté como tres brazos gigantes salieron para atraparme en el aire. Ahora entendía porque era una misión de rango C, lo único que hice fue tomar posición de ataque y me preparé para empezar a cortar con las dagas, si quedaba algo de energía de rayo saldría en cualquier momento.

A pesar de que me encontraba cortando a mi mayor velocidad, las dagas no provocaban mucho daño en el fango que poco comenzó a atraparme, primero con mis piernas hasta que mis brazos ya estaban completamente inútiles, dejando solo mi cabeza al descubierto. Surgió frente a mí una cabeza gigante de fango.

—Tal parece que no me equivoqué respecto a que esas descargas no eran tuyas y si me equivocó libérate, ya que de lo contrario voy a consumirte y sacarte tu ojo izquierdo mientras aun estés vivo.

Sonreí, lo que pareció desconcertar al demonio que me miró extrañado.

—Te reto a que lo intentes y te aseguró que no podrás tocarlo. —Mi plan era activar en cualquier momento la teletransportación porque sentía como poco a poco comenzaba el fango a ejercer más presión sobre mi cuerpo.

—Tienes razón, emplea tu teletransportación tal vez por eso estas tan seguro. —Su voz sonaba retadora solo que no intimidaba nada por la falta de sus ojos.

La única carta a mi favor para conseguir mi triunfo es recurrí a hacer caso al demonio, el problema es que no ocurrió nada, a pesar de sentir la sensación de activación me encontraba en el mismo lugar.

—¿Ocurre algo? O ¿qué te hace tardar tanto?

—La verdad no recibo ordenes tuyas, planeo seguir peleando hasta el final.

—No me hagas reír. —La cabeza adoptó el cuerpo del demonio que se mantenía flotando por un estilo de tentáculo fangoso que estaba conectado a los demás brazos. —Claramente ahora yo tengo la ventaja y te lo probaré.

Arranco un poco de fango de su barriga y lo colocó en su garra índice y lo arrojó a mi dirección con ayuda de su pulgar, no le vi tanta importancia debido al tamaño, pero en el momento en que impacto en el costado izquierdo solo sentí un potente golpe.

—¿Estas bien? —Preguntaba sarcásticamente porque ya había notado la impresión en mi rostro.

—Nada fuera de lo normal. —Respondí haciéndome el fuerte y sonriendo.

—Es bueno saberlo porque la función debe continuar.

Tomó una gran cantidad de fango que convirtió en pequeños proyectiles y sin esperar las lanzó contra mí, sentí una gran cantidad de impactos alrededor de todo mi cuerpo. La ventaja de activar los poderes de Irín es que ayuda a crear una armadura invisible sobre todo el cuerpo que reduce los daños del oponente, claro que también influye mucho el rango, aunque en este caso me estaba siendo bastante útil porque los proyectiles de seguro podrían hacer más daño.

Con la fuerza que tenía puse cruzadas las dagas frente a mi para al menos darle más protección al área de mi torso.

—Eso es inútil mocoso, pero es mejor que te protejas a gastar energía sin sentido. —Volvió a tomar barro. —Vamos por la segunda ronda hasta que lleguemos a tu limite.

Conociendo la situación solo espere de lleno el impacto, claro que debo admitir que las dagas ayudaron a amortiguar algunos impactos, sin embargo, si el combate continuaba así lo único que estaba haciendo era prolongar mi derrota. Claro que era algo que iba a pasar tarde o temprano porque a la misión solo había llegado yo.

Después del séptimo envió de proyectiles mi cuerpo estaba comenzando a sentir de lleno el dolor, puede que en cualquier momento se romperían mis defensas.

—Sabes, ya me aburrí, creo que lo mejor es extraer tu crefacio de una vez.

—Bueno ahora debes pensar como obtener mi ojo para que se mantenga activado. —Le dije y dos uñas de sus garras disparadas de su brazo izquierdo pasaron a los lados de cada una de mis orejas.

—Lo sé, por eso te destruiré, haré un hoyo alrededor de tu rostro, soy excavador por naturaleza. —Con estas palabras comencé a sudar frío y sé que de seguro mi expresión cambió un poco, solo que yo sabía que no había nada que pudiera hacer.

El demonio extendió su garra del brazo derecho apuntando a mi rostro, con los cinco dedos estaba formado un círculo para no lastimar el crefacio, luego comenzaron a girar las uñas como si fueran puntas de taladro listas para perforar.

—Unas últimas palabras.

—Sí, púdrete. —Le dije escupiendo en su dirección. —Van a venir por ti algún día.

—Lo sé y con tu ojo estaré listo para ello. —Expulsó en mi dirección las garras.

Solo observé como iban avanzando en mi dirección, cuando de pronto el destello de un rayo la bloqueó, seguí el recorrido y noté una espada encajada en la intersección de todo el fango, acto seguido la descarga se liberó haciendo que el demonio se retorciera de dolor y tuviera que huir por un hoyo en la tierra dejando solo una parte petrificada, en el cielo solo se escuchó un gran sonido de trueno que retumbó a varios kilómetros.

Aprovechando la liberación me acerqué a la espada pensado que mi padre había llegado para salvarme, sin embargo, me di cuenta de que la espada no era la de mi padre esta tenía una inscripción diferente en sobre la hoja "Radium", de igual manera era una espada de doble filo con una empuñadura bastante elegante. Por instinto la tomé y el arma aceptó sin objetar nada, noté como rayos salían del mango de la espada a mi mano y como una energía recorría mi cuerpo.

—Bueno ahora si pongámonos serios. Ya te había dicho que acabaría contigo.

Apunté la espada en dirección al hoyo que había realizado el demonio y de nuevo una poderosa descarga salió, la fuerza fue tal que me hizo retroceder unos cuantos centímetros. A uno metros observó el lugar por donde salió la descarga así que esta vez empleé mi crefacio para ver si ya funcionaba, aparecí a unos metros y observé al demonio que se detuvo frente a mí.

—Creí que ya no tenías trucos bajo la manga. —Se notaba su nerviosismo.

—Digamos que guarde lo mejor para el final. —Decía eufórico. —Creo que es hora de la revancha.

—No me contendré. —A su alrededor comenzaba a formarse fango, sospechaba que de seguro su plan era volver a huir como las veces pasadas o tal vez alguna habilidad que no había revelado hasta el momento. Lo que me quedaba claro era la desventaja en la que se encontraba debido a lo fuerte que era el rayo y que las armas divinas a medidas que cortan o logran hacer estocadas o ataques de magia en los demonios van debilitando su fuerza y velocidades de regeneración.

En un instante contrajo las uñas de sus garras para de su abdomen extraer dos luceros del alba, uno con cada brazo.

—Pongámonos serios entonces. —El demonio se quedó observando.

Ambos entendimos el significado de nuestras miradas y nos acercamos de frente cruzando nuestras armas y naciendo de ello un choque de metal que se fue perdiendo entre los árboles.

Pensé que debido a la complexión del cuerpo del demonio y el peso de sus armas se movería torpemente en el combate cuerpo a cuerpo, pero resulto ser mejor de lo que pensaba porque me estaba siguiendo el ritmo sin problema a cada ataque, además de usar de vez en cuando el peso de sus armas para quitarme estabilidad y tratar de acertar golpes críticos.

—Eres bastante bueno. —Dije bloqueando un ataque que venía de su brazo derecho diagonalmente y alejándome un poco.

—En ese caso no veo el porque te alejas, aún tengo algunos trucos por mostrarte. —Retomó la postura con sus armas.

Pase la espada entre mis manos para liberar la presión en mis muñecas, sabía que faltaba poco tiempo para cargar de nuevo un ataque eléctrico poderoso con mi arma debido a que el que use anteriormente para hacerlo salir a la superficie había consumido bastante de mi energía. Recuperé la postura de combate apuntando con la punta de la espada hacia el frente como si mi siguiente ataque fuera ir de lleno con una estocada, el demonio viendo lo siguiente realineó su postura a una defensiva dejando el pie derecho más adelante que el izquierdo y haciendo lo mismo con sus brazos.

—Creo que me toca ir primero. —Me impulse a toda velocidad hacía enfrente con mis piernas, el demonio en cambio permaneció ahí para esperarme.

Solo que a la mitad use mis piernas para detenerme, girar y lanzar mi espada al aire, esto desconcertó al demonio, pero con el impulso que aún tenía desenfunde ambas dagas y las lancé a cada uno de los pies del demonio. Este solo se quedó mirando extrañado, ambas dagas que al no estar cargadas las asimiló sin problema su fango, pero su expresión cambio cuando vio la iluminación en el suelo y volteó rápidamente en dirección a la espada. Ahí me encontraba yo sosteniéndola y apuntando a su dirección sonriendo.

—Ruge radium.

Esta vez al no estar apoyado en nada y por la fuerza salí disparado como un cohete hacia arriba unos cuantos centímetros. En cambio, el rayo iba con una potencia que no daría al demonio tiempo de escapar debido al tiempo que necesitaba para crear fango debajo de sí.

El sonido del trueno siguió hasta perderse en la vegetación y con el comenzaba a disiparse el humo que se generó debido a la descarga. Descendí sin problemas y alisté la espada en posición defensiva frente a mí, en dado caso de que el demonio no hubiera muerto aún.

Comencé a escuchar su tos y noté todo el cuerpo del demonio solidificado, además de una sección del suelo por la que creí que había intentado escapar. Me acerqué para retirar las dagas cuando de entre los árboles me fue arrojada uno de los luceros del demonio, lo bloqueé sin problema y observé en dirección de donde vino, de ahí iba saliendo el demonio, pero ahora más delgado y pequeño en tamaño.

—Casi me matas, tuve que hacer un escape de emergencia. Lo bueno fue que el humo ayudo a que me pudiera esconder un poco.

Caminé en dirección al cuerpo petrificado sin perderlo de vista y observé como en la espalda había un hueco, que era a lo que se refería con una salida de emergencia, entendiendo que se inyecto para salvarse.

—Por lo que veo se puede decir que ahora ya ninguno de los tiene trucos. —Sonreí. —Nos hemos estado llevando al límite sin parar y ha sido bastante divertido.

—¿Por qué ha sido divertido? —Decía irritado y desconcertado.

—Gracias a que me has llevado al límite me has permitido despertar mi espada y con ello mi elemento.

—Ahora entiendo tu dominio algo torpe con ellos, pero a pesar de ello tu potencial de crecimiento es abrumador para llevarme a tal extremo en tales circunstancias. —Noté como comenzó a demostrar cierta emoción en su voz. —Por ello debo devorarte para volverme más fuerte, ya que, con un arma, un elemento y un crefacio así podría avanzar hasta la clase guerrera de primer nivel.

—Ese también es mi objetivo, yo también debo superar a alguien, así que tal parece que uno de los dos debe morir. —Exprese emocionado y empuñando mi espada con fuerzas.

—Si de algo estoy seguro es que no seré yo, necesitarás superar con creces tu velocidad para destruir mis corazones restantes mientras yo solo debo acabar con el único que tienes. —No pudo evitar echarse a reír de la emoción. —Para ayudarte un poco debo decirte que me quedan tres corazones.

—Ahora el que está en desventaja eres tú por decirme ese dato. —Solté la empuñadura de mi espada con mi mano izquierda y con ella retiré una de las dagas del cuerpo petrificado del demonio. —Porque ahora tengo más armas con las cuales cortar.

—Una daga más no te será de gran diferencia te lo aseguro.

—Bueno no lo sabremos hasta finalizar el combate.

Ambos salimos de frente para pelear y comenzamos un choque algo desigual, la diferencia de tamaño entre la espada y la daga estaba haciendo que me adaptará durante el combate provocando que el demonio estuviera más cerca de conectar más golpes y así fue. De pronto solo sentí como se escapó un poco de aire de mi estomago debido al golpe que había recibido y por instinto con la daga bloqueé el siguiente que iba a mi rostro, aproveché ese impulso para generar distancia retrocediendo un poco.

—Si mal no recuerdo dijiste que acabarías conmigo y hasta ahora no has podido conectar ningún golpe. —Dio unos pasos hacía mí.

—Bueno creo fui algo fanfarrón, pero es mejor que usé mi estilo. —Clavé la daga al suelo ya no tenía que perder tiempo, por ende, me abalancé de nuevo, esta vez solo empuñando mi espada con ambas manos y usando lo aprendido en todos las misiones y entrenamientos pasados, cortes diagonales, verticales ascendentes, descendentes, horizontales izquierdos, derechos; solo que esta vez eran más rápidos que antes porque ya era un experto usando una espada.

El demonio comenzó a retroceder mientras se encontraba bloqueando mi violenta oleada de ataques, hasta que de entre todas logré conectar un corte vertical descendente y con él amputar el brazo derecho a la altura de la muñeca.

—Maldito. —Dijo mientras con el brazo izquierdo lanzaba un golpe horizontal para bloquearlo y así dar dos pasos a su espalda.

—En tus condiciones sé que no puedes regenerarte. —Me acerqué a donde estaba la mano amputada y procedí a cortarla en los pedazos más pequeño que pude para asegurarme que no se encontrará un corazón ahí. —Necesitas consumir más humanos para ello.

—Tú no sabes nada. —La parte final de su brazo cortado comenzó a moverse de manera muy violenta hasta que arrojo de nuevo otra mano, pero la expresión del demonio se notaba cansada.

Tomó con ambas manos su arma y se dispuso a reanudar el ataque, nuestras armas volvieron a chocar, pero ambos sabíamos que el final ocurriría en cualquier momento debido al desgaste que había ido avanzando. De momento yo ya había llegado al máximo de la habilidad en mi elemento y mi crefacio, en cambio el demonio ya no podía usar el fango con tanta libertad como antes, así como su regeneración.

Ambos estábamos centrados en ver quien daba el primer golpe de gracia al otro, se podría decir que debido a la presión no teníamos tiempo para parpadear. Hasta que en un bloqueó que realicé para detener un golpe vertical descendente, por la fuerza mi espada se quedó clavada en suelo teniendo que dejarla para retirarme porque inmediatamente intento hacer otro ataque ascendente.

Me retiré y tomé posición defensiva con mis puños al frente.

—Parece que la suerte ya no está de tu lado. —Decía arrogantemente colocándose entre mi arma y yo.

—Mientras aún pueda pelear esto no ha terminado. —Corrí hacia el frente y esquive el ataque horizontal del demonio haciendo una barrida con mis piernas para con el impulso que llevaba dar un fuerte derechazo a su estómago y con mi brazo izquierdo rematar en el mismo lugar.

El demonio retrocedió unos pasos, al parecer se había esforzado por no jadear. Noté como me miró con resentimiento, pues al parecer se confió tanto que no esperaba que fuera bueno en el combate cuerpo a cuerpo.

—Por mí no hay ningún inconveniente en matarte a golpes, infeliz. —Le dije mostrándole mis puños.

—Eres un mocoso engreído, solo me tomaste con la guardia baja, ya no pasará de nuevo.

—De hecho, ya no habrá otra vez. —Apunte al cielo con mi dedo índice. —Esto se termina aquí.

El demonio vio como mi espada iba cayendo, girando a una gran velocidad y detrás de ella la acompañaba una nube de tormenta.

—Pero ¿qué fue lo que hiciste?

—Nada importante aún, solo aproveché tu distracción para arrojar mi espada al aire y tal parece que trajo con ella una tormenta para recargarse.

Sin esperar más corrí en dirección hacia el demonio y este se dispuso a atacar, lo siguiente que sentí fue un dolor en mis manos y acompañado de ello una sensación caliente proveniente por mi sangre, lo que había hecho era recibir el impacto de lleno de su arma para detenerla con mis manos. Acto seguido le dediqué una sonrisa maliciosa.

—Sí eres un tonto después de todo, en lugar de escapar preferiste quedarte.

Lo que ocurrió después paso tan rápido que es difícil de describir con exactitud, la espada cayó al suelo apuntado al cielo y disparó un rayo, solo que como si de una respuesta del cielo se tratara cayó un rayo aún más fuerte que cubrió una gran distancia a su paso, no lo negaré hasta yo sentí parte de la descarga.

Pasados unos minutos pude recuperarme y notar como el demonio se encontraba jadeando, ya que lo único que aún se mantenía con vida era una parte era su torso y rostro.

—No lo niego mañana me dolerá todo, te lo puedo asegurar, me has hecho llegar al límite. —Veía mis manos y mi traje sabiendo que debajo había la sensación de varios moretones, sin embargo, dejé eso de lado y comencé a caminar para tomar mi espada. —Si tan solo no te hubieras confiado lo suficiente confieso que pude haber muerto. —No fue de las mejores sensaciones, pero aun así la empuñé y saqué del suelo. —Pero tu avaricia por no dañar mi ojo parece que fue la causa de tu derrota, ¿tienes algo que decir?

—Púdrete mocoso, hoy solo corriste con suerte, no te garantizó que sea así por siempre. —Iba a comenzar a sonreír cuando con un movimiento rápido lo corté por la mitad ascendente e inmediatamente procedí a realizar más cortes para asegurarme que todos los corazones fueran destruidos.

Aprecié como comenzaba a petrificarse hasta hacerse polvo y era arrastrado por la brisa sin ningún problema. No niego que en ese momento sentí como de mi nariz y mi boca comenzó a salir sangre, puede ser debido al esfuerzo excesivo que realicé, pensando que podría perder el conocimiento, llame a mi águila para emprender el regreso cuanto antes.

XXIX

CASI DOS MESES

Llegué a reportar la misión con mi arma divina porque sabía que ahí estaría mi padre esperando y así fue, la noticia no se hizo esperar y en cuestión de tiempo se informó sobre mi ascenso a Segundo teniente.

—Vaya. Primo, si sigues así te volverás uno de los guerreros más completos. —Me decía Eliot que había esperado afuera de mi habitación a que despertará de mi recuperación, lo cual había sido bastante porque tarde tres días dormido.

—Yo creo que soy igual que tú. —Dije emocionado.

—No bromees, posees un ojo de Dios, tu arma es de alto grado y por si no fuera poco posees el elemento rayo en tu arsenal, mejor conocido como "La ira de Dios", a este paso me superarás sin problemas. —Estaba emocionado, pero logré percibir frustración en su voz.

—Hasta que no te superé no puedo cantar victoria, según sé, no tardarás en solicitar un aumento de rango, lo que solo significa que me debo esforzar más. —Le sonreí. —Recuerda lo que me dijiste sobre que tirar la toalla nunca ha sido una opción.

—Tienes razón.

Descansé un poco más para por fin en la tarde estar alerta de mi siguiente misión, ahora ya me encontraba recuperado completamente y con habilidades que sabía era necesario seguir puliendo para avanzar más.

Los días posteriores el abuelo no dejó de entrenarme y asignarme toda cantidad de misiones que encontraba, por eso había dejado de lado mi vida social como el correr, pasar tiempo con mamá, salir con mis amigos o fiestas familiares. Claro que pesaba, pero sabía que lo estaba haciendo porque así era necesario, debido a esos sacrificios no tarde en adaptarme a dominar mi elemento, mejorar mi arte con mi espada e incluso elevar la cantidad de veces y alcance de mi transportación.

—Sin duda has cambiado bastante en poco más de un mes desde tu ascenso. —Comentó Eliot, el cual en una oportunidad me invitó a salir por una pizza.

—Sigo mejorando como habíamos quedado desde ese entonces. —Decía sirviéndome una rebanada de pizza.

—Estoy al tanto de ello por las quince misiones que has logrado sin problema, solo con heridas menores. —Él también tomó una rebanada. —La verdad es que quería platicar contigo, ¿qué tal la experiencia desde tu ascenso? Solo que estos gajes del oficio han hecho que apenas hoy nos veamos.

—Lo sé, es super extraño jamás me imagine un cambio así en mi vida. Comienzo por creer que no fue tan mala idea haber abandonado la universidad. —Le di una mordida a la pizza, aunque por dentro y algunos días me preguntaba que hubiera pasado de haber continuado.

—Se puede decir que siempre estas ocupado como para pensar en cosas que no valen la pena, pero también hace que descuides algunas que son importantes. Por ejemplo, las misiones más altas de rango SS o S en las que se reúnen grupos y puedes llegar incluso a estar fuera meses. —Me decía para después el dar un bocado.

—¿En cuantas de esas has estado?

—Hasta el momento solo en cuatro en compañía de nuestros padres y otros Iríns más, déjame ver una SS y las otras S. La conformación de los grupos depende del grado del Irín, hasta hoy en día el grupo más pequeño es de dos que normalmente suele estar conformado por el abuelo y mi padre, quienes atienden misiones SS.

—Eso suena increíble conociendo lo mucho que van aumentando de dificultad según avanzan.

—Sí y de hecho son en grupo porque no hay Irín de muy altos grados como el abuelo o mi padre que puedan cubrir demasiadas. —Medité en lo que dijo porque mi padre había detenido su ascenso para tener que evitar en lo máximo esas salidas tan prolongadas fuera de casa haciéndolo candidato a rechazar sistemáticamente la misión a pesar de tener la capacidad de sobra para realizarla. Lo que hacía enojar bastante al abuelo en esas ocasiones privándose de hablarnos.

Y como si Eliot me hubiera leído la mente dijo lo siguiente.

—Tu papá entendió bien el significado de vivir cada momento y saberle dar tiempo a todo porque a pesar de lo poderoso que es no puede salvar a todo el mundo. No como mi padre y el abuelo que lo intentan sin medir consecuencias. —Asentí y noté una expresión más decaída de lo habitual tratándose de él, tomó un poco de su bebida. —Me da gusto que tu padre haya sido mi mentor porque de no ser así estaría obsesionado como el mío tratando de solo escalar y seguir trabajando hasta no poder más. —Su mirada y voz se quebraron un poco. —Cuando mamá notó que no era como papá se sintió orgullosa de mí antes de morir. —Se detuvo para evitar que se siguiera notando la debilidad en su voz y que el sentimiento le hiciera soltar alguna lágrima, de hecho, era la primera vez que escuchaba hablar a Eliot sobre su madre después de que murió hace cuatro años. Luego de unos breves minutos en que recuperó la compostura siguió su relato. —Después de que mamá no pudo concebir más hijos papá se frustró demasiado guardando un profundo resentimiento con ambos porque siempre le decía que gracias a ellos el mundo contaba con menos Iríns disponibles, que de haber sido posible lo mejor era que nunca se hubieran conocido. Sabes. —Se detuvo de golpe y me miró. —No quiero que nadie me vea llorar mejor vamos a dar la vuelta a un mirador cercano.

Pedimos el resto de la pizza para llevar, Eliot pago la cuenta dejando mil pesos de propina, de ahí nos subimos a su auto que estaba siendo cuidado por un señor ya grande edad al cual Eliot llamó para decirle que fuera descasar, el señor no entendía muy bien hasta que Eliot le entrego diez mil pesos de propina.

—No es una broma, ¿verdad, joven? —Le cedía desconcertado sin creer la cantidad de dinero en sus manos.

—No, es noche váyase a cenar o descansar. —Indicó Eliot sonriendo y seguro.

—Dios los bendiga joven. —Decía a punto de soltar el llanto y a lo lejos miré por el retrovisor como termino de guardar el dinero e iba por su bicicleta como para hacer caso a las instrucciones de mi primo.

—En que estaba… —Dijo Eliot manejando sin perder la vista del frente. —Ya me acordé, bueno obviamente con todo lo que papá decía mamá solo se sentía peor cada vez, la casa siempre se sentía tensa cuando estaba él y cuando por fin mamá enfermo no le dio mucha importancia, al contrario, más se sumergió en el trabajo. Por ello en cuanto desperté mis poderes a los diecisiete mamá se deprimió aún más por la mala experiencia que había tenido con papá y a veces llegó a descargar ese resentimiento conmigo, pero yo lo miré como una oportunidad para ayudar a mamá a salir de ese infierno. En cuanto terminé la preparatoria ni siquiera hice el esfuerzo para ir a la universidad de hecho fui con el anciano para pedirle que me dejará tomar una misión de rango D, el desconocía que tu padre me entrenaba en mis horas libres. Al terminar comencé a realizar varias misiones D hasta que obtuve una buena cantidad de recursos que me permitió comenzar a salir de viaje con mamá debido a la ausencia de mi papá. Se podría decir que así fue mucho tiempo porque a pesar de tener la fuerza para ascender a misiones rango B preferí acompañar a mamá para ayudarla a dejar su soledad que hacerle caso a la presión que mi padre y el abuelo estaban ejerciendo sobre mí. —En ese momento noté como tuvo que orillarse por el llanto en sus ojos, noté como presionaba el volante para detener sus impulsos. —Lamentablemente solo pude retrasar lo inevitable porque los doctores me informaron que murió de desamor, pero sin importar sé que hice todo lo que pude por ella porque la llegué a ver radiante. —Eliot a pesar del llanto sonrió. —Lo irónico fue que a pesar de todo papá uso la muerte como un pretexto para sumirse aún más en el trabajo diciendo que vengaría la muerte de mi mamá acabando con todos los demonios. Yo por mi parte decidí por fin ascender de rango y usarlo como un pretexto para avanzar.

La verdad era que no sabía que decir, Eliot solía ser demasiado reservado en esos asuntos personales porque prefería hablar de otros temas de interés normal.

—¿Y entonces porque quieres llegar al grado de mi papá? ¿Eso no significa el tener que sacrificar más tiempo de tu vida? —Decía pensativo por la historia que acaba de escuchar.

—Para que me alcances, la verdad es que ese es mi último objetivo. Si yo lo deseará cuento con el dinero suficiente para pensionarme y darme una vida decente con lujos hasta mi muerte. —Esto ya lo decía más repuesto. —Después de ya casi siete años de servicio he logrado aniquilar a más de treinta mil demonios, yo creo que ya es una cantidad justa.

Me impresiono la cantidad de demonios que mencionó porque sentí que eran demasiado para tan poco tiempo. Luego de esa pausa fuimos al mirador a platicar de los lugares en lo que nos gustaría vivir al pensionarnos. Al terminar nuestra travesía de noche me dejó en mi casa alrededor de las diez y media.

—Por cierto, quería decirte que en dos semanas un amigo dará una fiesta y no estaría mal que me acompañes.

—No estaría mal para poder despejarme de todo este ambiente y recordar un poco la vida ordinaria.

—Esas palabras me agradan, te aviso que nos iremos algo arreglados para que te prepares. —Me dijo antes de que bajará del carro. —Nos vemos, lo más seguro es que antes para ver los outfits.

Encendió su *Camaro* y se marchó.

El tiempo paso casi volando desde aquella reunión y llegamos a la fiesta con una camisa blanca con textura un pantalón azul marino y con zapatos cafés. Yo llevaba una cadena que me había regalado mi mamá.

Seguí a Eliot porque el conocía sobre la fiesta. Su amigo, probablemente el cumpleañero se acercó, Eliot le tendió un regalo y nos guio a una mesa que se encontraba con algunos lugares, yo me senté a lado de mi primo y cuando miré alrededor de la mesa la vi, ahí estaba Rachel, ambos hicimos contacto visual, pero bajamos la mirada. Eliot también lo notó y me dijo en voz baja.

—Sin duda el mundo no es tan grande como parece.

—Pensé que nunca la volvería a ver, hace casi dos meses que no le hablo probablemente ya solo soy alguien sin importancia en su vida.

XXX

¿PODEMOS BAILAR?

La verdad es que para mí toda la fiesta fue extraña donde intentaba disimular mis ganas de querer irme por no saber si mi presencia le molestaba a Rachel.

Se podría decir que ambos platicaban con los demás invitados de la mesa, reían, agregaban algunas palabras, pero entre ello no se dirigían la palabra solo mirada curiosas.

—¿Qué estás haciendo? —Le preguntaba Eliot a Leví cuando había salido por un trago.

—Estoy tratando de disfrutar la fiesta. —Le respondió Leví.

—Eso no es cierto y tú lo sabes, te conozco como si fuéramos hermanos y sé que lo que realmente haría que disfrutes la fiesta es si logras platicar con Rachel. —Lo miró a los ojos para esperar su respuesta. El chico suspiro.

—De hecho, es la verdad, pero qué tal si en el fondo de su corazón me odia por no haber llegado a tiempo ese día o realmente no está interesada en lo más mínimo en mí. —Eliot dejó su trago sobre la barra y tomó a Leví de los hombros.

—Relájate, eso apenas lo averiguarás, pero si no haces el esfuerzo de hablarle puede que no haya una segunda oportunidad.

—Tienes razón esa es la única forma de no quedarme con las ganas de nada.

Leví sintió gran confianza por las palabras de Eliot y se dio cuenta de lo ciertas que eran porque nadie tiene la vida comprada y menos un Irín, el cual arriesga su vida en cada misión. Por ello al regresar y notar que el baile había comenzado fue a donde estaba Rachel bailando con otras dos amigas, ella estaba de espaldas y con su dedo medio dio unos ligeros toques en su delgado hombro derecho, acto seguido Rachel lo vio y su mirada cambio a un asombro total por ver a Leví.

—¿Podemos bailar? —Decía el chico con una voz que trataba de sonar determinante.

Rachel tomó su mano y con ello alejaron sus cuerpos a una distancia considerable del de sus amigas.

—Debo advertirte que no soy tan buen bailarín.

—Descuida yo realmente no sé bailar, pero te seguiré los pasos.

Leví sabía bailar decentemente por las lecciones que le daba su madre en las fiestas familiares, así que aprovechando eso a su favor, comenzó a guiar a Rachel al ritmo de la música.

—Espero que no estés enojada conmigo. —Dijo para por fin romper la tensión que había en el aire. —No soy el mejor conversador del mundo por mensajes de texto.

La chica sonrió.

—Te juro que no estoy enojada, al contrario, cuando te vi me sentí avergonzada por olvidar contestarte, pensé que de seguro estabas molesto conmigo y por ello ya no querrías platicar. —Agacho la cabeza ligeramente.

—No tengo motivos para enojarme contigo, desde que te conocí siempre quise hablarte, solo que comprendí que no era el momento. —Le decía el chico devolviéndole una sonrisa radiante y sincera. —Tal vez nuestras presentaciones no fueron las mejores del mundo, pero disfrutemos esta noche.

Y era cierto, la primera impresión de Leví en el camión no convenció del todo a Rachel.

Como si por arte de magia se tratará la plática comenzó a fluir sin problema entre ambos, hablaron de sus gustos, de la noche del callejón, la universidad, que animes disfrutaban ver, hubo miradas coquetas, pasos improvisados, empujones y casi caídas, oportunidades para robar besos y sin darse cuenta la noche se les fue a ambos volando, no hubo tiempo ni oportunidad de bailar con nadie más, pero no hizo falta porque para ambos había sido una noche increíble.

—Bueno debo irme, te confieso que ha sido un placer. —Dijo el chico al ver que su primo Eliot le hacía señas de que ya era hora y agregando algo de distancia.

—Me la pase muy bien. —Comentó Rachel sonriendo.

—Tal vez podemos salir algún otro día. —Agregó Leví esperando la confirmación de Rachel.

—Sí, me encantaría. —Le respondió.

—Te escribo pronto. —Decía para después despedirse con un beso en su mejilla y salir con dirección hacia donde lo esperaba su primo Eliot.

Ella notó un aroma muy placentero que salía de aquel joven, el cual había inundado el ambiente que tenían toda la noche, era un olor natural que se imponía por encima de su perfume y de los olores del aire. El chico volteó de reojo para ver como Rachel regresaba con amigas para disfrutar probablemente del final de la fiesta.

—Quien lo diría... Hace un año apenas y le había dicho hola, en cambio ahora te vas después de no haber podido bailar más. —Le decía Eliot a Leví notando la alegría en su rostro, la cual era imposible negar.

—Fue una gran noche. —Agregó. —Es curiosa lo compleja que es la vida.

—Se ve que es una gran chica, así que no lo arruines.

—No lo sé, no tengo mucha experiencia en eso de tener novia y por el trabajo de Irín…

—No pongas eso como una excusa, no dejes ir una oportunidad así por cosas del trabajo sería algo muy estúpido. —Le interrumpió Eliot algo molesto, Leví sabía que tenía razón en lo que estaba diciendo su primo, porque uno nunca sabe que pasará.

Cuando subió al carro se armó de valor.

—Me daré la oportunidad de conocerla, no pienso dejar que se vaya a la basura una noche tan increíble como esta. Le escribiré mañana, por el momento la dejaré descansar porque bailamos tanto que de seguro termino cansada.

Después de eso emprendieron el viaje de regreso a casa para decir lo buena que había estado la fiesta.

A la mañana siguiente Leví comenzó su día normal, pues para aprovechar que tendría el día libre con su familia planeaba que salieran todos juntos e incluso invitó a Eliot, el cual les aseguro que allá los alcanzaría.

Después de ir a misa y almorzar con su familia decidió mandarle un mensaje a Rachel para decirle que esperaba todo estuviera en orden y saber si no había terminado cansada. La respuesta llego durante el día donde ella le hizo saber que, si estaba cansada, pero que había valido completamente la pena. Luego de esto, ambos jóvenes comenzaron a platicar sin problema sobre sus gustos e intereses en común, las cosas por hacer en sus días, anécdotas graciosas y chistosas. Todo marchaba bien, claro que Leví a pesar de ello tenía que seguir su vida de Irín y permitir que ella siguiera con su vida de chica universitaria.

—Planeó invitarla a salir. —Le decía Leví a Eliot.

—Vaya, yo pensé que ya no hablaban porque no la habías nombrado.

—Bueno, aún me encuentro pensando bien las cosas, apenas ha pasado un mes, además esta vida de Irín no ha sido tarea sencilla, pero también tengo derecho a tener una vida normal en otros aspectos. —Dijo terminando con un suspiro.

—Eso es cierto, mírame a mí. —Eliot señaló con su mano hecha puño y con el pulgar su pecho. —Pero eso es cuestión de tiempo, planeo retirarme en dos años para hacer una vida.

En ese mes Eliot había logrado lo impensable al poder subir de rango y ahora ser un mayor general como el padre de Leví, por otra parte, esto también implicaba misiones a veces con mayor extensión o complicadas impidiendo aún más sus platicas.

—Tengo en mente pedir un día de descanso para no tener interrupciones, que molesto sería que a media cita llegué el abuelo o Alfred por mí. —Ironizaba.

—No lo dudo para nada Leví, mejor pídelo y simplemente sal a disfrutar la tarde con ella. En el amor las oportunidades deben tomarse o ver simplemente como se van. Solo quiero pedirte una cosa y es que evites en lo máximo el contacto en lo posible con ella. —Notó como Leví se quedó extrañado.

—De acuerdo. —Por fin aceptó con algo de duda.

El chico con ello ayudo a hacer a un lado las dudas en su cabeza y meditó lo cierto que eran las palabras que decía su primo, no dijo nada más y dejó que continuará la tarde.

—Oye, ¿quería saber si estarás ocupada el miércoles de la siguiente semana? —Fue el mensaje que había enviado Leví por fin.

A los minutos por fin obtuvo un mensaje de respuesta que pareció como si hubiera tardado una eternidad en llegar, el cuál después de mandar la solicitud al abuelo por fin abrió. Eran dos mensajes cortos.

—Ese día está muy bien, no tengo planes. ¿A qué hora?

—Te parece bien vernos a las 2, se me ocurre que podemos ver la secuela de la película de la que me contaste.

—Es una gran idea, estaré lista.

Y de ahí iniciaron otra platica buscando conocerse más antes de que Leví tuviera que salir a atender otra misión rango C teniendo en mente que debía solicitar el permiso con su abuelo.

XXXI

LA CITA

Sin duda el clima parecía no ser el más agradable porque hacía bastante calor, Leví tomo un short y una camisa corta blanca, le aviso a su padre que tomaría el carro y se encamino a la tan esperada cita. Al llegar se miró por última vez al espejo y espero en el carro en la ubicación señalada.

—Me comentó mi esposa sobre lo que le dijiste a Leví, Eliot. —Comentó el padre de Leví mientras veía al chico fumar un cigarrillo afuera de su auto. Ambos habían sido citados a una reunión. —¿Aún tienes en mente lo de tu teoría?

—No puedo darme el lujo de desecharla tío, los poderes de Leví se activaron el día que se encontró con esa chica y si es cierta, no sabemos que más pueda pasar. También no descartó la posibilidad de que solo se está tratando de mi imaginación. —Terminaba el chico para inhalar de nuevo su cigarrillo.

—Eso será algo que solo el tiempo nos dirá. —Dijo el hombre mirando al cielo.

Notó por el retrovisor como se aproximaba Rachel al carro sin duda sabía combinar su ropa, los jeans que llevaba y la blusa café resaltaba su figura, además de su bolso y suéter por si hacía frío durante la cita. Leví salió del auto para recibirla con un beso en la mejilla.

—¿Nos vamos? —Le dijo sonriendo mientras le abría la puerta para entrar.

—Gracias. —Entró al auto y percibo ese olor característico de él.

Leví cerró la puerta y subió el también.

—Luces muy bien. —Agrego mirándola a los ojos.

—¿Sí? —Preguntó ella como para querer reafirmar lo dicho.

—Sí. —Respondió con seguridad. —Use el retrovisor para disimular, pero sin duda sabes hacerte notar. Bueno no quiero que perdamos más tiempo. —Leví arranco el auto. —¿Por qué no me cuentas como estuvo tu día?

Leví arranco y Rachel comenzó a contarle su día en la universidad, él le agregó que recordaba algunos lugares y profesores que nombró, también hablaron sobre que del baile a este día había pasado ya más de un mes y por fin se ha completado la salida, pues siempre hablaban de salir.

—Créeme que mi intención era salir antes, solo que he tenido algunos pendientes. Pero te aseguro que tengo algo preparado para casi el final de la noche. —Sonrío.

—Qué bonito. —Le decía respondiendo la sonrisa.

La cita comenzó el rumbo con la película en el cine, ella puso los boletos y él puso el combo, aunque eligió un combo demasiado grande porque no llegaron ni a la mitad de las palomitas.

—¿Si valió la pena la secuela? —Preguntó el chico.

—Sí, aunque estoy pensando en cuál de las tres dio más miedo.

—Bueno, por si no lo notaste muchas veces me espanté, pero como me falta ver la segunda no se realmente.

—Si, tiene escenas buenas y por muy poco se podría decir que es mejor que las otras, aunque he visto películas que dan más miedo.

—¿Ese es tu genero favorito?

—Sí. —Le dijo viéndolo a los ojos.

De ahí procedió a contarle que otras películas le habían gustado más, cuál era su favorita, porque tenía que verla y las que no le recomendaba ver, él de vez en cuando agregaba algo, pero no quiso interrumpir lo emocionada que se veía contando por sus gestos, sus miradas, la mímica de sus manos, lo que hizo que sin querer el día comenzará a marchar demasiado rápido, dándoles solo tiempo para pasar por un café porque era tarde y ambos debían regresar a sus casas.

—¿Segura que no quieres algo más? —Le decía el chico. —El pastel está muy pequeño.

—No te juró que no tengo hambre.

—Bueno si cambias de opinión solo dime.

—Por cierto, ten. —Rachel le estaba extendiendo una bolsa que el chico tomó y abrió.

—Es una pulsera, está muy padre. —Dijo sin perder tiempo de ponérsela.

—¿Te gustó? —Preguntó la chica con algo de timidez.'

—Claro, además ya completa mi outfit porque una mano tengo el reloj y en la otra tu pulsera.

—Qué bueno que fue así, no sabía si traerte esa u otra.

—Bueno, es como si me hubieras leído la mente porque me gustó mucho. —Dijo sonriéndole y mostrándole como se le veía en la muñeca. —Pero sabes que, mejor vayámonos ahora o no habrá tiempo para algo que preparé.

La chica asintió y después de pagar la cuenta salieron del lugar con rumbo a donde se encontraba el carro, durante toda la salida no la tomó de la mano solo platicaban y se volteaban a ver de vez en cuando o se sonreían.

—¿Qué es lo que me vas a mostrar? —Se notaba la curiosidad en la voz de Rachel.

—Con base a lo que me platicaste se me ocurrió esto. —El chico tomó ligeramente su mano y ella pudo apreciar como su ojo izquierdo cambio a color azul justo como la vez del camión, en cambio a Jake lo recorrió una sensación de calor aún más fuerte que en ocasiones previas. —Confía en mi esta ocasión, ¿vale?

La chica asintió y como en la voz del camión fue como un parpadeo, solo sintió de pronto como sus pies se hundieron ligeramente en la tierra y una brisa conocida sobre su rostro. Así era porque habían ido a ver el atardecer en el mar.

—¿Y qué te parece? —Dijo tratando de descifrar si era miedo o asombro lo que tenía en su rostro. —¿Rachel?

—Siempre supe como por instinto que el responsable de lo del autobús habías sido tú, claro que lo del callejón me había dejado mis dudas, ¿Cómo lo hiciste? —Agrego la chica.

—Bueno, te lo contaré... ¿Qué te parece en una segunda cita? —Decía el chico mirando su sonrisa y esperando una respuesta.

—De acuerdo, tengamos otra cita. —Agrego Rachel y después de ello contemplaron lo que aún quedaba de atardecer.

Aunque parecía que en cualquier momento pudiera ocurrir un beso, lo cierto es que no paso, simplemente vieron el atardecer uno al lado del otro sin tocar sus manos siquiera.

—Permíteme llevarte a casa. —Levi tomó su mano y regresaron al carro. —Sorpresa. —Se abrocharon sus cinturones para dejar a Rachel en su casa, en ese rato platicaron del atardecer y lo mucho que le gustaba la playa a ella, además de recuerdos de la infancia.

—Ya llegamos, sin duda fue una gran cita. —Le dijo el chico mirándola con una sonrisa genuina, luego de eso desabrocho su cinturón.

—Sí, me la pase muy bien sin duda. —Le decía ella respondiendo mientras también desabrochaba su cinturón. —No me esperaba esa sorpresa.

—Yo no me esperaba la pulsera y sin duda me encanto. —Sus miradas se cruzaron, pero se apresuró a bajar del auto para abrir su puerta. —¿Te parece si la siguiente cita queda entre jueves o viernes?

—Sí, me parece bien igual confirmamos por mensaje. —Bajo del auto.

—Vale entonces esperare esa conversación. —Decía mientras cerraba la puerta detrás de ella. —Bueno, estas puntual en tu casa como lo prometí en nuestras pláticas, antes de las diez. —Miraba el reloj de su mano para confirmar. —Y pues también me voy con un gran detalle de tu parte para recordarte en lo que ocurre la cita.

—Qué bueno que te gusto porque a mí también me agrado mi sorpresa, por cierto, te vas con cuidado y me mandas mensaje cuando llegues. —Le dijo la chica mirándolo a los ojos.

—Lo haré, te lo aseguro.

Se acerco a ella para darle un beso en la mejilla de despedida acompañado de un abrazo, ella sin duda era alta casi como él con su metro setenta.

Ella logró percibir de nuevo su aroma tan característico y al verlo a los ojos de nuevo notó sus dos ojos cafés y su sonrisa tan contagiosa, se dio la vuelta para ir a su casa mientras el observaba lo bien que se miraba al caminar de espaladas con su cabello largo. Una vez pasó subió a su auto y emprendió su viaje sintiéndose demasiado afortunado por la cita.

Era consciente que el uso de su crefacio con una persona normal infringía varias normas, así que probablemente su abuelo le haría la vida difícil al llegar a su casa, por ello decidió no darle importancia y pensar en lo increíble que había sido la cita. Algo que el ignoraba era que por alguna extraña razón no se había activado la notificación del uso de su crefacio por eso le sorprendió llegar a su casa y no mirar el automóvil de su abuelo afuera, sin embargo, decidió guardar el carro y entrar discretamente a la casa para observar si había alguien aparte de sus padres.

—¡Ya llegué! —Enuncio esperando una respuesta.

—¿Cómo te fue Leví? —Decía la voz de su madre que iba a recibirlo algo ansiosa.

Ahí observó como venía su padre despreocupado y tranquilo como si nada hubiera pasado, tal vez su papá notó su mirada desconcertada.

—¿Todo bien? —Le cuestionó su padre mirándolo.

—Todo en orden, me fue muy bien. —Añadió y no quiso indagar más sobre si su actividad se había detectado o no. —Traje palomitas. ¿No quieren algo de cenar?

—Claro vamos.

Todos se dirigieron a la cocina para cenar y platicar un poco como cuando él era niño, pero antes saco su móvil para avisarle a Rachel que había llegado bien y que descansará.

XXXII

SUBIDA EXPONENCIAL

Después de todo el tiempo que ha convivido con a Rachel, Leví comenzó a notar como todos sus atributos se había fortalecido bastante desde su fuerza, velocidad, el control de su elemento, su crefacio y hasta había despertado la habilidad de "llamado" que consistía en atraer su espada hacía su mano solo abriéndola en la dirección donde se encontraba.

—¿Qué trampa estas ocultando Leví? —Le cuestionó Eliot una vez que terminó de reportar la misión con el abuelo.

—Nada primo, ¿o de qué estás hablando? —Le preguntaba el chico algo consternado.

—Es curioso como tus poderes han aumentado repentinamente a raíz de que conociste a esta chica, hasta tu aura se ve diferente. La habilidad del llamado no es fácil de despertar y con ella tienes derecho a poder exigir el cambio de clase para teniente coronel.

A Leví le gustaban este tipo de confrontaciones con Eliot porque siempre le revelaba mucha información que a pesar del tiempo que tenía desconocía.

—Por ello he solicitado que si exiges tu cambio yo seré quien realizará tu evaluación. —Dijo Eliot con satisfacción en su voz.

—Pero, ¿por qué? —Se sorprendió.

—Si quieres tener un ascenso será con todas las de la ley y yo me encargaré de que eso se cumpla.

—Viendo eso solo dime que día planeas que sea Eliot para prepararme. —Estaba emocionado ahora.

—Planeó que sea el sábado, todo depende que diga el abuelo y demás Irín en base a tus resultados.

—Dejémoslo para el domingo porque el viernes tendré una cita con Rachel y el sábado tengo una misión, que viendo lo que me dices me servirá de preparación.

—De acuerdo te daré el beneficio de la duda y preparé todo para el domingo. —Decía Eliot satisfecho porque Leví acepto el reto.

Ambos chicos se despidieron después de ello mirándose como retadores que están pendientes de un duelo para saldar cuentas. La semana transcurrió en un instante entre misiones, juntas, pláticas con Rachel, salidas con sus padres y sin darse cuenta ya era viernes de nuevo. Apenas había regresado en la madrugada de una misión en Brasil, pero por alguna razón conservaba demasiada energía.

—Mamá, ¿cuántas enchiladas quieres? —Pregunta Leví a su madre después de que ambos habían terminado el aseo de la casa.

—Solo quiero cinco Leví. —Respondía la mujer sentada a la mesa esperando a su hijo.

—¿Papá no llegará a almorzar?

—No, ya almorzó en la mañana antes de irse a su misión. Dijo que llegará por la tarde.

—De acuerdo.

Preparadas las enchiladas ambos se dispusieron a comer con calma.

—Saldrás de nuevo con Rachel, ¿verdad? — Cuestionó su mamá tratando de encontrar su mirada.

—Sí mamá, de hecho, le pedí el carro a papá antier. —Decía el chico mirándola a los ojos.

—Sabes, te ves emocionado como yo con tu padre, me imaginó que la chica también.

—Bueno, en la cita anterior nos la pasamos muy bien. —Suspiró.

—¿Qué ocurre? —Preguntó la madre.

—No lo sé mamá, solo que estos días me he estado preguntando si ella puede llegar a correr peligro estando conmigo. —Dijo pensativo mirando su plato casi vació.

—A mí nunca me ha pasado nada a lado de tu padre y no sé porque piensas eso Leví, esa es una razón por la que nuestra casa cuenta con una barrera, de presentarse el caso a ella también se le brindaría protección en una situación muy especial.

Leví escucho lo dicho por su madre y pensó en lo cierto que era, pero por otra parte comenzó a recordar las cosas que había contemplado en sus visiones y lo real que se habían sentido.

—Oye relájate, date la oportunidad de conocerla más y aprovechar todo el tiempo que puedas con ella. Te ves emocionado y si ella también lo está no veo porque no valga la pena correr el riesgo. —Su mamá le sonrió y acerco su mano para despeinarlo. —Yo antes tenía miedo de dejar que entraras en este mundo, pero ahora te puedo asegurar que ha valido la pena al ver el joven en el que te has convertido y sé que te convertirás. Si sigues así sin duda tendrás la fuerza para protegerla si por alguna extraña razón sucediera.

—Así será mamá. De hecho, quería decirte que tendré mi ascenso de clase este domingo a teniente coronel, te aseguro que puedes estar segura porque el ascenso será mediante una prueba con Eliot y no con una misión. —Dijo eufórico.

—Vaya, sin duda esto está siendo demasiado pronto. —Decía la madre aún tratando de asimilar los aumentos tan drásticos que estaba teniendo su hijo, entendió más el contexto de lo que había dicho anteriormente, sin embargo, decidió no agregar nada más de lo que su mente pensó en ese momento, se limitó a darle una sonrisa lo más sincera que pudo.

Terminaron de comer para continuar a hacer la comida, Leví ya tenía en mente cuál sería su atuendo para la ocasión.

—Nos vemos al rato mamá. —Le dijo.

Arreglado con una camisa azul marino que se ajustaba a su figura, peinado lo mejor que pudo debido a su cabello rebelde, su mamá le dio un beso en la mejilla y el partió a su destino. El trayecto a su parecer fue muy corto y llegó demasiado pronto, al llegar le avisó a Rachel que estaba listo y ella salió a los pocos minutos como siempre viéndose radiante con una sonrisa y con su gran manera de combinar una blusa negra, él bajó del auto para recibirla con un beso en la mejilla seguido de un abrazo y preguntar cómo estaba, ella notaba al acercarse de nuevo esa fragancia que se imponía por encima de su perfume. La guio al auto para ayudarla a entrar, una vez ambos estaban arriba y el carro encendido comenzaron a platicar e ir rumbo a su destino, le hablo sobre lo inteligente que era de niña, lo cerca que vivía de la escuela y la vez que no fueron por ella a la secundaria.

—Bueno, es aquí. —Señalaba por la ventana un café que lucía como para tomar fotos para redes sociales.

—Se ve muy bien, vamos. —Se acercó de golpe a ella y la ayudo a desabrochar su cinturón.

—Lo siento, no quiero que te despeines. —Le dijo sonriéndole, luego ambos bajaron del vehículo. —Este café lo conocí tiempo atrás por un amigo, espero sea de tu agrado y si no avísame para que busquemos otro en alguna otra parte del mundo. —Le decía mirándola a los ojos y señalando su ojo izquierdo.

El café resulto ser sumamente tranquilo y con el ruido necesario para tener una plática agradable una vez que recibieron su orden.

—Si mal no recuerdo la vez pasada prometiste contarme lo relacionado a ti, como fue como fuimos a esa playa en un segundo para mirar lo que quedaba de atardecer. —Decía entusiasta. —Porque una parte de mí, aunque ya presencio esa experiencia más de una vez no logra asimilar si eres real o tal vez yo esté delirando a la mitad de las citas.

—Creo que primero que debo decirte que no estas soñando y no deliras para nada, realmente fuimos la playa, tú también lo sabes. —Suspiró. —Es complicado de explicar Rachel, por ello seré breve, soy un Irín lo que traducido significa un caballero sagrado o celestial, bien puede que tu no creas para nada en la religión, pero la habilidad que tengo es una gracia divina de Dios, claro que la forma en que la puedo usar y esconder con tal naturalidad es gracias a que mi cuerpo no posee las características de un humano normal, tengo modificaciones genéticas naturales y entenderé en este momento si una chica como tu decide levantarse de su lugar para salir por esa puerta para tomar un taxi dejando a un loco como yo. —Miró su semblante para esperar un veredicto.

La chica se limitó a sonreír y le dedico una mirada cálida sin ningún tipo de reproche.

—Sabía que había algo que no era ordinario en ti desde la noche del callejón, ni el hombre más rápido podría esquivar los disparos de un arma o mucho menos saber cuándo llevar consigo un chaleco antibalas. —Al oír esto la tensión del chico desapareció por lo que pensaría y se tranquilizó. —Solo quiero que me aclares otra cosa. —El chico asintió para que continuará. —¿Esto que tiene qué ver con hayas dejado la universidad?

—Esto es más simple de explicar a mi parecer, verás nosotros al tener este tipo de cualidades hemos decidido defender al mundo de las amenazas de los demonios.

—Ósea ¿Algo así como un tipo de superhéroe? —Decía ella intrigada y atenta a lo que estaba escuchando.

—Se podría decir que si, solo que a diferencia de un superhéroe a mí me pagan por hacer todo este tipo de servicios, claro que esta es una organización no gubernamental y mantenida en secreto desde hace mucho tiempo. —El chico saco el reloj de bolsillo que le había dado su padre para su primera misión, lo abrió frente a ella activando su crefacio y observó como el nombre de Leví Morlan se iba tallando con un color morado. —Esta se podría decir que es mi tarjeta de identificación. —Leví extendió su mano para que ella lo tomará y lo pudiera apreciar más a detalle.

Se notaba el acabado a detalle y lo ligero que era a pesar de su apariencia, Leví se preguntó si ella también notaría la ligera energía que emanaba.

—Sin duda es muy bonito. —Dijo mientras cerraba y abría para ver el mecanismo. —En la universidad he visto algunos chicos con un reloj parecido, ¿ellos también pueden ser Iríns?

—Puede que así sea, en la universidad tengo entendido que hay algunos, claro que también tenemos que tomar en cuenta algunos puede que sean solo relojes normales.

—Eso puede que sí, solo que dudo que a estas alturas a muchos jóvenes les guste llamar la atención con un reloj de bolsillo. —Extendía su mano para colocarle el reloj de vuelta y extrañamente el sintió una ligera onda de energía al rozar su mano, esto hizo que un escalofrío recorriera su cuerpo en un instante.

—¿Estas bien? —Decía la chica que había observado la reacción.

—Sí no te preocupes, solo recordé algo que debo hacer llegando. —Le dijo sonriéndole para disimular, pero no pudo decirle que seguido de ello una energía comenzó a recorrer su cuerpo poco a poco. Espero a que terminarán lo que habían encargado, cambio la conversación ligeramente a sobre que pensaba sobre los ángeles.

—¿Quieres que ordenemos algo más?

—No, así estoy bien y sin duda esta rico. —Le dedicó otra de esas impecables sonrisas.

—¿No quieres ir a tomar un poco de aire? —Le dijo el chico y ella asintió.

Luego de esto le pidió la cuenta al mesero para colocar la cantidad y salir de allí a lado de la chica. Algo que no le había pasado por alto era la sensación después del reloj que le dibujaba un escenario.

—¿Quieres ir a otro lugar? —Le preguntó a la chica una vez habían llegado al auto.

—Claro, vamos. —Decía mirándolo a los ojos, pues comenzó a notar como su ojo estaba haciendo el cambio de color a ese azul.

—Que así sea entonces. —Tomó la mano izquierda de la chica y como la ocasión pasada en un instante el vehículo se quedó vacío.

La chica parpadeo como por instinto y al abrir los ojos se encontraba un atardecer en una colina que tenía un gran árbol sobre el cual colgaba un columpio para dos personas. Era sin duda el escenario que Leví había visto después de que ella le entregará el reloj.

—Hemos llegado. —Ella contemplo el paisaje. —Disfrutemos el atardecer. —Dijo el chico que aún sin soltar su mano la guio hasta el columpio, ella no opuso resistencia y se dejó guiar por su acompañante.

—¿Dónde estamos? —Añadió.

—Buena pregunta Rachel, solo que lamento no poderla responder, digamos que debemos conformarnos con disfrutar el paisaje. —Ambos se sentaron uno a lado del otro para disfrutar la tan espectacular vista del atardecer en la naturaleza.— Sabes, es como cuando sabes cómo llegar, pero no el nombre de las calles.

Ambos se rieron de tan mal chiste y la tensión aumento, Leví tenía a Rachel a solo centímetros de su cuerpo y sin embargo, se inmutaba por querer acercarse más, de vez en cuando se volteaban a ver el uno al otro, ella jugaba con sus manos y acomodaba su pelo, el tragaba saliva, movía los dedos de su manos sobre sus piernas, acomodaba su postura y ligeramente comenzaba a acercarse más hasta que su piernas estuvieron juntas y pudo apoyar parte de su mano derecha en la pierna izquierda de ella, la cual no se molestó por tal acto en cambio se quitó el cabello de ese lado discretamente, ahora solo bastaba que Leví se inclinará para consolidar el acto, pero eso no paso, el chico acarició su pierna por última vez, luego de ello llevo su mano a su mejilla para retirar un mechón rebelde de su cabello.

XXXIII

PRIMORDIALES CAÍDOS

—Es tarde Rachel y debo llevarte a tu casa. —Decía recuperando el aliento por lo tenso que estaba.

Algo dentro de él se arrepintió de no haberle robado un beso, pero la realidad era que nunca había robado un beso antes y no sabía cómo hacerlo. Otra parte de él recordó las palabras de Eliot sobre no acercarse demasiado, pensó por un momento que él tal vez no lo decía por su bien sino por el bien de ella.

La chica estaba preparada para recibir el beso, pero acabo desconcertada por las palabras, aunque pensó por un minuto que era una broma hasta que miró a Leví ponerse de pie y le tendió la mano para que lo siguiera.

—Espero que hayas disfrutado la velada. —Le dijo con una sonrisa coqueta que era imposible no ser contagiosa.

—Sin duda así fue. —Le respondió, aunque en el fondo ocultaba que no debido a la interrupción de un beso que pudo haber sido perfecto bajo semejante atardecer.

—Me alegra saberlo. —Decía el chico acercándose de nuevo para tomar su mano y en ese momento ella notó con mayor intensidad su fragancia.

Como en la ocasión pasada ya estaban de nuevo en el carro, él se acercó para ayudarla con su cinturón después con el suyo, prendió el auto y se dirigió a llevarla a su casa mientras platicaban y cantaban a capela canciones que escuchaban de niños.

—¿Qué piensas de una tercera cita? —Le dijo el chico tomando su mano para ayudarla a salir del carro. —Claro, si es que aún no te has aburrido de mí y si así fuera dejo de molestarte.

—Tú no me molestas. —Le respondió dándole una mirada. —Sí, quiero una tercera cita.

—En ese caso necesito prepararme para ocasión, que te parece si paso por ti la siguiente semana a la misma hora.

La chica se le quedo mirando a los ojos, luego a sus labios para ver si entendía la indirecta del beso, lo que no sabía es que estaba él entiendo las indirectas, pero no las tomó en cuenta para no equivocarse. Leví se acercó a ella para despedirse con un beso en la mejilla y un abrazo.

—Te aseguro que desde este momento ya ansió nuestra siguiente salida Rachel. —Le decía devolviéndole una mirada provocativa. —Porque no puedo negar que hoy sin duda te robaste varias miradas incluyéndome por tener algo especial, tal vez en la siguiente cita averigüe que es.

—Estaré atenta para que me digas que es eso especial que tengo. Solo quiero pedirte una cosa más antes de que termine la cita.

—Adelante Rachel, sabes que me puedes decir. —Estaba intrigado por la petición.

—Vete con cuidado y avísame cuando llegues a tu casa. —Le dijo con una mirada cálida de ligera preocupación.

—Claro que lo haré, no te preocupes por ello. —Le devolvió una sonrisa para después contemplar como se alejaba con dirección a su casa.

En cuanto Rachel entró a su casa él subió al auto.

—Si el destino esta de nuestro lado otro día tendremos un beso.

Después de eso se dirigió a su casa sin escuchar música y cantando a capela algunas canciones de la cita.

—Ya llegué mamá y papá. —Decía bajando del auto y entrando a la sala de la casa.

Su madre salió como de costumbre a recibirlo y a observar que estuviera bien, inspeccionándolo en cambio, su padre se quedó ahí plantado.

—Tranquila mamá, no hace falta que me inspecciones como si viniera de una misión, solo fue una cita con Rachel. —Dejó escapar una sonrisa burlona.

—Perdona Leví, ya sabes que es la costumbre. —Dijo para darle la bienvenida con un beso en la mejilla y después le dio uno a su padre.

—¿Todo bien? —Le preguntó su padre.

—Sí papá, ¿por qué? —Le respondía el chico.

En su mente pensaba que probablemente se había marcado el uso de su crefacio con Rachel de hace rato, también paso por su pensamiento que probablemente en cualquier momento entraría su abuelo por la puerta para levantar con él una multa o un ultimátum sobre el uso que le estaba dando a sus poderes solo por una chica.

—Nada más Leví, es solo que te veo muy emocionado y me da mucho gusto. —Su padre le dedicó una sonrisa y de ahí fue con su madre a cenar a la cocina.

El chico por un momento se quedó pensando si era una prueba que su papá, así que prefirió subir a su cuarto para meditar y pensar en que podría decir en su defensa, además de poder avisar a Rachel de su llegada para no generarle ansiedad ni preocupación. La verdad era que de nuevo el uso de su crefacio no había despertado ninguna alarma o señal, algo que en muchos años debido al sistema de detección que se desarrollo era muy inusual.

Leví tuvo una misión el sábado que solicitó para practicar antes del ascenso de clase que tendría con Eliot al día siguiente como habían quedado, la misión no represento un gran desafío a pesar de ser de dos demonios próximos a pasar a rango B. Gracias a estas misiones había logrado dominar bien la habilidad de "llamado" lo cual, sin duda representaría una gran ayuda.

—Bien, ya por fin es mañana.

Se fue a descansar sabiendo que su abuelo y Eliot probablemente harían el anuncio al día siguiente, ya que no recibió ninguna notificación sobre la hora del encuentro.

—Bueno días. —Decía Leví emocionado, ya que desde muy temprano escucho movimiento en su casa y pensó que probablemente había sido debido a la entrega de la invitación para él, así que bajo para examinar de que se trataba.

Una vez abajo notó como su padre iba de un lado a otro apurado arreglándose.

—Leví, veo que te despertaste, no era mi intención. —Decía arreglándose su camisa. —Pero aprovechando que ya estás aquí debo decirte que el ascenso de clase para el día de hoy ha sido cancelado, la notificación será mandada en unas horas.

—¿Por qué? —Dijo exaltado porque a palabras de Eliot un ascenso de clase por solicitud de duelo no era muy común de ver y menos con un retador que usara un ojo de Dios.

Su papá lo vio suspirando y adoptó un tono más serio.

—Porque apareció uno de los veinte primordiales caídos, para ser más exacto el número trece. Por eso hemos sido llamados a ir también tu abuelo, tu tío y Eliot.

—¿Acaso son muy poderosos como para requerir la intervención del General, el teniente y dos mayores generales? —Estaba sorprendido porque a su parecer iba la élite de los Irín y conociendo el poder los integrantes del equipo.

—Sí Leví, digamos que no sabemos en cuanto tiempo podremos encadenarlo. —Eso lo sorprendió aún más porque le hizo preguntarse qué tan fuerte debía ser un primordial caído. —Por ello sabemos que emplearemos nuestro máximo poder sin duda.

—¿Por qué yo no fui llamado? Digo si necesitan poder yo también puedo ser de ayuda. —Decía por la curiosidad de ver que misión ameritaba tal equipo.

—Agradezco que te ofrezcas, pero esta es una misión doble S Leví, por ello el llamado tan selectivo de los Iríns que intervendrían.

Leví nunca había escuchado con anterioridad una misión de ese grado, a lo que Eliot le contó eran escasas.

—Papá, ¿qué es un primordial caído? —Preguntó con la intención de poder resolver esa duda.

—Te explicaré rápido porque debo irme en cuanto llegué tu abuelo. —Caminó hasta detenerse frente al cuadro de los tíos de Leví y observarlo. —Los primordiales caídos son los veinte ángeles que Dios mando para conservar la creación, pero fueron corrompidos por Lucifer para revelarse contra Dios en la guerra santa, tras la cual, al perder se escondieron por el mundo conservando sus cuerpos divinos y crefacios puros, de ahí lo poderosos que son. Los veinte están clasificados como doble S y su número indica el grado de poder que poseen. El ejército se divide en dos secciones la primera es del uno al diez y su orden de poder es descendente; para el caso de la segunda sección el orden es ascendente yendo del uno al veinte. Se podría decir que el número uno y el número veinte poseen la misma cantidad de poder o al menos eso creemos. —Suspiró. —Hasta el día de hoy hemos logrado encadenar al cinco, al ocho, al nueve, al once y quince. Si logramos encadenar al trece representará una ventaja en esta pelea contra los demonios, además de que hay cuentas pendientes con la segunda sección porque el número veinte fue el que asesino a tus dos tíos.

XXXIV

EL CABALLERO NEGRO

Leví no esperaba tal revelación de su padre sobre sus tíos.

—Tus tíos eran los mayores, claro que también fueron unos prodigios que avanzaron sin problema, ellos revelaron dos ojos de Dios haciéndolos casi intocables por cualquier demonio; la forma en que lograron acoplar sus estilos de combate estaba a otro nivel. Poseían el ojo "El reflejo de Dios" y el ojo "Protección", sin embargo, a pesar de ello y que eran dos tenientes generales, fueron pisoteados como si nada por el primordial número veinte. —Apretó su puño. —A este ángel caído se le conoce como "El caballero negro" y es el único serafín entre la fila de los ángeles caídos, incluso en una jerarquía más alta que Lucifer.

El padre de Leví se vio interrumpido por un mensaje en su celular que indicaba que habían llegado por él.

—Debo irme Leví ya han llegado por mí y no hay tiempo que perder.

Al abrir la puerta ahí estaban los tres hombres esperando junto a Alfred.

—La espera ha parecido eterna, pero después de mucho tiempo por fin ha aparecido otro de nuevo. —Decía el abuelo a los demás, todos ellos ya portando su uniforme para la misión, él cual al momento de ver salir a Leví con su padre activo la zona cero sin dudar. —No lo dejaremos escapar. —Les decía a los hombres decidido mientras se acercaba el papá de Leví que activo sus poderes igualmente. —Muchacho tu ascenso de clase tendrá que esperar para otro día, hoy vamos decididos a cazar un pez grande por el bien del mundo.

Leví asintió al sentir el aura tan imponente del hombre que por lo que pudo notar no contaba con ninguno de sus limitadores, si ese era el poder de su abuelo se dio cuenta de lo monstruoso que era, ya que resaltaba por encima de la de los otros tres. Sin duda ese sentimiento le hizo sentir un escalofrió al pesar en lo mucho que había avanzado.

—Ya la detectaron ustedes también, ¿verdad? —Dijo el padre de Leví. —Sin duda a pesar de la distancia aún es perceptible.

Al escuchar eso el chico dejó de lado las auras de sus familiares y se enfocó en su entorno logrando también sentir a la distancia la presencia de un demonio, lo cual le resultó sorprendente porque sin duda se encontraba bastante lejos. Algo que Leví ignoraba por lo mucho que se interponían las auras de sus parientes era que el lugar donde se encontraba aquel primordial era el mismo en el que él había llevado a Rachel para contemplar el amanecer.

Los cuatro hombres no perdieron tiempo y comenzaron a caminar hasta que poco a poco empezaron a dar pasos en el aire como si fuera una extensión más del suelo, Leví solo observó esta nueva habilidad que aún le faltaba aprender. Después de eso y tomando impulso los cuatro desaparecieron como si estuvieran volando.

—Sin duda estuvo aquí. —Dijo para sí mismo una silueta encapuchada que se encontraba analizando el columpio. —Solo que su poder aún está muy inmaduro para lo que necesito.

—Esta presa es mía. —Decía un joven atractivo con la piel color gris, larga cabellera plateada, con ojos de color rojo y tenía el número trece tatuado en su cuello, portaba una armadura gris matizada y en la mano derecha sostenía su casco. —Si no te vas ahora tendré que absorberte.

—Tranquilo. —La voz congeló al demonio trece de inmediato haciendo que se estremeciera. —Solo quería confirmar algo, no tienes por qué preocuparte, ya me voy. —El encapuchado se dio la vuelta para verlo de frente lo que provocó que un sudor frío recorriera el cuerpo de trece.

—Solo era un decir, algo tonto de mi parte, si quieres tomate tu tiempo. —Comentó como tratando de enmendar lo que había hecho. —Tú sabes que suelo decir muchas tonterías sin pensar muchas de las veces.

—No es necesario, además ya vienen hacia acá. —El encapuchado giró la cabeza ligeramente a la izquierda.

—Lo sé, pero no debes preocuparte. Si de uno de ellos es el poder que hizo esto no dudare en asimilarlo y con ello vencerlos.

—En ese caso me retiro porque puede que solo te estorbe y no quiero que nos terminemos matando por un premio. —Decía el encapuchado que a diferencia del demonio ya se había dado cuenta que entre los cuatro que se acercaban no venía el chico que había dejado tal rastro.

—Al fin esta será mi oportunidad de sobresalir entre los veinte, podré pelear el ojo de su Almirante. —Dijo eufórico una vez se marchó el encapuchado.

Ese día Leví estuvo al pendiente de su celular por cualquier notificación que se pudiera presentar sobre la misión que se estaba realizando con el primordial, ya por la noche por fin su celular recibió el mensaje de victoria esperado.

"Actualización misión rango SS: Primordial caído número trece, estado: encadenado, primordiales restantes catorce, perdidas de Irín cero."

—Así se hace. —Leví estaba emocionado por el mensaje y fue a buscar a su madre a su cuarto.

Abrió el cuarto sin avisar y observó a su mamá que se encontraba hincada rezando con un rosario entre sus manos, la mujer descifró una sonrisa en el rostro de su hijo y con ello su semblante de preocupación desapareció trayendo por fin la calma que buscaba desde que partió su amado.

—¿Ya viene de regresó? —Agregó la mujer rompiendo el silencio.

—Así es. —Afirmó el chico. —No sé si quieras que vayamos a comprar algo de cenar porque de seguro llegará demasiado cansado.

—Sí, vamos. —Decía poniéndose de pie. —Solo deja me arreglo rápido.

Cerró la puerta de nuevo y mientras fue a prepararse para salir, se sentía emocionado por la noticia, además de preguntarse en lo emocionante que debió haber sido aquel combate. Su madre salió a los pocos minutos lista, sin hacerse esperar salieron a comprar carne al pastor para la cálida bienvenida y regresaron para esperar.

—Llegamos en cinco minutos a la casa. —Se pudo leer en la pantalla del celular de Leví que ni lento ni perezoso bajo de su habitación para esperar en la entrada la llegada de aquellos hombres triunfantes, pensó en como lucirían después de semejante combate.

Ni minuto más ni un minuto menos, Leví sintió la presencia de los cuatro hombres y abrió la puerta para recibirlos, ahí se dio cuenta que estaban inmutables como si no les hubiera pasado nada, ninguna cicatriz, golpe o herida que hiciera notar que habían sufrido en el combate, en cambio había risas y sonrisas de satisfacción entre cada uno de ellos.

—¡Hola Leví! —Decía Eliot quien lo había notado en la puerta y mantenía una sonrisa desbordante.

—Hola. —Comenzó a acercarse. —Sabía que lo harían sin problemas.

—Nada de eso Leví. —Añadió su padre. —La verdad es que fue bastante retador, la diferencia es que los cuatro al tener la habilidad de "Regeneratio" y "Resurrección" pareciera que nos encontramos bien, aunque estemos bastante cansados.

—¿En qué consisten esas dos habilidades? — Estaba consternado pues a pesar de ser un Irín sentía que aún ignoraba demasiado. —¿Algunas de esas tiene que ver con lo de poder caminar sobre el aire?

—Ah, esa se llama "Calma". —Añadió Eliot.

—Chico esas habilidades son necesarias para poder escalar al grado de mayor general, se podría decir que son habilidades cruciales al enfrentar un primordial, te mostraré aprovechando que conservé una herida de hace rato, quería que sanará naturalmente para que dejará una cicatriz y recordar el día que vencimos al primordial trece, pero esto es más importante. —El abuelo se levantó la manga izquierda mostrando una herida bastante profunda que sin duda tardaría todo el día en sanar. —Esta es "Regeneratio".

Leví comenzó a observa como en un instante la herida se cerró frente a sus ojos y no había rastro de que hubiera ocurrido.

—Esta habilidad es de alto grado Leví porque consiste en materializar poder divino en células, sangre, carne, huesos u órganos todo depende del daño que se quiere reparar. Fue una de las técnicas que Eliot necesito para su ascenso. —Decía el hombre bajándose la manga. —La otra que apreciaste en la mañana se da cuando logras conectar con tu ser divino para que te preste sus alas espirituales logrando caminar sobre el aire, esas alas son como la armadura de Irín que, aunque no se aprecia se lleva puesta cuando se activan los poderes. La más difícil y última de despertar es "Resurrección" consta de alcanzar el estado divino supremo donde se potencian todas las habilidades de un Irín física y espiritualmente hasta un trescientos por ciento o más.

Se quedó impresionado al escuchar eso porque si de por si un Irín al cien por ciento era algo excepcional.

— Suena más bien a como se siente Leví porque ese poder tiene consecuencias muy grandes. —Le dijo Eliot, se apreciaba en su voz cansancio. —¿Por qué crees que es necesario tener la habilidad Regeneratio antes de resurrección? Te lo diré, es porque en Resurrección el poder no es tuyo, al llegar a esa forma te conviertes en receptor de poder divino de tu ser divino lo que implica que él te puede mandar poder ilimitado, pero aquí influye la resistencia de tu cuerpo. Mientras más poder se te brinde mayor será la presión sobre tu cuerpo, en otras palabras, si se usa más de la cuenta podría terminar matándote la misma transformación.

Leví quedó impresionado por lo mencionado por su primo.

—¿Y eso tiene periodo de duración?

—Depende hijo. —Contestó su padre. —Lo recomendable es usar el poder solo en un periodo no mayor a treinta minutos en una pelea para luego descansar, se cree que es un mecanismo de defensa imperfecto que desarrollaron los antiguos Iríns, pero como hasta ahora solo se han derrotado seis primordiales caídos no ha permitido una correcta evolución.

—¿Entonces cómo es que los conocen ustedes? —Preguntó agobiado por la cantidad de información que estaba recibiendo.

—Porque así fue como murieron tus tíos. —Decía la voz de abuelo de Leví en tono lúgubre. —Ellos decidieron arriesgarse con esa carta de triunfo para conocer el límite y lograr erradicar al caballero negro, sin embargo, no lo lograron. —El abuelo saco de su atuendo una carta algo vieja que le presto al chico.

El chico la abrió con cuidado de no estropearla por su estado.

"Reporte de la misión: el primordial caído número veinte "caballero negro" ha eliminado al primordial número cinco, así que se puede decir que la misión ha sido un éxito, escribimos esta carta porque probablemente no se sepa nada más de nosotros, estamos empleando lo último que nos queda de poder mágico para abrir una brecha en la zona cero que ha creado el caballero negro para el combate, esta no es la suficientemente grande para poder salir de aquí, tenemos nuestros cuerpos desechos incapaces de seguir después de treinta minutos usando Resurrección han sido contraproducente.

Lamentamos haber partido a la misión sin acatar indicaciones de esperar al equipo, la verdad creíamos que íbamos a poder vencer al cinco solos, pero al parecer este lugar será nuestra tumba. Debemos dar algunas recomendaciones por el bien del siguiente combatiente del caballero negro, dentro de las cuales una es que puede crear una zona cero parecida a la nuestra de la cual no se puede escapar, el cuerpo sufre severas secuelas si se excede la Resurrección por más de treinta minutos, también que está a un nivel de fuerza muy alto, ya que eliminó al primordial número cinco sin esfuerzo.

Esperamos esta información sea de ayuda, si no esperamos nos perdonen porque estamos escribiendo contra reloj todo lo que sabemos. A nuestros padres y hermanos les escribimos con cariño diciéndoles que los amamos, lamentamos si nuestros actos no siempre lo demostraban, somos conscientes de lo tontos e impulsivos que solíamos ser a veces, además de testarudos también les dejamos toda nuestra fortuna para que la usen como mejor vean necesario. No duden ni por un minuto que peleamos hasta el final, simplemente esta vez nos tocaba perder. Los quieren Isaac y Josué.

Decía firmada la carta por mis tíos.

—Sin duda enfrentaron la muerte como valientes. —Dijo el padre de Eliot. —Por ello no debemos sentirnos tristes, gracias a ellos se obtuvo información importante que nos ha servido en la lucha contra los primordiales.

—Así es. —Confirmo el abuelo.

—Bueno dejando eso de lado, fuimos por carne para cenar. ¿No quieren quedarse? —Les dijo el chico recordando que eso era a lo que había sido enviado desde un inicio y esperaba que su mamá no estuviera molesta o que ya se hubiera enfriado la comida.

—Yo puedo sin problema. —Dijo Eliot adelantándose a los demás.

Y fue bueno porque el padre de Eliot y el abuelo de Leví también aceptaron. Todos entraron a la casa para cenar tranquilamente después de tan exitosa misión.

XXXV

EL PRIMORDIAL DIECISÉIS

Debido a lo ocurrido con el primordial trece la confianza dentro de la organización Irín se vio fortalecida y más jóvenes decidieron unirse al saber la cantidad de recompensa que se le había dado al grupo de los cuatro hombres.

—¿Con esta hazaña que no ya puedes retirarte? —Le decía Leví a Eliot, ambos habían decidido ir a caminar un poco mientras comían un helado.

—Así es Leví, de hecho, ya no planeo escalar más, pero si conservarme por si en un futuro aparece otro primordial caído. Porque se experimenta una adrenalina cercana a la muerte, un ataque sin Resurrección no le hace nada en lo más mínimo. —Dijo riéndose.

—¿Pero entonces se turnaron para usar resurrección?

—Algo así, verás, tu padre experimentando con su cuerpo descubrió una apertura en la que se puede usar Resurrección treinta minutos, después ello emplear Regeneratio para sanar las secuelas del cuerpo por alrededor de hora y media, activar de nuevo Resurrección solo que disminuirá el tiempo, además de solo usarse una o dos veces más. Por eso un grupo de ataque contra un primordial debe ser mínimo de cuatro, aunque nuestro abuelo es un caso especial, él puede emplear resurrección por una hora.

—¿Y es muy difícil conseguir Resurrección? Es que suena increíble.

—La verdad es que no, tu papá me instruyó para alcanzarla en menos tiempo gracias a la oración, meditación, asistir a misa y aumentar mi fe católica. Ahora entiendes porque no quiere que tu dejes de ir los domingos.

—Bueno me hace que ore con él y mamá todos los días, pero si me está sirviendo entonces no le encuentro problema. También quería saber cuándo será mi ascenso de clase entonces.

—No sabría decirte, la verdad es que aún me siento fatal debido a la pelea, siento mi cuerpo hecho trizas por eso ni siquiera te dije que fuéramos a correr, solo caminar.

—El gran Eliot está actuando como un bebé por lo que veo. —Dije burlonamente.

—Cállate Leví, no puedo defenderme, pero si sigues programaré el ascenso para la siguiente semana sin falta, sirve te doy una paliza.

—Esa idea me agrada. —Sabía que había conseguido lo que quería. —Si te cansas de caminar avísame y podré transportarnos a mi casa.

—Vale yo te aviso si ya no puedo.

Ambos continuaron su paseo hablando de la gran combinación de los cuatro, además del arma del demonio y su aspecto parecido al de un joven atractivo solo que con tono de piel de color gris.

Como ya se le había hecho costumbre a Leví la semana se le fue volando, solo que esta vez sumó más tiempo a meditación y oración para no tardar en ir al siguiente nivel. Claro que también no dejaba de lado las pláticas con Rachel para seguir descubriendo más de ella.

—Ya es viernes de nuevo mamá, lo que significa que saldré con Rachel. —Decía el chico emocionado a su madre, ese día había salido a caminar con ella al campo para que disfrutarán la vista.

—¿Entonces saldrán cada viernes?

—Mientras me diga que sí y no haya misiones de por medio así será. Además, es agradable con sus historias, algún día te la presentaré.

—Bueno no hagas nada que lo arruiné para que ese día llegué. Por lo que me dices tengo una gran curiosidad de conocerla en persona.

Le alegró escuchar estas palabras de su madre y quería que así fueran al ser la primera mujer que quería presentarles.

—La vez pasada no pude conocer a la otra chica.

—Bueno en aquella ocasión solo era un adolescente, ni ella ni yo sabíamos lo que queríamos, pero de seguro ahora es feliz. Solo ya no quiero hablar de ella mamá, recuerda que te lo dije la vez pasada.

—Ah cierto, perdón.

Terminando su paseo regresaron a su casa para continuar con las actividades del hogar y que Leví se preparará para su cita con Rachel. Además, sabía que no estaba mal salir con ella un día antes de una misión. Por ello se arregló con una camisa manga corta y unos jeans, se peinó lo mejor que pudo, se colocó su perfume y se despidió de su mamá.

—No regreses muy tarde y cuídala bien. —Le dijo su mamá mientras lo veía alejarse para subir al auto.

—Eso haré mamá, no te preocupes. —Acto seguido subió al auto con dirección a una florería que había visto en salidas anteriores con Eliot y decidió armar un ramo.

Cinco minutos después ya iba en camino, el clima estaba de su lado, pues estaba agradable, con una ligera brisa y nublado. El camino de nuevo pareció corto y una vez llegando le informó a Rachel de su llegada.

—Dame cinco minutos más, ¿está bien?

—De acuerdo, aquí te espero no te preocupes. —Fue la respuesta del chico que estaba algo nervioso.

Unos minutos después la miro salir con un vestido negro que hacía notar su figura y le quedaba muy bien, bajo del auto tomando el ramo y fue a recibirla.

—¿Son para mí? —Asintió entregándoselas. —Ay, están bien bonitas, muchas gracias, Leví. —Estaba conmovida por el detalle. El chico se acercó para darle el beso en la mejilla.

—Que bueno saber eso, además creo que combina muy bien contigo mientras usas ese vestido. —El chico le dedico una de sus sonrisas sinceras que tanto le gustaban. —Bueno, ¿Te parece si nos vamos? Si mal no recuerdo debemos ir a comer.

Ambos subieron al auto y salieron del lugar con dirección a un restaurante al aire libre. Ordenaron lo de una comida.

—¿Qué te pareció? —Decía el chico tomando a su bebida.

—No está mal, me gustó la comida solo siento que le faltó estar más picoso para mi gusto. —Decía ella viéndolo para después también tomar de su bebida.

—Se me olvidaba que aguantas el picante mejor que yo y dime en cuestión de dulces es igual.

—Sí, pero me gustan más las cosas picosas como las *chips fuego* que son mis favoritas o cualquier otra botana picosa. ¿Y a ti?

—Se podría decir que soy un poco más fanático de lo dulce, aunque de vez en cuando si como cosas con picante. Claro que me imaginó que tú le pones salsa a unas *chips fuego* y te las puedes terminar sin problema mientras que en mi caso así solas están bien.

—Sí, de hecho, en la alacena nunca puede faltar la salsa picante para ese tipo de ocasiones. ¿Sabes que es lo raro? —Volteo a ver al chico.

—¿Qué es? —Decía el chico indicándole con sus gestos que prosiguiera.

—Hasta el día de hoy a pesar de comer mucho picante no me ha dado gastritis ni nada parecido como a algunas personas que ya no pueden comer y me han platicado.

—No manches, entonces sin duda eres afortunada porque si he escuchado de eso, de hecho, la mamá de mi amigo tiene y él no come nada de picante, ¿te parece si te sigo contando en el auto porque aún tenemos que ir que aprendas a jugar billar? Puede que tengas una de esas rachas de principiantes y termine perdiendo. —La miró a los ojos esperando su respuesta.

—No creo ser tan buena, aunque claro que lo intentaré. —Dijo sonriendo.

—Esa actitud me agrada. —Le respondió a su sonrisa y mirada.

Pidieron la cuenta, una vez habiendo pagado se pusieron de pie y tomaron sus cosas, luego de eso fueron al auto y salieron del lugar. En el auto le contó de como a su amigo cuando pedía churros en la universidad solían ponerle salsa picante y debido a que no estaba acostumbrado solía terminar por no acabar de comerlos o llegar el punto de casi llorar por el picante.

—Aquí es el lugar. Adelante. —Le indicó un lugar de colores neón que lucía muy agradable. El chico entró seguido de Rachel que no dudo ni un segundo. —Pidamos unas bebidas y luego podrás vencerme en el billar.

—No creo hacerlo, quiero que juegues limpio, no me dejes ganar, ¿de acuerdo? —Expresó de manera seria dándole una mirada de sentencia.

—Relájate, te aseguro que daré lo mejor de mí y no te dejaré ganar tan fácil.

Dicho eso, ordenaron unas bebidas, de ahí Leví comenzó a explicarle las reglas del juego, a como tomar el taco y le ayudo a encontrar una postura cómoda para poder tirar. Ya estando lista comenzaron el juego platicando, tirando y tomando de sus bebidas. Al inicio ella notó la experiencia de Leví en el juego al perder frente a él en un juego casi perfecto, pero después como por arte del destino las palabras que dijo Leví sobre la suerte de principiante ocurrieron y en los siguientes juegos por más que trato no pudo ganarle.

—Leví me estas dejando ganar y eso no es justo, es como si fuera trampa. —Le decía dándole una mirada seria. —Quiero que juegues bien.

—Te juro que estoy jugando lo mejor que sé. —No mentía, solo que por alguna razón sus tiros ya no eran tan buenos. —Pero de aquí en adelante estará más complicado.

Así fueron los siguientes juegos, más emocionantes y reñidos.

—Este es el último y te llevo a casa, ¿de acuerdo?, así que esfuérzate, Rachel. —Decía acomodando las bolas para abrir el juego.

—Estoy de acuerdo. —La chica se preparó para tirar.

El juego sin duda se puso emocionante y reñido dando como vencedora a Rachel solo por la diferencia de dos puntos.

—Sin duda estuvo emocionante. —Dijo el chico aceptando la derrota y volteando a verla. —Y perdí con todas las de la ley.

—No sé si creerte, se me hace que es mentira. —Le decía la chica con una mirada seria para hacerlo que confesará que había perdido a propósito. —Sí estuvo emocionante, pero no sé si sea cierto.

—Bueno, pediré la cuenta y en el camino analizamos todas las jugadas para llegar a un acuerdo y hacerte ver que si me ganaste. —La chica asintió por su propuesta.

Una vez salieron del lugar fueron hablando de cada jugada, los momentos en que ella sentía o había notado que él había fallado a propósito, diciéndole el porqué del fallo y lo buena que se había vuelto en cuestión de varios juegos, también de otras cosas que habían jugado cuando eran pequeños.

—¿Ya me crees sobre que realmente ganaste? —Preguntaba el chico mientras se estacionaba.

—La verdad es que aún tengo mis dudas— Agregó Rachel, tratando de parecer seria.

—¿Y qué puedo hacer para que me creas? —La pregunta pareció tensar más la situación porque lo hizo mirando a la chica y acercándose un poco.

—Yo creo que nada. —Aunque Rachel en el fondo de su corazón sabía que mentía porque llevaba esperando un beso de aquel chico que le daba intenciones de querer algo, pero a la vez sus actos eran tan desinteresados que no sabía si él solo la estaba llegando a ver como una amiga.

—Bueno, en ese caso Rachel, se nos ha acabado la noche lamentablemente, aunque debo agradecerte porque sin duda me la pase muy bien a tu lado. —Dijo con una sonrisa tan noble que la derritió porque era como si pudiera ver con ella la pureza de su corazón. —Otro día que mejore podemos tener una revancha, ¿claro si gustas otra cita?

—Claro. —Respondió ella.

—Perdona, ¿qué me dices de la revancha o de otra cita? —Decía de nuevo sonriendo el chico mirándola.

—Habló de otra cita. —Dijo riéndose.

—Me agrada la idea. —Leví se acercó de nuevo para ayudarle con el cinturón, de nuevo a la misma distancia a casi nada de poder robar un beso si así lo quisiera, él no notó lo nerviosa que se había puesto Rachel pensando que era su intención y por fin se concretaría, pero no lo hizo, en cambio tomo el ramo. —Deja que te ayude a bajarlo. —Decía mirándola de nuevo con su sonrisa.

Ella bajo de prisa y se comenzó a acomodarse el cabello mientras Leví le daba la vuelta al carro para entregarle el ramo.

—Bueno Rachel, la noche se nos fue volando, pero valió la pena debo admitir. —Se plantó frente a ella bajando la vista de sus ojos al ramo. —Aunque te confieso que me encuentro emocionado sabiendo que saldremos de nuevo, me voy para dejarte descansar.

Se acercó a Rachel primero extendiéndole el ramo para que lo tomará, luego se acercó para despedirse con un beso en la mejilla, pero ahí fue cuando él sintió sus labios contra los suyos y con ello una gran liberación de poder que activó su crefacio. Ella le había robado un beso a él, lo cual no esperaba para nada y se alejó para verla. Estaba apenado y se sonrojó pensando que probablemente se había equivocado dándole final a las citas que aún no ocurrirían, en cambio el chico le dio una sonrisa tierna mostrándole su mirada de hipercromía y con ello la abrazo.

—Ahora estaré impaciente por volverte a ver. —Agregó. —Lo malo es que ya es tarde, pero otro día me toca robarte un beso a ti.

—Eso sería lo más justo. —Ella añadió aun tímidamente. —Leví no quiero molestarte, pero cuídate y avísame cuando llegues.

—No dudes de ello. —Decía acercando su mano para acariciar su mejilla delicadamente y contemplar su rostro, ella aprecio más a detalle el vivido color azul de su ojo izquierdo.

Luego de eso ella se dio la vuelta para emprender el regreso a su casa mientras él se quedaba para despedirla con una sonrisa a pesar de que ella ya no lo pudiera ver. Una vez que entró a su casa el subió a su auto y observó su crefacio por el retrovisor, no entendía que lo había provocado, además de que un poder abrazador recorría su cuerpo, el mismo le había costado disimular frente a Rachel y por ello decidió no seguir con el beso. Se quedó preguntando si esa actitud no había arruinado nada en la cita, dejándolo de lado encendió el auto y se marchó.

Por su parte Rachel se quedó cuestionando lo mismo una vez que cruzó la puerta de su casa, sobre si el beso había sido o no prudente y si por eso habría o no otra cita. Luego de ello contemplo las flores para por fin entrar a su casa sabiendo que sería abordada por su mamá debido al detalle.

—¿Y esas flores? —Fueron la pregunta para Rachel al llegar a la sala de parte de su mamá.

Leví en cuanto llegó le notificó a ella, iba emocionado por lo que acababa de pasar, se podría decir que su mamá lo notó.

—¿Todo bien Leví? —Preguntó la madre viendo el semblante aún más radiante de su hijo.

—Todo bien mamá. —Afirmo con toda seguridad y entusiasmo. —Mejor platícame que hiciste tú en la casa en mi ausencia porque me voy y te quedas sola. —En eso el chico se detuvo, seguido de una idea que vino a su mente. —Ya sé, adoptaremos un perrito para que no te quedes sola.

—No es necesario un perrito Leví. Un perrito requiere mucha atención y energía.

—Digamos que tienes tiempo cuando papá y yo salimos a misiones, él será el que te de atención a ti mamá. Mañana antes de irme a mi misión iremos por uno. ¿Cómo te gustaría que fuera?

—Recuerdo que cuando era niña tu abuelito tenía unos muy bonitos.

La mamá de Leví comenzó a contarle de sus perritos de la infancia, él se sentó a escucharla mientras salía de bañarse su padre.

Esta vez en la cita había ocurrido el uso del crefacio, pero el beso además provocó una perturbación aún mayor que, aunque no se detectó en el radar fue perceptible como una oleada de poder desbordada.

—¿Qué Irín tiene tal poder? —Decía Leónidas el abuelo de Leví que había logrado percibir la perturbación, pero se le hizo raro que no haya sido detectado. Así que se quedó pensando en las dos ocasiones pasadas que sintió de igual manera perturbaciones similares, que de igual manera no habían sido detectadas por sus sistemas. —Tengo mis sospechas y también motivos para seguir mi intuición.

A la mañana siguiente Leví iba con su mamá en camino para comprar las cosas de la comida cuando se toparon con una perrita pitbull cerca de la casa, era café y muy flaquita, con el semblante de miedo tratando de buscar agua. Leví le habló para que se le acercará, de ahí la guio hasta su casa donde le dio agua en un plato y un poco de comida, después de eso regreso con su mamá para retomar su viaje.

Aunque algo en el fondo le decía que esa era la perrita que estaban buscando, no importando que era todo lo contrario a lo que su mamá quería.

Hicieron las compras sin nada fuera de lo común y regresaron a casa, en esta ocasión Leví había decidido ir caminando para despejarse, además por que no representaban para él un reto cargar las cosas por su fuerza. A llegar notaron que la perrita se encontraba frente a la casa en una pequeña sombra que apenas la cubría, pero al verlos llegar comenzó a menear la cola y aún con miedo se les acercó.

—Sabía que estaría aquí. —Le dijo a su mamá.
—Mírala, esta flaquita pero muy bonita, además se terminó todo.

—Pero es una pitbull Leví y me dan un poco de miedo. —Tranquila mamá no hace nada. —El chico abrió la puerta de la casa como si nada y la perrita solo se quedó ahí. —Lo que pasa es que quiere más comida.

Su madre entró con algo de prisa a la casa por miedo, en cambio el chico había comprado algo de alimento y lo colocó en el plato.

—No sé cuánto has sufrido pequeña, pero olvídalo y come un poco más. —Dejó el plato de nuevo ahí y entró para hacer la comida con su mamá.

—Ya me voy, te iba a decir que dejaré entrar a la perrita para que pase la noche porque parece que va a llover, claro que la dejaré en el patio.

—Leví apenas la acabamos de ver, puede que sea de alguien.

—Mamá ya viste lo delgada que esta, obviamente la echaron y quien sabe cuánto ha estado vagando, pero démosle la oportunidad si aparece el dueño se la entregaremos sin problema, ¿de acuerdo?

—De acuerdo.

—Ahora ven, vamos a dejarla entrar. —Su mamá lo acompañó hasta la puerta de la calle.

Al abrir la puerta notaron como la perrita que estaba dormida inmediatamente se levantó para mirar hacia su dirección y al verlos comenzó a emocionarse.

—Ves no tiene nada de malo. —Leví tomó su plato. —Ven pequeña. —Le dijo y ella se levantó, comenzó a ir temerosamente hacia su dirección. —Solo esta asustada mamá y tiene miedo de confiar. —Le entregó el plato a su mamá. —Ahora háblale tu mientras voy por el alimento.

Así lo hizo su mamá, el chico al entrar escuchaba a su mamá diciéndole "ven pequeña" y cuando salió la vio ahí con ella. Su mamá le perdió el miedo y la perrita se había dejado acariciar por ella.

—Mira Leví está llorando. —La perrita sollozaba como un lamento. —Quien sabe hace cuanto no la acariciaban.

—O tal vez nunca la habían acariciado. —Agrego el chico. —Vamos a pasarla y podemos usar ropa vieja que tengo para que duerma ahí.

Su mamá entro al patio con el chico y comenzaron a llamarla para que los siguiera, la perrita dudo, por un momento pareció alejarse hasta que valientemente entró y fue a donde le había colocado el tazón de alimento.

—Sin duda tiene mucha hambre.

—Demasiada, lo malo es que ya tengo que irme. Cuando regrese me pondré al corriente. Mientras tiene agua y alimento. Te quiero mamá.

—Con mucho cuidado Leví.

—Tranquila mamá la misión está cerca, no tardaré. —Dijo eso antes de activar su zona cero para desaparecer de su vista.

Ya el águila esperaba su llegada y una vez arriba emprendió el vuelo sin perder tiempo.

—Señor tenemos un inconveniente. —Le decía Alfred a Leónidas por llamada, que se encaminaba con el papá de Eliot a una misión.

—¿Qué ocurre Alfred como para que tengas que interrumpir una misión? —Sonó algo molesto porque no quería perder tiempo porque iba volando con el padre de Eliot.

—Una misión SS señor, un primordial acaba de aparecer en el radar y muestra movimiento.

—Eso es imposible nunca había habido presencia de ellos es tan corto tiempo. ¿Hacia dónde se dirige?

—Se dirige hacia el norte del País señor, para ser exacto va por Monterrey, solo que hay otro inconveniente señor.

—¿Cuál es Alfred? No te tomes tu tiempo dímelo todo para movernos cuanto antes.

—Hacia allá va Leví a una misión señor.

La línea se quedó en silencio un breve instante.

—Activa una alerta de emergencia Alfred, lanza el comunicado con la ubicación y obligación de asistencia a los mayores generales que estén libres.

—De acuerdo señor.

Inmediatamente el comunicado también llegó al celular del tío de Leví, que lo revisó al ver cómo se tensó de repente su padre.

—Esto debe ser imposible. —Decía con asombro. —El número dieciséis.

El anciano asintió mirándolo y sin decir nada más cambiaron la dirección que estaban tomando hacia el destino que iba Leví.

Leví llegó sin problemas al lugar, es una región montañosa por lo que había mucho bosque a su alrededor y prefirió saltar del águila. Ahora tenía los sentidos más agudos que nunca por sus avances, inmediatamente desactivó la zona cero y de inmediato dio con el rastro de sangre. Ahí se dirigió para aterrizar.

—No entiendo porque siempre me tocan los que les gusta ocultarse entre los árboles.

—Bueno, yo no planeo ocultarme. —Decía una voz y de pronto escuchó como cayó al suelo.

Al voltear observó un demonio como de tres metros de alto con cuatro ojos, tres cuernos en su cabeza y sus dientes estaban todos encimados.

—Me ahorraste el trabajo de buscarte. —Dicho eso Leví activó su zona cero sin perder tiempo. —Ahora terminaré pronto tu existencia.

El demonio no respondió, se quedó ahí petrificado sin decir una palabra.

—¿Me escuchas…

No hubo necesidad de terminar la frase porque notó un corté hecho perfectamente por la mitad del demonio, no sé dio cuenta lo rápido que ocurrió y luego de eso cayó la parte derecha seguida de la izquierda. Al terminar de caer vio a un joven atractivo de piel gris con cabello plateado con una armadura gris matizada que liberaba un aura abrumadora, en su mano derecha tenía la espada con la que había hecho el corte y en la izquierda el corazón del demonio que aún latía.

—Que estúpido querer unir todos sus corazones, creyendo que así iba a poder derrotarte. —Cerró su mano haciendo explotar el corazón del demonio, Leví inmediatamente tomó una postura defensiva. —Espero que tu seas más interesante, ya que por lo que veo tienes un crefacio izquierdo.

—¿Eres un primordial? —Salió de su boca recordando la descripción que Eliot le había dado anteriormente.

—Así que sabes de nuestra apariencia, bueno pues, así es.

Un escalofrío recorrió el cuerpo de Leví al escuchar la confirmación, se quedó pensando que si era el diez o el once tenía oportunidad de hacer tiempo y escapar.

—Bueno quiero saber a quién he de enfrentar porque no te ves muy poderoso. —Dijo tratando de mostrarse seguro.

El demonio se echó a reír, con su mano izquierda quito la parte su armadura del brazo derecho que daba al hombro donde se encontraba el número grabado.

—Yo soy el dieciséis. —Decía arrogantemente para colocarse de nuevo su armadura.

—Maldición. —Dijo para sí mismo Leví. —Lamentablemente no puedo morir aquí, lo contendré todo el tiempo necesario mientras llega apoyo. Así que empleando todo lo que sabía elevó su poder al máximo.

—Debes estar jugando, ese poder es apenas es el de un teniente. —Desapareció frente a él, Leví como por instinto hizo un bloqueó para un ataque vertical descendente y solo sintió toda la presión sobre sus manos, sus pies cayeron de rodillas al suelo, pero apenas y logró detenerlo.

—Nada mal. —Dijo con una sonrisa burlona, ya que solo se estaba divirtiendo. —Bueno, ya debo matarte.

—Inténtalo. —Leví se puso de pie con esfuerzo y con una sensación parecida a la del beso con Rachel que recorría su cuerpo. Poco a poco el dolor desapareció y su aura cambio. —Solo sé que no puedo dejar que me mates porque me están esperando.

—Así que estabas guardando Regeneratio y Resurrección. —Añadió el demonio.

Después de eso lanzó una estocada de frente que fue bloqueada por Leví y solo lo hizo retroceder unos cuantos pasos. El chico no le dio importancia, pero aprovechando dio un corte diagonal ascendente haciendo que el demonio tuviera que bloquear, de ahí sonrió y comenzaron un intercambio que estaba cortando todo a su alrededor.

Leví sabía que debía aprovechar al máximo la transformación porque su cuerpo todavía no estaba listo para ella y en cualquier momento se podría acabar, además de que un mínimo descuido podría significar su muerte. Sentía una tremenda presión en sus pulmones.

—Quien diría que alguien como tu sería capaz de darme un duelo tan decente. —Decía el demonio deteniendo el ataque. —Aunque sin duda te ves cansado.

Ya había mantenido la transformación cinco minutos, nada mal para una primera vez.

—Puedo seguir sin problemas, no me subestimes. —Dijo tratando de verse lo mayor confiado posible, tenía planeado solo durar cinco minutos más esperando que fuera tiempo suficiente para que llegará algún otro Irín a auxiliarlo, así que sin dudar empuño su espada y se abalanzó para continuar el ataque.

Solo que esta vez Leví comenzó a sentirse superado.

—Vamos, todavía no he usado al máximo mi poder, si quieres seguir vivo debes aumentar el nivel.

Leví no dijo nada solo comenzó a sentir mayor presión en su cuerpo, con ello estaba logrando de nuevo igualar el ritmo y notó como las espadas ya no chocaban, sino que creaban un vacío casi como si se estuvieran repeliendo. Las ocasiones en que si lograban conectar los cortes que salían alrededor eran aún más fuertes. A los cuatro minutos Leví comenzó a sentir fuertes calambres y uso su habilidad para alejarse, pensó en descansar un poco cuando tuvo que levantarse porque el demonio le lanzó un corte mezclado con su fuego negro.

—Mi habilidad es aceleración, cometiste el error de transportarte muy cerca, lo cual no representa un problema para mí.

El demonio se acercó de frente y comenzó a lanzar estocadas que Leví bloqueó hasta que al desviar una su espada explotó en varios fragmentos y con ello la espada del primordial rompió su defensa logrando penetrar en su armadura a casi nada de herirlo. En ese momento se transportó a uno metros e iba a comenzar a correr a su derecha cuando la espada del primordial se clavó frente a él como para impedirle el pasó y antes de siquiera reaccionar sintió el derechazo en su rostro que lo mandó a volar varios metros hasta terminar impactando en una roca. Solo sentía un gran dolor y sangre brotando por su nariz posiblemente rota.

—No sé porque tratas de huir. —Dijo acercándose, si no tienes espadas defiéndete con tus puños o al menos ponte en guardia.

El primordial envaino su espada, luego aceleró y en un instante estaba frente a él, no tuvo piedad y comenzó a bombardearlo con golpes que el chico ya no podía bloquear. Cada golpe era como si tuviera un doble impacto sumando la presión que ya estaba ejerciendo con la técnica de Resurrección, él ya solo parecía un costal de box a su merced tratando de protegerse inútilmente. En un momento que ya no pudo estuvo a punto de caer, pero el primordial lo tomó del cuello impidiéndolo.

—Tranquilo, ahora mismo te ayudo mantenerte pie. —Estaba tratando inútilmente con sus manos lograr que le soltará el cuello, pero el demonio desenvaino su espada y de pronto el chico sintió como se le iba el aire.

El demonio había atravesado su abdomen del lado izquierdo y estaba introduciendo la espada poco a poco provocando aún más dolor, hasta que quedó clavando contra la roca donde ahora solo intentaba con las fuerzas que le quedaban tratar de retirar la espada mientras el demonio seguía golpeando su rostro.

—Defiéndete. —Le decía dándole otro golpe de llenó. —Así no podrás ganarme.

Con las fuerzas que le quedaban y la cuenta que llevaba en su cabeza pensó que catorce minutos ya era tiempo suficiente.

—Mi intención no es ganarte. —Exclamó con las fuerzas que le quedaban sonriendo.

—¿Entonces cual era tu intención? —Decía el demonio desconcertado.

—Ganar tiempo para vivir. —En ese momento, Leví entendió su límite y con ello desactivó su zona cero, el demonio sintió de pronto la presencia de ocho mayores generales, un teniente general y el almirante. Todos rodeándole.

—Bien hecho muchacho. Te aseguro que esta oportunidad que nos has dado no será desperdiciada. —Decía el abuelo del chico.

—Dicen que tienen honor y me rodean como una manada de lobos. —Decía el primordial observándolos con su mirada desafiante.

—¡Tú eres el que no tiene honor por aprovecharte de un joven indefenso! —Interrumpió el padre de Leví encolerizado.

—De él. —Decía señalando a Leví. —Se equivocan aun no termino, se acercó para retirar la espada y con ello Leví cayó al suelo donde comenzó a patearlo varias veces. —Ahora si ya terminé y ustedes serán los siguientes. —Con una patada más fuerte lo mandó a volar unos metros lejos de él.

—Llévatelo rápido de aquí Eliot, nosotros nos encargaremos de él. —Eliot asintió y usando toda su velocidad bajo por Leví para partir a que lo atendieran rápidamente.

El estado de su primo era fatal, sin duda muchos de sus huesos estaban desechos, tenía el pulmón izquierdo perforado, la nariz rota, además de otras secuelas provocadas por el uso de la Resurrección, él no entendía como es que seguía con vida.

Sin decir más, llegó a la casa de su abuelo donde ya aguardaba Alfred con varios Iríns de magia sanadora que empezaron la obra de inmediato.

El proceso fue casi tan tardado como el combate que tuvieron contra el primordial.

XXXVI

TE ELIJO A TI

Leví despertó hasta el tercer día y aun así seguía con dolores en el pecho. Lo primero que vio fue a la perrita que rescató dormida frente a su cama, una señal de que seguro ya lo habían visitado sus padres.

—Qué bueno que ya despertó joven Leví. —Decía Alfred que había entrado para sus visitas periódicas. —Le sugiero que no trate de hacer ningún esfuerzo en lo absoluto.

—¿Qué día es hoy Alfred? —Notó lo ronca que se escuchaba su voz y no pudo evitar toser un poco.

—Es martes, apenas va a ser medio día. Pero seguiré mis indicaciones para continuar con las de su madre, por orden de su abuelo y médicos no podrá hacer misiones durante un periodo de dos meses, al igual que se le recomienda no usar poder mágico. Debo decirle, parecerá que esta ronco y tendrá dificultades para respirar, pero es debido a la regeneración de su pulmón, se podría decir que el daño fue bastante severo. —Cambio su expresión seria a una más tranquila. —Lo que su madre me dejó indicado es que la perrita se llama "Canela", ya está desparasitada y la llevaron a vacunar. También Rachel llamó por lo que su madre tuvo que indicarle que se encontraba en una misión de varios días.

—Gracias Alfred. —Había notado el celular al lado de su cama que no era, sino señal de una visita de su mamá.

—Me retiro para traerle algo de comer, le recomiendo que se mantenga acostado. De igual manera les notificaré a sus padres que ya despertó.

—Gracias Alfred, eso haré. —Se sentía extraño y también con una presión al respirar.

Decidió tomar su celular para escribirle a Rachel, su primera idea era marcarle, pero no quería aterrarla con su voz o preocuparla por su estado. Por ello decidió retomar la conversación. La chica le preguntó si se encontraba bien, él le dijo que si, aunque realmente no estaba al cien por ciento, así que dejó ese tema de lado para hablar sobre la perrita que había adoptado, ella por su parte le contó que el perrito que tenía ahora era el segundo, que el primero ya había pasado a mejor vida, pero todavía lo recodaba con mucho cariño, claro que le contó los apodos que tenía el de ahora, lo inquieto y celoso que es, motivo por el cual ya no tenían más perros.

En su ausencia había salido con sus amigas y eso le alegro a él porque su vida sonaba muy prometedora.

—La comida joven. —Decía Alfred entrando.

—¿Alfred tú crees que pueda salir a una cita el sábado? —Decía el chico curioso y pensando que así tendría un día más de recuperación.

—Lo más seguro es que si, mientras se cuide porque le aseguro que de aquí a ese día no estará al cien por ciento.

—Le puedes decir esto a mi madre Alfred, porque siento que lo más seguro es que no me querrá dejar ir.

—De acuerdo joven Levi, provecho. —Se retiró para dejar comer al chico a solas.

Leví notó lo molesto que era poder comer y pensó que lo más seguro era que si no mejoraba para el jueves tendría que cancelarle a Rachel, no solo pensando en su salud sino en la seguridad de ella porque sería incapaz de protegerla.

Sus papás no tardaron en llegar después del anuncio de Alfred, notó en su madre unas ojeras probablemente producto de la preocupación de haberlo visto o haber escuchado lo que paso.

—¿Ya estás mejor? —Preguntó su padre feliz, tratando de contagiarle ese animo a su esposa.

—Hola, ya estoy mejor. —Dijo con su voz ronca. —Solo que tendré esta voz unos días más.

—Pues a mi parecer eso no suena tan bien. —Añadió su madre. —¿Te duele algo Leví?

—No te preocupes mamá, solo son ligeras molestias que pasarán. Además, tengo prohibido estar en una misión en los próximos dos meses.

—Leví, mírate, lo dices como si nada hubiera pasado, no entiendo porque no te das cuenta de que pudiste haber muerto. —Comentó su madre molesta. —Yo veo el lado bueno de esos dos meses para que decidas retirarte de esto, todavía no estoy de acuerdo en que sigas siendo un Irín.

—De acuerdo mamá, este espacio de rehabilitación me lo daré para vivir normalmente y darme cuenta si lo mejor es regresar a la universidad. —Al escuchar esto el semblante de la mamá se tranquilizó.

Con ello le recordó la llamada de Rachel, él le dijo que ya había hablado con ella para salir el sábado, pero si el jueves no se sentía bien le cancelaría, ya que no quería que la cita fuera un desastre por su culpa o algún problema en su estado. Sus padres lo comprendieron y pasaron a contarle sobre Canela y de lo juguetona que es, lo mucho que comía y que además le encantaba subirse a la cama para dormir, lo que ocasionaba que la regañará mucho su papá.

XXXVII

MESES

Leví comenzó a asistir a las terapias con Alfred, donde este le indico que por alguna extraña razón su cuerpo estaba sanando más rápido de lo habitual, pero necesitaba descifrar como era eso posible.

En otros aspectos había avanzado más en la meditación al grado de controlar mejor el flujo del poder mágico por todo su cuerpo, además había retomado sus clases de idiomas, finanzas y musicales, por otro lado, también hablaba con Rachel de varias cosas en las oportunidades que ambos tenían.

Claro que sin excepción a como habían sido sus primeras citas las demás pasaban volando de igual manera, en una ocasión aprovechó el término de un diplomado que ella realizó para festejar su cumpleaños que no pudieron pasar, pero esperando que vinieran muchos más. En otra ocasión al salir a buscar artículos para su cuarto y tratar de sacar peluches de la máquina.

—Ya casi — Decía ella casi logrando el objetivo, solo que el peluche que había elegido fue soltado de último momento.

— Aún tengo otra moneda para la revancha. — Le decía él.

También tuvieron su revancha en el billar donde jugaron y terminaron empate, en otra ocasión ella le mostró un truco de magia que había aprendido.

—¿Es está tu carta? — Le preguntaba ella mostrándole un tres de corazones.

— Sí. — Decía el chico sorprendido.

—¿Es en serio?, no estas jugando, ¿verdad? — Preguntaba ella porque no le había dicho que eran de las primeras veces que hacía el truco.

— No, en serio es mi carta, realmente le atinaste, pero dime ¿me explicarás como lo hiciste? — Decía el chico mirándola.

—Déjame pensarlo porque un mago nunca revela sus secretos.

—Que buena frase, ¿de cuánto es la cuota entonces?

—Claro que lo haré. Mira. —Comenzó a extender las cartas para explicarle como lo había hecho.

Tuvieron más idas al cine para evaluar películas de terror nuevas.

— Le faltó más miedo diría yo, porque no siquiera me dieron ganas de gritar o buscarte porque estaba espantando.

— Sí lo noté. — Decía ella sonriendo.

De pronto una fuerte tormenta se soltó haciendo que en el lugar se fuera la luz, lo que hizo que salieran en cuanto regreso.

—Paga mientras voy por el auto, ¿vale?

— Sí, aquí te espero. —Decía mientras miraba como iba perdiéndose entre la lluvia y la oscuridad.

Después de unos minutos llegó Leví.

—No manches estas todo empapado espero que no te enfermes. —Le decía la chica preocupada después de entrar al auto y mirarlo.

—Tranquila estoy en mi modo humilde porque de haber querido nos hubiera transportado al carro, pero mojarse bajo la lluvia no es tan malo, me recuerda cuando jugaba de niño con mi mamá. Además, me mojé así porque se me olvidó donde estaba el carro, pero ve el lado bueno ya vamos a tú casa.

Y como una broma del destino a los diez minutos del viaje paro de llover haciendo que ambos se rieran.

Hasta hubo fiestas elegantes.

—Vaya sin duda te ves muy bien en ese vestido y casualmente coincide con mi traje azul. —Decía Leví mirando a Rachel en un vestido azul marino con brillo que resaltaba toda su figura, además de los caireles en su cabello que la hacían lucir bastante.

—Bueno tú también te ves muy elegante. —Le decía sonrojada.

—Buenas tardes, señora, gracias por confiar mí y dejar a su hija salir conmigo, no se preocupe le aseguró que estará temprano. —Decía el chico de paso a la madre de Rachel para luego subir al auto, de ahí le entregó un collar.

—Está muy bonita.

Al llegar se tomaron muchas fotos con la cámara instantánea de ella, que por poco no se logra, pues tuvieron que salir por las baterías, también bailaron bastante y por fin la llevó a su casa a la hora prometida.

En otra ocasión ella le preparó de comer dumplings y los comieron en el parque a donde su papá solía llevarla de niña con su familia.

—Están muy ricos. —Decía el chico dando el primer bocado.

—No me mientas. —Decía ella muy seria. —Porque se me quemaron un poco.

—Así están mejor, porque están crujientes. —Le decía comiéndose el siguiente. —Podría probar sin problema otra cosa que prepares.

También hubo regalos como ella que una vez le dio una playera que compró para que se vistieran iguales, más flores, cartas, dulces.

—Lo mandé hacer de nuestra mejor foto cuando estábamos elegantes para que lo lleves en tus llaves. —Le decía dándole un llavero de madera con su foto grabada.

—¿Me ayudas a ponérselo? —Decía mientras buscaba sus llaves en su bolso.

También la vez que pintaron cuadros para un aniversario y usaron las playeras.

—¿No manches sin dudas cuidaste muy bien el detalle? —Decía el chico mirando el cuadro que ella había hecho, no como el suyo que, aunque lo terminó antes tenía varios errores.

—El tuyo tampoco está mal, digamos que por tiempo perdí. Aun así, ten. —Le extendió su cuadro.

—¿Por qué?, es para ti.

—Bueno yo quiero que tú lo tengas y yo me puedo quedar el tuyo. Así tiene más significado el regalo. —Le decía Rachel sonriendo.

También las veces que habían tenido que cenar en el auto porque él no quería molestar a sus padres.

—Están muy buenos los tacos deberíamos ir luego. —Decía Leví después de dar un bocado.

—Sí, también a unas gorditas para almorzar.

—Está bien lo pondremos en la agenda, le das las gracias a tus papás.

En cuestión de cartas.

—Oye tus cartas sin duda no me las esperaba.

—No soy tan buena escribiendo. —Le decía ella apenada.

—Bueno lo intentas, ya mejoraras, además son muy creativas. Me servirán para recordarte en mis misiones. Yo te hice esta para que recuerdes a tu perrito que paso a mejor vida, la verdad es desde lo más profundo de mi corazón. —Decía extendiéndole una bolsa de papel cerrada por un listón amarillo.

Ella la tomó y le pidió ir a una banca para poder leerla. La terminó de leer y no dijo nada, pero su semblante hablo por si soló y para él eso basto.

Sin avisar Leví sanó, pero ahora aun estado aún mejor que al que tenía antes de enfrentar al primordial dieciséis, pues sin problemas logró la escala de puesto a teniente coronel.

Lo cual representaba mayor involucramiento en posibles misiones y por parte de Rachel pasar a otro cuatrimestre le hizo tener más responsabilidades en la escuela teniendo que dejar las citas cada semana, de igual forma retomó amistades pasadas que le dieron mucho gusto a él.

—¿No eres celoso o te molesta que vea mis amigos?

—Rachel la verdad lo soy, pero también sé la clase de chica que elegí para ser mi novia, por ello no tengo porque preocuparme, confió en ti. —Le decía el chico sonriéndole. —Además sé que te cuidarán cuando yo no esté cerca.

—Te los presentaré algún día. —Le decía sonriéndole.

—Esperaré a ese día. —Decía para continuar con la cita, ese día había decidido ir a un café para tener una reta de *Mario kart* en su *Nintendo Switch*.

—Ya descubrí que soy muy mala.

—No digas eso casi me ganas, además aún faltan más carreras.

Algo que ninguno de los dos se daba cuenta era que mientras más tiempo pasaban juntos la esencia de Leví comenzaba a impregnarse en ella, lo cual resultaba ser malo, ya que al ser de manera inconsciente y sin forma de poderlo ocultar estaba provocando que hubiera más demonios alrededor de la ciudad. Rachel también notó que el olor de Leví llegaba a ella incluso cuando él no estaba.

Las citas continuaron su orden habitual, claro a veces con modificaciones por los pendientes de algunos de los dos, pero conservaban a toda costa el salir por lo menos una vez a la semana. Ya para este tiempo Leví conocía a la familia de Rachel, parecía que todo marcharía bien en tiempos venideros. Solo que él estaba evitando el ascenso para mayor general, su padre era consciente que él logró dominar los estados de regeneratio, calma y resurrección. Claro que esto implicaría aún menos tiempo para la vida que estaba manteniendo con sus seres queridos y Rachel. También desde la adopción de Canela acostumbraba a sacarla a pasear con su mamá en los momentos libres.

—¿Planeas qué este sea tu nivel para toda la vida? —Le preguntaba Eliot tomando de su cerveza, ese día habían decidido salir a un bar.

—Lo más seguro es que sí. Trato de verme fuerte, pero terminé con traumas por la pelea con ese primordial y cuando lo recuerdo siento el dolor en mi pulmón, aunque Alfred me dijo que ya estoy completamente recuperado. —Decía el chico tomando de su limonada. —En este tiempo también pensé seriamente regresar a la universidad y buscar una aburrida vida normal. Aunque algo me dice que esa vida ya no es para mí.

—Bueno el puesto de teniente coronel no es tan malo, solo que no te puedes engañar respecto a la fuerza que ocultas. Es como si estuvieras siguiendo los pasos de tu padre. —El chico en el fondo sabía que necesitaba un cambio de rango y no era el único. —Yo siento que no te falta mucho para alcanzarme y eso que yo estoy cerca del teniente general.

—Eres muy bueno Eliot y no dudo sobre que lo vas a lograr, has asumido muy bien el papel de mi hermano mayor para alentarme a escalar en este mundo, por ello mis avances tan rápidos en menos de un año. —El chico suspiró. —Pero es una carga que no es tu obligación tomar, eres Eliot y tienes una vida por disfrutar. Así como yo estoy disfrutando la mía en este momento sin arrepentirme de nada, tal vez lo que estaba buscando todo el tiempo solo era mi libertad.

—Bueno quería motivarte al inicio cuando te sentías un inútil por no despertar tus poderes, pero ahora cuentas con una hazaña única que ni yo he podido hacer. —Decía sonriendo resignado.

—¿Cuál es?, porque según yo, no he hecho nada fuera de lo común. —Decía el chico sorprendido por las palabras de su primo.

—Esa es poder enfrentar a un primordial uno a uno y vivir para contarlo. ¿Lo entiendes? —Decía irónico. —Tú que ni siquiera tenías oportunidad de vencerlo, sin embargo, a pesar de todo en tu contra fuiste de frente abrazando tu vida y logrando evolucionar en la batalla a tal grado de resistir catorce minutos el duelo. Eso ha hecho que muchos Iríns no quiten el ojo de encima de tu trayectoria, sin querer eres fuente de motivación y esperanza.

—No te mentiré Eliot, eso lo desconocía, solo que es más de lo que merezco, quien realmente se ha esforzado de formas impensables para avanzar eres tú, quien ha convertido un crefacio ordinario con trabajo y esfuerzo al nivel de un ojo de Dios. —El chico tomó de nuevo de su limonada porque por alguna razón tuvo una visión borrosa. —Yo creo que mi logró será olvidado pronto y a quien realmente recordarán por sus hazañas será a ti.

—Aquí esta su orden. —Decía la mesera dejando las alitas sonriéndoles.

—Gracias. —Dijeron ambos devolviendo la sonrisa a la chica.

Luego de eso se pusieron a comer para que no se enfriaran, después de ello disfrutaron la música en vivo antes de por fin volver a sus casas.

—Buena chica. —Decía Leví poniéndole la pechera a Canela para sacarla a pasear en una oportunidad que tuvo, ahora con los cuidados y cariño era una perrita diferente ya bien alimentada y bañada.

Leví iba a solas porque algo que le ocultaba a todo el mundo era que desde hace días la cantidad de visiones habían aumentado, la mayoría dejando mensajes confusos.

—Sin duda eres fuerte y sé que podrás cuidar muy bien a mamá. —Le decía el chico. —Vamos a correr. —Y con ello el paseo se convirtió en una carrera para ver quien era más veloz.

Después de ello hubo más salidas, algunas debido a lo extraño del clima iban acompañadas de lluvia haciendo que se tuvieran que quedar en el auto.

—Pedí el mismo café en frío y en caliente porque no hemos ido aun a ese lugar. —Decía Rachel tomando la bolsa con las cosas. —¿Cuál quieres?

—Déjame el caliente, si se me antoja el frío te pediré.

—No. —Decía ella rápidamente mirándolo a los ojos.

—¿No? —Decía respondiéndole con la mirada también.

—No te creas si te daré. —Le decía sonriendo y acercándose para concretar un beso.

—Pensándolo bien, me agrada que sean mejor besos a café. —Decía el chico terminando el beso. —Por cierto, para aprovechar el tiempo traje el *lego* que me regalaste. —El chico se quitó el cinturón y se estiró para tomar una caja de bloques armables de *bulbasaur*. —Es que si te regreso mojada y te enfermas no sé en qué líos me meteré con tu mamá. —Decía sonriéndole.

—Bueno no soy muy buena armándolos.

—Tranquila siempre hay una primera vez para todo, por ejemplo, esta es tu primera vez armando este juego de bloques conmigo. Eso ya lo hace especial. —Decía tomándole su mano.

Así ambos pusieron manos a la obra, leyendo el instructivo y buscando las piezas comenzó a tomar forma poco a poco.

—Rayos. —Decía Leví, luego de que una bolsa de piezas se le cayera, mientras Rachel reía. —Yo me encargo. —Dijo comenzando a recogerlas y entonces miró la última cerca del freno de mano, solo que al intentar tomarla cayó adentro de este. —Creo que ahora sí esa pieza ya valió.

Rachel mientras tanto no podía contener la risa.

—Lo malo es que no puedo usar mis poderes solo por una pieza, mi abuelo me mataría si le digo que fue para terminar un lego contigo.

—Así déjalo, no te preocupes es solo una pieza.

Después de eso continuaron hasta terminar las piezas que tenía.

—Lo ves, no se nota mucho. —Le decía ella señalando el pequeño espacio.

—Bueno ya lo terminamos. —Decía el sonriendo también. —Tienes el don natural para armarlos, sin duda te escogería de nuevo para armar otro.

—¿Sí? —Decía ella con curiosidad mirándolo provocativamente.

—Sin dudarlo. —Luego de ello se acercó para besarla de nuevo. —Me encanto el detalle, sin duda le prestas importancia todo.

En otra ocasión él le presentó por fin a sus padres sin querer porque su mamá le marcó para decirle que Canela se había salido de la casa.

—Ya vamos en camino mamá, te quiero. —Decía el chico terminando la llamada. —Esto está fuera de mis planes, espero que me perdones. —Decía subiendo al auto.

—Lo entiendo Leví, no te disculpes.

—Eres muy dulce y comprensiva, si un día tu perrito se escapa no dudes en decirme. —Le dijo dedicándole una sonrisa para tomar su mano y aparecer frente a su casa, ella no le dijo a él, pero estaba sumamente nerviosa por conocer a los padres de Leví. —Ya llegamos. —El chico tocó la puerta y salió su madre, esperando por detrás estaba su padre. —Mamá ella es Rachel y Rachel ella es mi mamá y mi papá.

Ambas se saludaron y acto seguido la mamá de Leví le habló a su esposo para que saludará a Rachel.

—Mientras se conocen voy por Canela. —Decía Leví. —¿A dónde se fue?

—Se fue derecho y dobló a la esquina.

Leví fue detrás de ella y la encontró en la esquina donde la solía sacar a pasear.

—Con que ahí estabas, vámonos a casa. —Pero la perrita no sé movió, en cambio se quedó ahí mirándolo. —Bien ya entendí. —Leví se acercó y al acariciarla la visión se presentó, fue solo de instantes, pero esta vez se sintió más real. —Tranquila, no me iré por eso me he vuelto más fuerte. —Dijo Leví y como si Canela entendiera lamió su mano para regresar ambos a casa.

Al llegar a su casa encontró la puerta emparejada, la abrió para que entrará Canela y acto seguido él. Lo que observó fue a Rachel en la sala platicando con sus padres, intuyó que probablemente sus padres le estaban contando sus anécdotas de aventuras en el rancho de los abuelos de su madre sobre como trataba de montar a los perros como caballos, hundirse en el estiércol de las vacas, que lo bañaran en el lavadero, hacer leña, atar su triciclo al carro para fingir que iba en un trineo tirado por un dragón. Por ello se sentó a su lado sin interrumpir la plática y escuchando aun las historias.

—¿No quieren jugar *uno flip*? —Les propuso el chico una vez terminaron las historias. —Todos aceptaron y repartió las cartas, sus papás nunca habían jugado antes, pero eso no era un obstáculo para no aprender en la marcha.

Sin duda las partidas fueron emocionantes y competitivas, aunque terminó ganando varias veces el papá de Leví.

—Espero que te la hayas pasado bien. —Le decía el chico una vez salieron de su casa para transportarse al auto.

—Me encanto., no manches me sorprendió lo rápido que tu papá se adaptó y de ahí no dejó de ganar.

—Ya sé, yo pensé que ganaríamos casi todos de igual manera.

—Ya ves lo que dijiste. —Le dijo mirándolo. —Tuvo su racha de buena suerte por ser su primera vez.

—Cierto como tú en el billar. —Le dijo riendo un poco y ella se puso sería, luego aparecieron en el carro.

—Esa vez me dejaste ganar Leví, así no es justo.

—Relájate Rachel, la siguiente semana podemos tener una revancha e ir a los yogures de los que siempre me pláticas que vas.

Después de eso partió para dejarla en su casa.

—Oye, saldré a varias misiones esta semana espero no hacer que me extrañes demasiado. —Decía el chico algo apenado por ello.

Ella se le acercó para tomarlo del rostro y que la mirará a los ojos.

—Me has hecho sentir muy bien, eres un novio increíble que me hace sentir tranquila y feliz. Solo procura volver.

—Me alegra saber que al menos algo estoy haciendo bien. —Luego de eso él se acercó para besar sus mejillas y su frente. —Debo irme, espero hayas disfrutado esta inesperada cita con mis padres. Te veré a mi regreso para que me cuentes como sigues avanzando en la universidad y como sobreviviste a mi ausencia. —Le decía sonriéndole genuina y tiernamente.

XXXVIII

ALGO QUE OCULTAR.

A Leví se le informó que sus misiones estaban listas y debían ser atendidas sin falta, en cambio a Rachel le aumentaron tareas y proyectos dificultando un poco sus citas. Pero para la siguiente oportunidad el tiempo al inicio pareció estar soleado.

—Es aquí, si mal no recuerdo vinimos por primera vez cuando recién comenzamos a andar, solo que hasta hace poco descubrí que tienen juegos de mesa y eso puede ser una revancha perfecta, ya que le billar está cerrado. —Le decía Leví a la chica mientras iban camino al lugar.

Una vez llegaron notaron que estaba disponible la mesa de la primera cita como siendo reservada para la ocasión. Ambos se sentaron y ordenaron, luego de ello Leví se levantó por el juego de mesa.

—Te aseguro que te va a gustar. —Le dijo con confianza y con el traía un *conecta cuatro.* —¿Lo has jugado antes?

Ella le dijo que no y después de saber eso lo comenzó a armar, ella eligió las fichas rojas mientras él las amarillas, no tardó en aprender y si avisar comenzó poco a poco a ganarle.

—Veamos. —Decía el chico analizando el juego para ver donde tirar su ficha. —Aquí. —Soltó su pieza esperando la siguiente vuelta para ganar.

—Ya gané. —Le dijo ella soltando su pieza, con ello completando las cuatro piezas, Leví no se sabía dado cuenta para haber bloqueado antes. —Aunque es sospechoso de nuevo, como si me hubieras dejado ganar. —Le decía con una mirada de interrogatorio.

—Te aseguro que no. —Decía el chico riendo por la acusación. —No sé porque piensas eso.

—Porque revisaste demasiado el juego para luego soltar tu pieza y no bloqueaste mi jugada.

—Bueno tengamos la revancha, te aseguro que esta vez te ganaré. —Ella lo miró seriamente. —Te aseguró que no habrá trucos.

Y así siguieron jugando hasta salir del café en busca del carro.

—Oye. —Le dijo el chico en cuanto subieron al auto. —Resérvame la revancha para otro día.

—Lo meditaré y te avisaré.

—Sabes si algún día me tengo que ir, quiero que no me esperes y sigas avanzando—El chico le sonrió, tomó su mano para besarla, acto seguido beso sus mejillas cálida y suavemente.

—¿Por qué me dices esto como si me fueras a dejar? —Le preguntó ella con preocupación.

—Porque no quiero en algún punto ser un obstáculo para tus sueños, recuerda que eres libre de ser quien tú quieras y de luchar por tu futuro. —Leví sonrió, pero en el fondo sabía que no le había hablado de las visiones que tenía, todas terminando mal. —Te veo la siguiente semana. —Le dijo para calmar todo.

Luego de eso llevó a Rachel a su casa donde se abrazaron profundamente, se despidieron, le preguntó si estaba bien, él le mintió y le dijo que todo estaba en orden porque sabía que lo demás no era su responsabilidad.

Los días comenzaron a avanzar poco a poco y con ello las misiones que Leví tomaba eran más para tener que darle su espacio a Rachel con sus amigos, su familia y proyectos.

—Sabes que estas comenzando a exagerar, así como me lo dijiste una vez. —Le decía Eliot a Leví tratando de alcanzarlo porque ya se iba de nuevo a otra misión. —Trabajar de esta manera te cobrará factura. —Él se detuvo para mirarlo.

—Quiero que Rachel disfrute su libertad, eso también implica que no se olvidé de su vida.

—¿Y qué hay con la tuya?, acaso es combatir con demonios hasta perder el conocimiento y dejar de lado a tu familia, tus proyectos. —Se notaba la preocupación en la voz de Eliot —Mira si esto sigue de esta manera, llegará un punto en que explotará.

—Todas las relaciones pasan por esta etapa Eliot, además confió en ella y creo que así también es de su parte. —Le decía el chico seguro. —A ella, a mamá y a Canela les compensaré todo este tiempo más adelante, confía en mí.

—Respecto a eso quería que me dijeras si hablaste con Rachel el sábado pasado. —Decía Eliot con curiosidad.

—Casi no platicamos ese día, ¿por qué?

—Nada más. —Eliot continuó. —Solo es que salí a comer a un lugar que me recomendaste y me acordé de ustedes. —Le mintió a medias.

El chico debido a su apuración decidió no tomar importancia a eso que le dijo su primo.

—Leví, así como me lo dijiste una vez que ibas a ir de frente con Rachel a todo porque si te equivocabas quería que fuera por tu propia elección, espero puedas mantenerla.

—No dudo en hacerlo Eliot. Estoy dando más del cien por ciento en todo lo que puedo porque eso es lo que hacen los verdaderos héroes. —Sonrió. —A ella le ofrezco el amor que mi corazón puede dar sin condiciones para no arrepentirme de nada.

El chico salió usando calma hacia su misión, en el fondo sabía que era la mejor forma de terminar la conversación con su primo porque ya la había mirado en una visión anterior, le aterraba como se estaban cumpliendo.

—Alejarte Leví no siempre es la solución, descubriré lo que escondes. —Decía Eliot para sí mismo comprendiendo por la energía que desprendía su primo el avance monstruoso que había tenido.

—Rachel confiaré en ti hasta el final sin importar lo que eso implique porque esa esa es la mejor forma de amor que conozco. Solo espero que pueda tener más tiempo.

Leví llegó en un instante a su lugar de destino y sin dudar erradicó al demonio en cuestión de minutos, no le dio la oportunidad de defenderse porque debía ir a otras misiones. Así fue todo su día, yendo de una misión a otra para después escribirse con Rachel al final del día.

Esa semana Leví logró hacer un marcador final de más de doscientos demonios eliminados generando algo de ruido. Y así fue con el viernes que por fin llegó para ver de nuevo a su amada.

—Hola. —Dijo Leví bajando del carro para verla y de ahí ayudarla a entrar al auto. —Cuéntame cómo estuvo tu semana.

Rachel le habló sobre la universidad, las salidas con sus amigos, las cosas en su casa, también de los trabajos que había tenido su papá y lo aplicada que había sido en la primaria, incluso llegando a estar en la escolta.

—Recuerdo que a pesar de vivir cerca siempre llegaba tarde. —Le decía riéndose a Leví. —Ay no que pena.

—Bueno yo también lo entendería teniendo la escuela así de cerca. —Le dijo el chico riéndose y escuchando su risa que tanto le agradaba. —A mí también me pasaba y nos llevaba muy deprisa mi mamá, era raro cuando no llegaba asoleado.

Ese día habían decidido ir a una plaza comercial a comer que estaba en otra ciudad, pero Leví quería que viera las carpas Koi que estaban en los estanques de algunas bancas.

—Están muy grandes. —Decía Rachel observándolas y tomando su celular para grabar un video.

—Ya sé, en el punto exacto para comer. —Le decía Leví en tono de chiste.

—No digas eso. —Le decía Rachel reprendiéndolo.

—Es broma, espero no haberlo dicho tan alto, como para que nos corran.

Luego de recorrer la plaza y quedar satisfechos con la comida procedieron a irse.

—No te di el boleto, ¿verdad? —Le decía Leví a Rachel mientras buscaba en su cartera.

—No. —Le respondió.

—Maldición creo que lo perdí. —Dijo y con ello comenzaron la búsqueda. —No vuelvas a dejar que yo lo guarde de nuevo. —Ella asintió para regresar a la búsqueda.

—Lamento la tardanza de traerte a tu casa esta hora. —Decía apenado. —No volverá a pasar.

—No te preocupes estuvo divertido y la plaza sin duda está muy bonita.

—Tengo en mente ir próximamente a otra, dejémoslo para otra cita, de momento te dejó descansar porque te ves exhausta.

—¿Crees que podamos hacer una cita con mis amigos?, quiero que los conozcas. —Decía ella intrigada.

—Claro, desde que me has contado tus historias y aventuras con ellos he tenido curiosidad por conocerlos. Yo pensaré en el lugar y las cosas que podamos hacer todos para conocernos. —El chico le sonrió.

—Bueno les invitaré entonces.

—Adelante, claro que si tienes alguna recomendación en mente no dudes en decírmela será de mucha ayuda.

Después Leví se despidió de ella no queriendo hacerlo porque sabía que tendría que esperar una semana para volver a verla, pero era necesario.

—Avísame cuando llegues a tu casa Leví. —Le decía Rachel antes de abrir la puerta para entrar.

—Sería algo antinatural no hacerlo, pero antes quiero que tengas esto. —Leví le entregó una pulsera de protección que había elaborado con ayuda de Alfred. —Tu al inicio me diste una pulsera y ahora quiero que tengas esta, te cuidará cuando yo no pueda estar. —Aunque él lo decía literalmente, pues tenía protección para los demonios de bajo nivel.

La chica dejó que la pusiera en su mano y con eso se retiró a su casa, en espera de la siguiente cita.

Así, la semana siguió su paso como de costumbre, haciendo a los días casi no durar. Algo que tomó a muchos por sorpresa fue el retiro parcial del papá de Leví para dedicarse a un trabajo de oficina en el centro de medio tiempo y atender misiones de rango inferior a C.

En una parte donde Leví había ido atender una misión de las muchas que había elegido se encontraba el encapuchado como de costumbre, en esta ocasión estaba de cuclillas examinado rastros del combate.

—Sabía que estarías aquí. —Decía Leónidas llegando solo al lugar con su transformación. —Esta vez decidí no hacerle caso al radar y seguir mi instinto, quien sabe ya cuántas otras veces ha fallado, pero sin duda no me equivoqué caballero negro.

La creatura se puso de pie para comenzar a avanzar hacia Leónidas.

—Tengo un asunto personal contigo que planeo cerrar. —Decía desenfundando su espada.

—No tengo interés en ti. —Dijo la voz lúgubre. —Solo vengo por un trato y me iré. Además, no tienes oportunidad contra mí.

—Te equivocas, para esto me he preparado toda mi vida. —El hombre procedió a romper todos los limitadores de golpe haciendo notar el cambio drástico de poder mágico, el caballero negro se detuvo.

—Si quieres pelear adelante, pareces alguien interesante almirante.

—Antes de empezar quiero saber una cosa.

El caballero negro desenfundo su espada, la cual era una espada espartana de un filo y activó su propia zona cero.

—Atenderé tu petición para empezar el duelo sin preocupaciones. Dime. —Decía apuntándole con la punta de su arma.

—¿De qué es ese trato? —Decía el hombre intrigado esperando que se le respondiera la pregunta.

—Ya lo suponía, he venido por... —En cuanto Leónidas escucho el nombre un escalofrío profundo inundó su cuerpo haciéndolo estremecer.

—¡Ahora con mayor razón haré que este lugar se convierta en tu prisión! —Decía el hombre aún más enérgicamente.

—No me decepciones entonces, he anhelado ser atrapado desde hace tiempo porque conozco mi condena, pero no un ejecutor digno de llevarla a cabo. —Dijo sonriendo engreídamente.

Y así sin esperar más ambos fueron de frente a una colisión para comenzar el combate.

XXXIX

EL PRINCIPIO DEL FIN.

—Buenas tardes, señorita, ¿Busco al señor Leónidas Morlan? —Decía un hombre de unos 47 años a la joven en la recepción del hospital.

—Es el caso especial, ¿Quién lo busca?

—Su Hijo el señor Jean Morlan

—Un momento. —Dijo la enfermera mirando a su ordenador y tecleando unas cuantas palabras. —Está en la habitación siete en el quinto piso, pero señor ...

Fue inútil el hombre salió corriendo en cuanto la chica dio el paradero.

El hombre venía de su oficina que se encontraba a unos diez minutos del hospital, estaba realizando su trabajo cuando recibió una llamada de su esposa acerca del ingreso de su suegro al hospital, sin pensarlo dos veces escribió una nota "Mi padre está herido en el hospital espero comprenda mi salida".

—Jean ¿Eres tú? —Decía un hombre en compañía de otros ocho de alrededor de unos treinta y cinco a cincuenta años afuera de la habitación, todos ellos mayores generales.

—Leonard ¿A qué hora llegaste? —Decía el hombre reincorporándose y extendiendo su mano.

—Yo fui quien trajo a papá al hospital y me encargué de avisar a tu esposa. —Suspiró. —Dime por favor que ellos vienen en camino, los cité a todos.

El negó con la cabeza. —Me gustaría decirte que así es, pero vengo sólo, María me dijo que esperaría con Leví.

—Maldición. —Los hombres a su alrededor cambiaron su semblante a preocupación, al igual que su hermano.

—teniente General, tal vez debamos ir y puede que lleguemos a tiempo. —Decía uno de los hombres preocupado por escuchar lo que había dicho Jean.

—Bien todos a los carros vamos a la casa de mi hermano, lanza alerta de nivel doble S, Jean necesito que vengas conmigo. —Los hombres asintieron y se movilizaron.

—Pero voy llegando y quería ver a papá.

—Papá está sedado y fuera de peligro, solo perdió un brazo. —El hombre no podía creer lo que escuchaba, ¿cómo era posible que su padre, quien era el almirante general hubiera terminado así?

—De acuerdo, pero necesito que me digas todo lo que sabes en el camino.

Leonard asintió y ambos salieron del lugar.

—Escucha Jean lo que estoy por decirte suena complicado, pero necesito que te contactes con Leví.

Jean voltio a ver a su hermano que manejaba a toda velocidad e iba dirigiendo a los tres vehículos que venían tras él.

—¿Tiene algo que ver con la amenaza que lanzaste? —Dijo el hombre cambiando su semblante a intriga.

—Sí, la verdad es que está amenaza requiere más personal. —Miró a su hermano rápido y regresó la mirada a la carretera. —¿No crees que sería raro que un primordial anduviera rondando sin ser detectado?

—Sí. —El hombre estaba extrañado y tuvo un mal presentimiento. —Pero lo veo imposible, las barreras que se colocaron son muy sensibles. No me explico como fallarían.

—Bueno, pues entró de nuevo. —Suspiró. —Papá dice que es el caballero negro. Veras el instinto de nuestro padre lo detectó antes que algún radar y acudió a enfrentarlo sin avisar a nadie, no fue hasta que terminó la batalla que el radar se activó con una amenaza grado SS, así que llegamos inmediatamente al lugar indicado, ahí nuestro padre estaba tendido en el piso herido e inconsciente, no había rastro de haber ocurrido una pelea.

—¿Pero si mi padre está en estas condiciones que te hace pensar que Leví hará la diferencia?, Digo si es un prodigio, pero ¿no será mejor reunir un equipo mayor e ir al lugar que atacará? —Leonard suspiró mirando al frente. —Ya vamos en camino al lugar que atacará.

Jean no lo podía creer, un escalofrío recorrió todo su cuerpo, si su memoria no fallaba al lugar al que se dirigían era a su casa, acaso había escuchado bien a su hermano.

—Leonard ¿Por qué mi casa? No hay nada importante allí, solo un Irín con su madre.

—Te equivocas, ahí está Leví un caballero en ascenso que posee un poder raro y a quien alguien le prestó su atención. Así que por favor llama a María, dile que no salgan de tu casa, puede que la barrera aguante hasta nuestra llegada, haciéndolos indetectables.

—De acuerdo, solo que olvidé mi teléfono en mi oficina. —Leonard le extendió el suyo.

—Toma, no pierdas más tiempo.

Jean tomó el teléfono para marcar, un sudor frío no paraba de recorrer su cuerpo, mientras Leonard avisó por el comunicador a los tres vehículos.

—Atención chicos soy Leonard, quiero informarles que el estado de alarma se mantiene, si alguien quiere retirarse tiene autorización siempre y cuando apoye los otros flancos en caso de ataque.

—Ya sabíamos la gravedad del asunto al ver a tu padre así. —Respondieron de un carro. —Lo que queremos saber es si fue realmente él o hay alguien más detrás.

—Todo parece indicar que, así es. Es el caballero negro. —Por unos instantes el silencio perduró.

—A pesar de eso Leonard no nos iremos, es nuestra oportunidad de detenerlo y evitar que alguien más sea cazado. —Otras voces afirmaron estar de acuerdo.

Un silencio inundó el lugar mientras Jean marcaba a su esposa esperando que conectará la llamada.

—Jean querido ¿Cómo está tu padre? —Decía la mujer ansiosa.

—No te preocupes por eso. —Tragó saliva. — ¿Linda estás con Leví?

—No cariño, él salió a una cita con Rachel y los amigos de ella para conocerse.

Jean quedó en shock y soltó su teléfono.

—Querido. —Se escuchaba sonar, pero Jean se encontraba perdido en sus pensamientos, estaban por comenzar a delirar.

—Jean. —Leonard lo hizo entrar en razón y lo miró. —Tu esposa te está hablando, pregúntale la ubicación de Leví tal vez aún no sea tarde. —Jean asintió.

—Atención chicos nos estacionaremos cambio el plan, el objetivo está en otro lugar, así que para no perder tiempo nos iremos por la zona cero usando calma.

—Enterado. —Decían los carros.

—Querida escúchame por favor necesito saber a dónde fue Leví. —Decía Jean mirando por la ventana.

—¿Pensé que te había pasado algo querido? ¿Por qué aún no me respondes acerca de tu padre?, No será que no me quieres decir la verdad de tu padre.

Dio un largo suspiró. —Veras querida papá fue atacado y perdió un brazo.

—¿Quién sería capaz de herirlo así? —Decía la mujer mortificada.

—Estamos tras el culpable, no te preocupes. —Jean estaba mintiendo si revelaba quien era hasta ella entraría en pánico. —Te aseguro que lo atraparemos.

—Bueno ahora que recuerdo Leví habló sobre verse en el parque para de ahí ir al lugar de la reunión.

El aún no creía lo que su hermano le había dicho, como explicar que el caballero negro había regresado del pasado, solo que ahora estaba tras su hijo. —Voy a ir por él linda y luego paso por ti para que vengan a ver a mi papá, ¿de acuerdo?

—De acuerdo, los estaré esperado, con cuidado.
—Acto seguido terminó la llamada.

Los hombres se orillaron y bajaron para activar la zona cero.

—Vamos al norte Alfred ya lo encontró. —Decía Leonard.

—¿Cómo es que se nos adelantó? —Preguntaba Jean.

—Mientras nuestro padre peleaba Alfred me buscó para infórmame de la situación porque en cuanto se enteró de cuál era el objetivo le encargó buscar a Leví para protegerlo hasta nuestra llegada.

Los hombres salieron a gran velocidad hacia la ubicación con la esperanza de llegar antes de que él chico fuera encerrado en la zona cero del caballero negro.

XL

SONRÍE

Era un día calmado y tranquilo como cualquier otro, solo que un poco más nublado de lo habitual, dejando eso de lado todo transcurría con normalidad.

Leví no conocía a sus amigos, pero le daban curiosidad, solo llevaba un ramo de flores, le daba gusto que mantuviera sus amistades, ya que la motivaban con sus sueños porque algo que la distinguía era su entrega y dedicación con todo lo que hacía, a pesar de que en la relación estaba comenzando a ver distancia más posiblemente por culpa de Leví, pues lo conozco, ese día él había tomado una decisión, quería cambiar y enmendar sus errores, pues sabía que no era tarde. Rachel se percató de su presencia debido a que le llegó el olor de su fragancia tan característica, ella se encontraba sentada con sus amigos bajo una mesa de campo a sombra, al notar a Leví se puso de pie para ir a su encuentro, ella también estaba un poco nerviosa por presentarlo.

Ese día a Leví le habían ocurrido tantos malos augurios cómo para indicarle que no fuera, pero él quería verla, quería conocer a sus amigos, algo en su interior lo empujaba a hacerlo, por alguna extraña razón abrazo fuertemente a su mamá diciéndole te quiero y le marcó a su padre para decirle lo mismo, pero este último no contestó porque olvidó su móvil en su oficina, por ello le dejó un audio de voz. Era algo un poco extraño para sus padres viniendo de él.

El comenzó a acercarse lentamente sonriendo con el ramo en sus manos, ella le devolvía la sonrisa mientras esperaba hasta que de pronto dejó de hacerlo, notó como Leví la imitó y se acercó corriendo con desesperación hacia ella mientras soltaba el ramo. La tomó como si la fuera a cargar a pesar de qué sabía qué no le gustaba, pero aun así lo hizo, se giró rápidamente en dirección a sus amigos lanzándola por los aires.

—Alfred. —dijo el chico. —ya sé que estás ahí, cuídalos, te los encargo. —Dijo sonriendo.

El elfo mayordomo apareció rescatando Rachel, en un instante Leví invocó su espada. Sé provocó una onda de choque que levantó polvo a su alrededor porque las hojas de las espadas no se tocaron, Alfred activó una barrera para proteger a los chicos y Leví salió disparado a cientos de metros a sus espaldas destruyendo algunas casas de alrededor del parque, al disiparse la nube de polvo lo chicos observaron un joven de buen parecido con la piel gris bastante alto con una armadura negra que sostenía una espada espartana de un filo en el lugar donde hace un instante estaba Leví.

El joven los miró y por alguna extraña razón provocó en ellos un terror muy extraño a pesar de no haberles hecho nada.

—Qué bueno que activé mi zona cero a tiempo o hubiera muerto mucha gente. —Decía Leví que venía agitando ambos brazos, en el derecho tenía su espada. —No te mentiré eso sin duda me dolió.

Leví llegó frente a él y notó la armadura negra, después de eso su aura imponente, no había duda se estaba viendo de frente con otro primordial, él cual le sonrió.

—Tranquilo yo también activé mi zona cero. —Esas palabras hicieron que él cuerpo del chico fuera recorrido por un escalofrió.

Alfred por su parte estaba temblando un poco dentro de la barrera que usó para resguardar a los chicos.

—Imposible, lo encontró antes de tiempo. Es él. —Decía sin darle importancia a que los chicos estuvieran a su lado.

Por su parte los hombres que iban con el padre de Leví a esa dirección dejaron de percibir la ubicación que les había mandado Alfred.

—Maldición. —Decía Leonard. —Debemos apurarnos aún más porque la ubicación se perdió, llegaremos al último punto que se marcó. —Todos asintieron y aumentaron más la velocidad.

—¿Qué número de primordial eres? —Decía el chico que por su intuición ya lo sabía, pero quería creer que se estaba equivocando.

El joven procedió a enfundar su espada para llevar su mano izquierda al frente y quitarse el guante de esta con la derecha, ahí sobre el dorso de su mano se encontraba escrito el número.

—Creo que tienes suerte, soy el número veinte. —Cuando Leví escuchó eso el mundo se le vino encima conociendo el historial de sus dos tíos contra él, pero a estas alturas ya no podía retroceder, sabía que el campo de zona cero había abarcado a Alfred, Rachel y sus amigos.

—Vaya contigo tengo que dar el máximo para salir de aquí. —El chico trataba de mantener una actitud calmada.

—Bueno yo no puedo darlo todo me encargaron entregarte vivo. —Decía colocándose su guante para empuñar de nuevo su espada.

—Bueno no pienso dejar ir esa ventaja. —Suspiró. —Papá, mamá, Canela espérenme para cenar. —Dijo en voz baja. —Resurrección.

Acto seguido toda la musculatura de su cuerpo aumentó considerablemente y su presencia también.

—Casi está a la altura de la de su padre. —Decía Alfred sorprendido. —Sí no se ha recuperado tiene la ligera oportunidad de ganarle, claro que también no dudaré en apoyarlo.

Y como si Leví le hubiera leído la mente le dijo.

—Alfred, no te involucres, esta vez tengo una orden para ti y es que cuides de ellos sin la posibilidad de involucrarte en el combate pase lo que pase. —Decía señalando a los chicos con su mirada.

El elfo no pudo objetar nada sabiendo que en este caso era más importante la seguridad de civiles involucrados.

Rachel y sus amigos solo estaban mirando incrédulos todo aquel espectáculo.

—Vaya Rachel sin duda tu novio no escatimo en montar un teatro donde lo pudiéramos ver como un héroe. —Decía su uno de ellos. —Esto debió haberle salido muy caro.

—No es un teatro. —Dijo ella mirando por primera vez a Leví con ese uniforme blanco que le sentaba a medida en todo su cuerpo definido y del que tantas veces le había hablado anteriormente. Solo que ahora podría observarlo en primera persona peleando. —¿Creí que él no había elegido una misión hoy? —Decía cuestionando a Alfred con una mirada de enojo.

El elfo la miró con una mirada de resignación porque estaba hecho un mar de emociones.

—No lo hizo, la misión vino por él. —Decía suspirando, pero retomó la sonrisa. —Aunque que tu estes aquí puede ser una mayor motivación para que Leví gane cuanto antes.

—Espero que así sea. —Decía la chica preocupada en su interior.

—La pelea que sucederá a continuación será demasiado rápida para sus ojos, pero no se preocupen esta barrera la alentará para que la puedan mirar.

Luego de eso Leví empuñó su espada con ambas manos y se lanzó de frente contra el primordial, este hizo lo mismo, las espadas iban cargadas de tal poder que no pudieron chocar entre ellas provocando otra onda de repulsión como la del inicio, solo que esta de mayor magnitud.

—Nada mal. —Decía el caballero negro retrocediendo para tomar formación. —Viendo esto sin duda se pondrá interesante.

Luego de eso se abalanzó de nuevo comenzando con cortes de todas direcciones que Leví se enfocaba en esquivar, eran horizontales a izquierda, derecha, verticales ascendentes, descendentes o diagonal que no le daban tiempo de parpadear.

—Si que me estas sorprendiendo. —Decía el primordial. —Pero si quieres ganarme también es necesario que ataques. —Decía engreídamente.

Leví lo veía complicado, pero aprovechado un bloqueó horizontal hacia su izquierda aprovechó para repeler la espada y dar un golpe ascendente diagonal hacia su izquierda que le provocó un ligero corte de cabello al primordial, de ahí Leví comenzó a regresar el ataque sin dudar, la balanza ahora estaba de su lado y debía aprovechar cada oportunidad por el límite de su transformación. No dudaba en lo más mínimo en lanzar una estocada o un corte, alrededor salían ondas de aire y tierra debido a la velocidad, sin duda ninguno de los dos estaba dispuesto a ser cortado. Leví al lanzar un ataque diagonal ascendente hacia su derecha tuvo que retroceder por rayo negro con contorno naranja que fue lanzado por su contrincante. Inmediatamente cargó su espada para responder con un rayo morado y colisionando con el enviado por el primordial.

—¿Un rayo morado? —Decía Alfred sorprendido.

—¿Qué significa eso? —Le preguntaron.

—Es el escalón más alto de evolución en jerarquía divina, literalmente es el rayo de Dios, justo lo que necesitaba para esta batalla.

Ambos contrincantes se imbuyeron sus espadas en sus elementos y continuaron el ataque solo que esta vez el daño al entorno era aún mayor por el elemento, lo que significaba que si alguno de los dos era cortado o atravesado por una estocada representaría un duro golpe.

—Te seré honesto. —Decía el primordial lanzando un corte horizontal que fue bloqueado. —Pensé que esta pelea iba a ser más corta, pero me estoy divirtiendo bastante, yo diría que igual que con aquel anciano.

Leví al escuchar aquellas palabras se distrajo lo que provocó que le diera un ligero corte en el lado derecho de su cintura, pero con ello logró tomar distancia de nuevo. Notó como el elemento hacía que bajará la velocidad de regeneratio.

—¿De qué anciano estás hablando? —Pensando lo peor respecto a su abuelo y recordando a Alfred.

—De tu abuelo, el almirante general. —Decía el caballero de forma arrogante. —Quería saldar cuentas conmigo del pasado él solo, pero no pudo hacerlo.

—¿Qué paso con él? —Decía el chico consternado y serio por lo que estaba escuchando.

—No lo sé, cuando yo me fui estaba inconsciente porque mi misión no es matarlo y la pelea que me regalo sin duda valió la pena.

—Bueno no parece como si te hubiera hecho algún daño. —Leví no mentía, la armadura estaba intacta.

—Por él use demasiada energía mágica para sanarme, tengo aun ligeras heridas debajo de la armadura. —Decía señalando con su mano izquierda a su abdomen.

—Gracias abuelo. —Leví pensó que sin duda era una oportunidad única para acabar con el caballero negro y no la desaprovecharía porque ya tenía ocho minutos con la resurrección activada.

Cargó su espada de nuevo y fue de frente, pero activó su crefacio para aparecer por su espalda haciendo ver un ataque sorpresa, el primordial se impulsó para bloquear su ataque a tiempo, solo que Leví fue más rápido y apareció enfrente de él de nuevo clavando su espada en el costado izquierdo perforando la armadura y con ello liberando una poderosa descarga eléctrica.

—Bien hecho. —Decía Alfred emocionado por notar como Leví se estaba defendiendo.

Leví se transportó terminada la descarga y se lanzó de nuevo al ataque, solo que esta vez dirigiéndolos a la parte baja de la hoja de la espada para desarmar a su enemigo. Y como por azares del destino logró hacer que su espada saliera volando de las manos de su enemigo junto con la de él. De ahí cagaron ambos sus manos con sus elementos comenzaron un violento intercambio de puños, Leví soltaba derechazos, ganchos, Swing y Crochet que eran bloqueados, conectados y respondidos. Se debe decir que los que no eran bloqueados por Leví y lo impactaban se sentían como recibir diez impactos al mismo tiempo en esa zona, pero a pesar de lo desgastante seguía sosteniéndose de pie, no sabía si los suyos provocaban lo mismo en su adversario.

En un momento Leví por fin tuvo una oportunidad dando dos cruzados seguidos para seguir con un gancho y terminar con un uppercut. El caballero negro retrocedió dos pasos y se revisó la mandíbula, escupió sangre, miró a Leví emocionado.

—Vaya aprovechaste una buena oportunidad, sin embargo, ahora es mi turno de responder. —Extendió su mano y usando llamado su espada llegó a su mano. —No sé cuánto tiempo te queda y por ello debemos seguir.

La transformación de Leví ya había alcanzado un tiempo de veintiún minutos y a pesar de eso no lograba ver gran daño a su adversario como para indicar que la victoria estaba cerca, otra cosa que no podía ignorar era que había usado demasiado regeneratio por los golpes que le había conectado el primordial.

Leví igualmente llamó a su espada y esta vino en un instante.

—Lo sé, mi intención es acabar contigo cuanto antes. —Leví uso su crefacio y apareció frente a él lanzando un corte descendente vertical.

—Esa habilidad tuya sin duda es molesta. —Decía el primordial que había bloqueado de último minuto el ataque.

—Yo diría, que más bien da sorpresas.

Con eso dicho comenzaron otra oleada de ataque donde Leví no se midió con su crefacio transportándose a varias posiciones rompiendo la barrera del caballero negro y haciendo varios cortes. Aunque parecía bueno esto había aumentado demasiado el desgaste sobre su cuerpo.

—Ya me cansé de trucos, acabaré esto de una vez. —Le decía mientras bloqueaba un corte horizontal de Leví. —Resurrección.

Leví al escuchar estas palabras retrocedió, no podía creer que el villano que tenía enfrente aun pudiera activar esa habilidad. Notó como su presencia se volvió más aterradora, lo cual, era malo porque a él solo le quedaba poco tiempo en esa transformación.

—Aquí se acaba todo.

El primordial salió disparado a una velocidad que Leví apenas notó, bloqueó el corte horizontal izquierdo siendo recorrido unos centímetros, él chico no logró percibir las grietas generadas en su espada, luego de eso el caballero elevó su espada para lanzar un corte ascendente diagonal izquierdo, Leví lo intuyó y procedió a mover su espada para bloquear nuevamente. La hoja de la espada del primordial siguió su rumbo casi hasta tocar el suelo bañada de sangre, los chicos con Alfred no lo podían creer pues, la espada de Leví había sido rota y su brazo izquierdo colgaba parcialmente por el corte de su clavícula izquierda.

—Se terminó el juego. —Decía decidido el primordial. —No puedo seguir desperdiciando más mi poder.

—Yo no diría eso. —Leví miró a los chicos. —Tengo un último ataque. —Acto seguido dejó lo que quedaba de su espada en el suelo, se desabrochó cinturón con la vaina de esta y con ella amarró su brazo a su cuerpo lo mejor que pudo, debido a que su regeneración se estaba realentizada por el uso excesivo de su poder.

El chico estaba decidido a darlo todo, luego cubrió su arma en un rayo incluyendo la mayor cantidad de fragmentos que pudo y se colocó de frente.

—Es imposible que puedas soldarla con tu poder divino.

—Lo sé perfectamente, mejor solo observa. ¡Ruge Radium!

Acto seguido mando un rayo al cielo y usando su máxima velocidad fue de frente al primordial, este planeaba atacar cuando un gran rayo morado cayó del cielo a la dirección del primordial, el chico usando su crefacio le hizo caer otros siete que provocaron una gran descarga y destello, esta incluso se escuchó rugir levemente afuera de la zona cero, en cambio dentro no permitió que los chicos observarán todo lo que había ocurrido.

—¡Sin duda la pelea está llegando a su clímax! —Decía Eliot que apenas había llegado con los hombres que esperaban afuera. —Sé perfectamente que mi primo nos dará una oportunidad, solo debe resistir como la vez pasada.

Leví estaba de espaldas al demonio sosteniendo el mango de su espada, mientras el caballero negro inmóvil tenía las perforaciones por toda armadura y cuerpo. No pudiendo más desactivó su resurrección.

—¿Qué paso? —Preguntó la chica intrigada porque todo había sido muy rápido.

—Leví lanzó algunos fragmentos de su espada al cielo con el rayo previo, luego de eso fue de frente para distraerlo atacándolo desde todos los puntos con su crefacio, el rayo central morado sirvió para paralizar al caballero negro unas milésimas de segundos permitiendo que los otros siete rayos que eran fragmentos de la espada lograran atacar al mismo tiempo, después procedió a intercambiar con uno en el último instante, con ello él logró clavar lo que quedaba de su espada en su costado izquierdo, luego la hizo explotar en varios fragmentos desde su interior, todo lo potenció exponencialmente con el rayo que venía. —Le respondía Alfred. —Parece que ha ganado. —Decía como incrédulo, notó como Rachel con sus amigos se alegraban por la noticia.

—Debo admitirlo. —Decía por fin el caballero negro rompiendo el largo silencio mientras las perforaciones en su cuerpo comenzaban a sanar. —Ese ataque no me lo esperaba y ha sido lo suficientemente fuerte para haberme hecho desactivar mi resurrección.

Leví se dio la vuelta y empuñó el mango de su espada, era consciente de su condición frente aquel caballero aun podía combatir mientras él no tenía su brazo izquierdo seguía regenerándose, además de que gran parte de su cuerpo se encontraba sufriendo contracciones y dolores por el uso de resurrección.

—Ese fue mi ataque más fuerte y sigues como si nada, en cambio mírame. —Decía apretando con fuerza el mango de su arma con su mano derecha y sonriendo con ironía. —Yo sabía desde el comienzo que era imposible que lograra derrotar al caballero negro.

—Entonces ¿porque no solo te rendiste?

Suspiro y con la mirada le indicó el lugar donde se encontraba su novia y los amigos de ella.

—Para que lo dejes ir, solo vienes a cazarme a mí, deja que ellos disfruten otro amanecer, he sido una mala persona, un mal hijo y un pésimo novio, pero creo que esto es lo mínimo, si cedes abre aceptado mi derrota y lo que pase conmigo ya no importa, tengo el poder para lanzar un ataque más, pero prefiero sanarme para despedirme como es debido.

Notó como su mirada estaba quebrandose con una sonrisa porque estaba dispuesto a renunciar a todo.

—Tienes mi palabra de que si te rindes los dejare ir. —Decía el caballero negro mirándolo a los ojos mientras envainaba su espada.

Algo dentro de Leví no lo hizo dudar, en cambio sintió una paz en aquellas palabras y camino pasando al lado de él en dirección a su amada, ellos se preguntaron porque no lo había atacado aquel primordial, también el porqué de su sonrisa. Luego él arranco lo que quedaba de su camisa del uniforme debido a lo destruida y sangrada que estaba.

—Gracias. —Decía mientras se paraba al pasar a su lado.

—En lugar de hacer eso aprovecha tu tiempo.

Era como si aquel primordial también hubiera notado que en cualquier momento Leví debido a su estado perdería el conocimiento, dejando de lado eso sonrió y activó su regeneratio mientras caminaba hacia Rachel, a cada paso iba pensando que decir para no atormentar su futuro porque sería la última vez que la vería, además de la presión que sentía en el pecho por sus heridas internas. Alfred desactivó el escudo y entendió tristemente su mirada cálida, también le extendió sus cosas para su madre.

—Oye. —Le dijo sonriendo.

—¿Qué ocurre Leví? —La chica intuía que algo malo estaba por escuchar, aunque no quería hacerlo.

—Quiero que me termines por favor. —Decía el chico aún con la sonrisa. —Ya no puedo pelear más, aunque quiera, he alcanzado mi limite, sé que me veo bien, pero ya no tengo fuerzas más que para despedirme. —Decía sonriendo haciendo parecer como si todo fuera una broma.

La chica tragó saliva, un escalofrió recorrió completamente su cuerpo y su mirada comenzó a quebrarse.

—No llores Rachel, ve el lado positivo con esto te regalo tu libertad como mi último acto de amor, sé qué harás cosas fantásticas y cumplirás tus sueños, aunque yo no pueda estar ahí para verte hacerlo. De mi parte no puedo arrepentirme porque siempre dije que no me quería quedar con las ganas de que fueras mi novia y sin duda fue maravilloso. Solo lamento no haber sido el novio que esperabas, sé que fui un cretino que no siempre te pudo tratar como merecías, no te hacía sentir completamente segura y que te hizo llorar muchas veces, pero también sé que te mereces a alguien mejor. —La chica lo miró conteniendo lo que sentía. —Rachel sonríe. —Decía el chico tomando su rostro con ambas manos y secando sus lágrimas con sus pulgares.

XLI

NOS VOLVEREMOS A VER.

—No pude conocer a tus amigos, pero sabía que estabas en buenas manos cuando decías que saldrías con ellos. El problema es que yo solo quería un poco más de tiempo egoístamente para mí, pero ahora lo tengo para despedirme. Te juro que ha sido un placer en todos los sentidos coincidir contigo. Lo que extrañaré será hacerte enojar y escucharte reír.

En ese momento Alfred levantó una barrera oscura para regalarles un poco de intimidad. Leví procedió a besar sus mejillas algo empapadas por sus lágrimas, luego su frente para terminar con un beso en corto y suave en su boca.

—Ha sido un honor que me hayas acompañado la duración de este viaje. —Alfred desactivó la barrera. —solo quiero preguntar algo para irme tranquilo. —La chica asintió para que siguiera, aunque quería que se detuviera. —¿Logré hacerte feliz?

—Muchas veces lo hiciste. Gracias por todo Leví. —La tristeza estaba comenzando a inundar el lugar.

—Bueno eso me deja tranquilo para aceptar mi destino. —Suspiró. —No me agradezcas porque sin ningún derecho y consideración te ha hecho llorar de nuevo. Ahora solo me queda escuchar unas palabras pendientes. —Dijo mirándola a los ojos, ella tomó su mano y el miró la pulsera. —Cuida esta pulsera muy bien, tal vez algún día permita que nos volvamos a encontrar y yo cuidare la tuya. —Dijo mostrándola en su brazo derecho. —Puede que tampoco ocupe esta. —Señaló la que le había dado su padre. —Quiero que la cuides. —Acto seguido se la entregó.

—Ya no puedo ser tu novia. —Dijo por fin y con ello Leví sabía que se podía ir en paz, sonrió para verla de nuevo.

—Gracias Rachel, no te culpes porque yo no lo hago he sido un novio tan espantoso, yo en tu lugar también hubiera terminado a alguien como yo. Imagínate tener a la mejor novia del mundo y no valorarla. Por eso encuentra al alguien que te amé y aprecie lo mucho que te gusta arreglarte, aunque se te haga tarde. —Se detuvo para tomar aire pues, ya estaba llegando a su límite. —Se muy feliz siempre, lucha por todo, mis mayores deseos y bendiciones para ti. —Acto seguido beso sus manos y volvió la mirada para sonreírle.

Ella le devolvió la sonrisa e inmediatamente notó como sus manos dejaron de apretar las suyas y antes que pudieran reaccionar se desvaneció cayendo en su regazo mientras se esforzaba para que no llegará al suelo.

Todos notaron como el caballero negro comenzó a avanzar hacia ellos tranquilamente. Iba por Leví, ya lo habían asumido. Alfred tomó una posición defensiva, sabía que podría ahorrar tiempo para salvar al chico.

—Respeta la última decisión del chico. —Decía el caballero negro tranquilo. —Para que esforzarse por perder la libertad que él tanto se esforzó en darles. Sin duda se ha ganado mi respeto, ahora entréguenmelo.

Alfred se quitó del camino impotente y dejó que caballero negro avanzara hasta donde estaban los chicos con Leví, le habían ayudado recostarlo, el caballero lo tomó y lo cargó en sus brazos. Sin decir nada más camino unos metros más donde abrió un portal que se miraba como una distorsión en la realidad, luego de eso entró dejando a todos mientras se iba desvaneciendo la zona cero.

Ahí estaban todos los Iríns que inmediatamente se acercaron para revisar que no hubiera heridos y también para pelear.

—¿Dónde está? Leví. —Decía su padre alterado. —Hijo responde.

—Su hermano Leonard le puso la mano en su hombro como indicando lo peor.

—No puede ser cierto. —En ese momento se acercó Alfred con su mirada confirmándolo y pudo notar a Rachel que le dio la misma mirada.

—El joven Leví dejó esto para ustedes. —Alfred le entregó su billetera con su reloj y el mango de su espada.

Su padre no pudiendo más se echó a llorar sin importar los presentes, dejándose caer de rodillas al suelo, pero nadie le dijo nada entendían perfectamente la situación tan desgarradora que estaba viviendo. Ni siquiera había podido despedirse de su hijo y no tenía su cuerpo para darle un adiós decente.

—Señor casi lo derrotó. —Le dijo Alfred tratando de ayudar en su sufrimiento. —Sin duda Leví ha sido excepcional y procederé a hacer los preparativos para un funeral en su honor, de momento me retiro para cumplir la última voluntad del joven que era llevar a estos chicos sanos y salvos a su casa.

—Prometiste que no querías morir y que tampoco querías ser una leyenda, pero el destino tenía otros planes para ti. —Decía Eliot mirando al cielo conteniendo el llanto. —Lamento haber llegado tarde Leví.

Una vez terminó Alfred guio a Rachel junto a sus amigos para llevarlos a sus casas, ninguno de ellos terminaba de creer lo que había contemplado con sus ojos.

Los días posteriores se realizó el funeral de Leví donde asistieron una gran cantidad de Iríns, se diría que más de los esperados debido a que la noticia encendió una llama en el interior de todos, les hizo ver que el caballero negro no era alguien invencible como se creía. A pesar de todo lo más afectados fueron sus padres al perder a su único hijo y Eliot, también llevaron a Canela que lloraba como si supiera de su ausencia. Para lo demás, simplemente Leví se había anunciado como desaparecido siguiendo los protocolos de mundo ordinario, Rachel ya había visto varios carteles de desaparecido con la foto de quien había sido su novio.

Cinco meses después…

En una plaza comercial un día ordinario ligeramente nublado se encontraba Rachel con sus padres, ella había seguido adelante como se lo había prometido a Leví, sabía en el fondo de su corazón que si él estuviera ahí sin duda estaría orgulloso de ella, estaba a punto de terminar su carrera algo que sin duda él deseaba ver. Iba con su madre por un helado, de los cuales también le gustaban desde que los conoció gracias a ella.

Estaba sentada comiendo su helado con su madre y su padre tranquilamente cuando un aroma característico se impregnó fuertemente en el ambiente, un olor que invocó una serie de recuerdos que creía superados, que hicieron que su mirada se quebrara un poco, de pronto a su hombro alguien tocó de una manera muy característica e imposible de olvidar que le hizo sentir un escalofrío, ella regresó su mirada con curiosidad.

Ahí estaba un chico bastante alto como de un metro noventa y cinco demasiado atractivo, a pesar de su estatura se notaba su cuerpo tonificado con peinado de librito que resaltaba todos sus rasgos, una barba completa no tan bien recortada y con una cicatriz en su cuello del lado izquierdo, como si hubiera sido provocada por la caída de un rayo.

—Hola. —Dijo él con una sonrisa difícil de olvidar que era como si estuviera viendo un muerto. —Quería saber si te conozco. Es que te me haces fa…

—Leví. —Salió de sus labios sin pensar, lo suficientemente fuerte para que sus padres de ella se sorprendieran, en cambio el chico se quedó extrañado mirándola con sus ojos, el izquierdo azul y el otro café, debido a su heterocromía.

Continuará…

ÍNDICE

EL CHICO DIFERENTE 3
UNA VIDA ORDINARIA 13
EL PERDEDOR 23
SIN SENTIDO 30
LA PLÁTICA DE LOS PADRES 36
EL RASTRO 39
REGRESO A LA NORMALIDAD 44
PERTURBACIÓN NIVEL 4 47
SELLADO 51
LO QUE NO SE VE 57
EL TRATO 61
EL SEÑUELO 62
LOS MIL CORTES 67
CORAJE 72
ÚLTIMO SEGUNDO 77
FIN DEL JUEGO 83
MISIÓN CUMPLIDA 90
¿ME PUEDES LLEVAR? 95
CONVERSACIÓN DE LEGADO 100
VISIONES 106
UNA MALA NOCHE 112
SUÉLTALA 117
SANGRE DERRAMADA 122
UN MONSTRUO 127

NO QUIERO FALLAS 133
UNA OPORTUNIDAD 138
CHOQUE DE POTENCIAS 143
FUTURO Y ESPACIO 148
RAÁM 153
CAMBIO DE CLASE 161
MISIÓN RANGO C 166
CASI DOS MESES 189
¿PODEMOS BAILAR? 196
LA CITA 202
SUBIDA EXPONENCIAL 209
PRIMORDIALES CAÍDOS 218
EL CABALLERO NEGRO 224
EL PRIMORDIAL DIECISÉIS 233
TE ELIJO A TI 253
MESES 257
ALGO QUE OCULTAR. 270
EL PRINCIPIO DEL FIN. 278
SONRÍE 284
NOS VOLVEREMOS A VER. 297

Made in the USA
Columbia, SC
04 March 2025